KNAUR

Tatjana Kruse

Sticken, stricken, strangulieren

Kommissar Seifferheld ermittelt

Kriminalroman

Besuchen Sie uns im Internet:
www.knaur.de

Originalausgabe Juli 2014
Knaur Taschenbuch
© 2014 Knaur Taschenbuch
Ein Unternehmen der Droemerschen Verlagsanstalt
Th. Knaur Nachf. GmbH & Co. KG, München
Redaktion: Alexandra Löhr
Umschlaggestaltung: ZERO Werbeagentur, München
Umschlagabbildung: FinePic®, München
Satz: Daniela Schulz, Puchheim
Druck und Bindung: CPI books GmbH, Leck
ISBN 978-3-426-51428-3

2 4 5 3 1

Gewidmet den üblichen Verdächtigen:
Mann, Hund und Wahrsagerin

Dieser Roman spielt zwar in einer realen Stadt, nämlich Schwäbisch Hall, aber alle Personen sind frei erfunden, und der Plot ist fiktiv. Allerdings gab es tatsächlich einen Hovawart namens Onis, und das ist auch gut so.

Das Who is Who im Seifferheld-Universum

Die Familie

Der Held	Siegfried »Siggi« Seifferheld, Kommissar im Unruhestand, Sticker, Kocher, Schnüffler, Mord-zwo-Stammtischbruder
Sein Hund	Aeonis »Onis« vom Entenfall, viriler Hovawart-Rüde mit Knickrute und einer Vorliebe für rosa Teddys und das hohe C
Seine Schwester	Irmgard Seifferheld-Hölderlein (Spitzname »die Generalin«, Gattin von Pfarrer Helmerich Hölderlein)
Seine Tochter	Susanne Seifferheld (Managerin bei der *Bausparkasse Schwäbisch Hall,* Mutter von Ola-Sanne, Gefährtin von Pferdeschwanz-Physiotherapeut Olaf Schmüller)
Seine Nichte	Karina Seifferheld (Aktivistin [weiß], On-off-Partnerin von *Haller Tagblatt*-Fotograf Fela Nneka [schwarz], Mutter von Fela junior [gelb])
Seine Schwägerin	Marcella, Gott sei Dank nur zu Besuch

Die Schwäbisch Haller Mischpoke

Marianne Cramlowski	Journalistin (Kürzel MaC); sie ist zwar die Herzensdame von Siggi Seifferheld, aber bei Facebook würde stehen: *It's complicated*
Olga Pfleiderer	kettenrauchende kasachische Nicht-Putzfrau
Mord-zwo-Stammtisch:	Rogier van der Weyden (aus dem Geburtsland der Pommes), Wurster (der Bärenmarkenbär), Dombrowski (von der Sitte), Bauer zwo (Trottel in lila Lederkluft)
Die VHS-Männerköche:	Bocuse (Franzose), Kläuschen (liiert mit Gummipuppe Mimi), Gotthelf (dominant verheiratet), Eduard (Buchhändler), Günther (Pfarrer), Horst (Mathelehrer), Arndt (Klempner), Schmälzle (Wanderführerautor)
Gesine Bauer	Polizeichefin von Schwäbisch Hall

Auch dabei

Arno Siegmann	Stricker
Die Männertrommler:	Reimer, Tobias, Klaus, Bernhard und besagter Arno
Hans Maurer	Stanwell-Raucher
Kevin Hauber	pickeliger Jungverleger
Frau Kant	ehemalige Kollegin des Opfers
Holger / Rüdiger	Verdächtiger / Elvis-Imitator
Breiteich	
Usch Meck	rosa & rabiat
Lady	sexy Berner Sennenhündin

Seifferheld und ...

Seifferheld und der Mann, der strickte

Aus-der-Haut-fahr-Tag

»Hast du etwa die komplette Packung Lübecker Marzipan im Mund?«

»Fmilzt doch fonft!«

Ex-Kommissar im Unruhestand Siegfried Seifferheld und seine Herzensdame Marianne Cramlowski hatten kaum den Feinkostladen Knausenberger verlassen – Ma-

rianne band Hovawart Onis von dem öffentlichen Mülleimer los, an dem er auf sie beide immer zu warten pflegte –, da hatte Siggi sich auch schon die verführerischen
Süßigkeiten einverleibt. Und zwar *tutti kompletti*. Man
mochte ihn für einen Gierschlund halten, er betrachtete
sich selbst als leidenschaftlichen Gourmet.

»Da kann nichts schmelzen, wir haben keine fünfzehn
Grad!«, hielt Marianne dagegen, deren Buchstäblichkeit
ihn bisweilen enervierte.

Genau genommen hatte sie natürlich recht: Es war der
seit Menschengedenken kälteste April. Manche spotteten
schon mit Kaufhausdurchsagentimbre: Der kleine No-
vember möchte bitte im April abgeholt werden. Marianne
trug ihren Webpelzmantel und Onis noch sein Winterfell.
Nur Seifferheld fand eine leichte Windjacke ausreichend.
Aus Prinzip. Es war Ende April, und Ende April trug er
keine Wintersachen mehr. Allenfalls Regenschutz. Basta!

Zu dritt machten sie sich auf den Rückweg in die Innenstadt.

Feinkost Knausenberger – *feine Lebensmittel zu fai-
ren Preisen, und das schon seit 1855* – lag im Wohngebiet
Kreuzäckersiedlung, auf einer der Höhen rund um Schwäbisch Hall. In der Stadt hätte es jede Menge Möglichkeiten
gegeben, sich mit Lebensmitteln, auch mit guten, einzude-
cken, aber Seifferheld schätzte Herrn und Frau Knausenberger, die seine Lieblingsfertigsoße – *salsa diavola* von La
Gallinara – extra nur für ihn bestellten und vorrätig hielten. Das machte sonst keiner. Die mochte sonst auch keiner. Menschen, die ihr Leben lang scharf gegessen hatten,
die beim Inder oder Chinesen stets die scharfen Gerichte

bestellten und nonchalant verspeisten, ohne auch nur mit der Wimper zu zucken, waren bei Siggi Seifferheld in der Küche knallrot angelaufen, hatten gehustet, geröchelt, sich mit beiden Händen an den Hals gefasst, nur um dann zur Spüle zu eilen und kaltes Wasser direkt aus dem Hahn in ihre brennenden Kehlen laufen zu lassen. Die Diavola-Soße war eben nur was für harte Kerle. (Seifferheld liebte sie.) Echt guter Stoff, gewissermaßen. Und Herr Knausenberger war sein Dealer. Deshalb die zweiwöchentlichen Pilgermärsche den Berg hinauf zum Feinkostgeschäft. Sie hätten auch den Bus der Linie 1 nehmen können, aber Onis' Magen hatte es nicht so mit dem Busfahren.

Siegfried »Siggi« Seifferheld ließ das Marzipan in seinem Mund schmelzen, ohne zu kauen. Welch ein Genuss. Er gönnte sich nicht oft Süßigkeiten, was man ihm auch ansah. Für seine vierundsechzig Jahre wirkte er sehnig, fast schon durchtrainiert. Trotz der Gehhilfe, auf die er seit dem spektakulären Banküberfall in der Marktstraße, bei der er mit der Hüfte eine Kugel eingefangen hatte, angewiesen war. Seine Gesichtszüge wurden – vorzugsweise von schmachtenden, älteren Damen – als markant bezeichnet, seine Bartstoppeln ließen ihn zudem besonders männlich wirken. Er war ein schöner Mann. Für sein Alter sogar ein ausnehmend schöner Mann. Der noch schöner hätte sein können, würde er nicht einer unsäglichen Vorliebe für schlammbraune Tchibo-Bequemschuhe, ausgebeulte, graue Cordhosen und beigefarbene Windjacken frönen. Fand zumindest seine Lebensphasenabschnittsgefährtin Marianne. Aber in seinen fast dreißig Dienstjahren bei der Mordkommission hatte Seifferheld es immer von Vorteil gefunden, unauffällig auszusehen, gewissermaßen mit der Tapete an der Wand eins zu werden. Marianne hielt stets dagegen, dass er jetzt im »invalidären Vorruhestand« sei und sich ruhig auffälliger kleiden könne. Um des lieben Friedens willen nickte Seifferheld dann immer, aber beim nächsten Einkauf wurde es wieder braun und/oder grau, denn ein Tiger wirft nicht einfach seine Streifen ab und ein Seifferheld nicht einfach sein Beige.

Neben Seifferheld, der sich mit der Rechten schwer auf die Gehhilfe stützte und in der Linken die gelbe Knausenberger-Stoffeinkaufstüte hielt, sah Marianne fast schon wie ein Wesen aus einer anderen Welt aus, obwohl sie nur aus Österreich kam, was ja irgendwie auch zu dieser Welt gehörte. Sie war gut gepolstert, man könnte auch drall sagen, mit wilder Lockenmähne, unter ihrem orangefarbenen Webpelzmantel trug sie einen knallbunten Hosenanzug, der alle Farben des Regenbogens in sich vereinte. Ein Hingucker. Beim Gehen bewegten sich ihre Hüften verführerisch, und ihre Locken wippten. Meistens konnte sich Seifferheld an ihr gar nicht sattsehen und fragte sich oft, womit er ein solches Prachtweib nur verdient hatte. Aber sie waren jetzt schon fast fünf Jahre ein Paar, da war der Zauber der ersten Liebe dahin, und es gab – mal ganz ehrlich gesprochen – durchaus auch Momente wie diesen, in dem ihn ihre Farbenfreude in den Augen schmerzte und er es unfair fand, dass sie ihm sein Marzipan vergällte, nur weil sie selbst wieder auf Diät war und ihren rechten Arm für ein Stück Schokolade gegeben hätte, wenn nicht der Gesichtsverlust schwerer gewogen hätte als die kurzfristige Gelüstebefriedigung.

Schweigend schritten sie den Komberger Weg in Richtung Stadt hinunter.

Der frische Nordwind spielte mit Onis' goldfarbenem Fell. Trotz Knickrute – will heißen, einer zur Zucht untauglich machenden Biegung im Schweif – war er ein ausnehmend hübscher Rüde. Und das wusste er auch.

Die drei kamen an die Unterführung, die sie unter der Crailsheimer Straße, einer der Hauptverkehrsachsen der Stadt, hindurchführte. Sie schwiegen immer noch. Onis sowieso. Und selbst wenn Seifferheld oder Marianne jetzt etwas hätten sagen wollen, der Verkehr auf der Crailsheimer Straße war so stark, dass sie sich nicht dabei unterhalten, höchstens dagegen anschreien konnten.

Auf der anderen Seite, in Höhe des Fachhochschulcampus, kam ihnen ein Mann entgegen. An sich nichts Ungewöhnliches. Der Haller Bürger bedient sich durchaus hin und wieder seiner Füße, um von A nach B zu kommen. Aber der Mann schien zielstrebig direkt auf sie zuzugehen.

Und dann …

»Grüß Gott, endlich treffe ich Sie einmal. Was für eine Freude! Siegmann, mein Name, Arno Siegmann.« Er streckte eine sichtlich manikürte Männerhand aus, die eingecremt wirkte. Wenn Seifferheld etwas hasste, dann glitschige Hände, die sich auch noch leblos wie toter Fisch anfühlten. Onis schnüffelte skeptisch am Schritt des Mannes.

Arno Siegmann? Der Name sagte Seifferheld nichts. Das Gesicht auch nicht.

Sehr groß, sehr gockelhaft, sehr farbenprächtig. Wären er und Seifferheld Vögel gewesen, dann wäre Siegmann ein

Pfau mit gespreizten Federn und Seifferheld ein beige-brauner Spatz.

Wir alle wurden von der Natur programmiert. Zu Mari-annes Entschuldigung muss also angemerkt werden, dass sie nicht anders konnte, als angesichts Siegmanns pfauen-hafter Männlichkeit lautlos zu schnurren. Sie war gene-tisch dazu prädisponiert.

»Kennen wir uns?«, fragte Seifferheld fast ungnädig. Ungnädig auch deshalb, weil seine Marianne – Betonung auf *seine* – diesem Siegmann kokette Blicke von schräg un-ten zuwarf. Was hatte dieser Kerl, was er nicht hatte? Nun, er hatte beispielsweise keine Restschokoladeschlieren im Mundwinkel, aber das wusste Seifferheld in diesem Mo-ment nicht, das wurde ihm erst später klar, als er sich zu Hause im Badezimmerspiegel sah. Aber auch ohne Schlie-ren hätte es keinen Unterschied gemacht. Er war einfach chancenlos.

»Sie werden mich wohl kaum kennen, aber dafür kenne ich Sie, Herr Seifferheld. Sie sind schließlich eine Legende in unseren Kreisen«, erklärte Siegmann mit erhobener Stimme gegen den Verkehr, der direkt neben ihnen vier-spurig vorbeibrauste.

Das besänftigte Siggi ein wenig. Plumpe Schmeichelei war ja nichts, was er alle Tage zu hören bekam.

»Marianne Cramlowski«, trillerte Marianne und ergriff noch vor Seifferheld die ausgestreckte Hand von Siegmann. Man merkte ihrer Stimme an, dass sie in diesem Fremden die Verkörperung all dessen sah, was sich eine Frau *entre deux âges,* also eine Frau im besten Alter, von einem Mann wünschte: ein Hauch der wild-geheimnisvollen Exotik des jungen Omar Sharif, die durchdringend blauen Augen von Franco Nero, die Aura von Weltgewandtheit und Lebenslust eines jungen Jopi Heesters im Frack, das bubenhafte Zwinkern der Lider eines Hugh Grant, kurzum die geschmackvoll modische Eleganz eines Grandseigneurs, gepaart mit jugendlicher Frische und Virilität.

Seifferheld klappte – zumindest ein wenig – der Unterkiefer auf, als Siegmann Mariannes Hand mit beiden Händen ergriff, sie an seine Lippen führte und einen Kuss darauf hauchte. Mit Hautkontakt!

»Nehmt euch doch ein Zimmer«, maulte er.

»Was hast du gesagt?«, fragte Marianne. Der Verkehr hatte seine Worte verschluckt.

»Wer sind Sie?«, rief Seifferheld.

Siegmann zog nicht eine, sondern gleich zwei Visitenkarten heraus. Zwinkerte er Marianne etwa zu, während er ihr eine davon überreichte?

In Seifferheld *hmpfte* es. Nicht mehr lange, und er würde diesen Frauentraum mit seiner Gehhilfe niederknüppeln.

> *Arno F. Siegmann*
> *Stricker*

Mehr stand nicht auf der Karte.

»Sie sticken auch? Sind Sie ein Fan meiner Radiosendung?«, fragte Seifferheld, hin- und hergerissen zwischen der Angst, es mit einem Konkurrenten um die Gunst der holden Marianne zu tun zu haben, und dem wohligen Gefühl, gewissermaßen einem Groupie gegenüberzustehen.

»Ich sticke doch nicht«, erklärte Siegmann von oben herab, was ihm auch deshalb leichtfiel, weil er Siggi und Marianne um einen guten Kopf überragte. »Ich *stricke*. Mit rrrrrrrrr.«

Er rollte das R, dass es beinahe wie ein Knurren klang.

Onis, der bis dato am Gebüsch zum Campusgelände seine Duftmarken hinterlassen hatte, nahm nun breitbeinig vor dem Fremden Aufstellung. Wurde da gerade sein Alpha-Rüde angeknurrt? So ja nicht. Er knurrte zurück.

Die Zweibeiner beachteten ihn nicht. Ihnen gingen ganz eigene Gedanken durch den Kopf.

»Sie stricken also? Mit r. Ach so«, erklärte Seifferheld unbeeindruckt, als gerade ein Lkw vorbeidonnerte.

»Was?«, rief Siegmann.

»Stricken, ja, ja, das machen viele.« Seifferheld wollte es herablassend klingen lassen, aber es war nicht leicht, im oberen zweistelligen Dezibelbereich nuancenreich zu sprechen.

»So wie ich macht es keiner!«, verkündete Siegmann dezidiert und sah dabei Marianne an, die daraufhin rot wurde und den Blick senkte.

Seifferhelds Augenbrauen trafen sich mittig über seiner Nase, aber er hatte sich unter Kontrolle. Noch!

Siegmann ließ seinen Blick zurück zu ihm wandern. »Sie wissen es offenbar noch nicht, aber wir werden uns demnächst in der Männer-Handarbeitsecke von SWR4 Franken Radio abwechseln, eine Woche Sie, die andere Woche ich«, erklärte Siegmann. Der Verkehr schien auf seiner Seite zu sein, denn immer, wenn er das Wort ergriff, fuhren nur geräuscharme Fahrzeuge an ihnen vorbei.

Seifferheld war wie vor den Kopf gestoßen. Das hatte er wirklich nicht gewusst. Konnte es wahr sein? Er sollte die Sendezeit seiner interaktiven Radiosendung, gegen die er sich erst gesträubt hatte, die er nun aber wie einen Sohn liebte, mit diesem Fatzke teilen? Wieso waren die Betroffenen immer, immer die Letzten, die es erfuhren? Er brauchte all seine Kraft, damit sich seine Enttäuschung nicht in seinem Gesicht spiegelte.

Marianne säuselte: »Ach, wie nett. Dann sind Sie also nicht nur auf Besuch in unserer schönen Stadt?«

Weiber!, dachte Seifferheld grimmig, willensschwache Wesen, die ihr buntes Fähnchen nach dem Wind richteten. Spielbälle in den Händen jedes Bonvivants.

»Aber nein, Sie wunderschönes Zauberwesen«, sülzte Siegmann. »Von nun an müssen Sie jederzeit damit rechnen, mir zu begegnen.« Er zwinkerte. Tatsächlich! Der Wicht zwinkerte! »Ich bin hier aufgewachsen, habe mich ein paar Jahre in der Welt umgesehen und bin jetzt wieder in mein Elternhaus gezogen. Sie werden ganz sicher von nun an des Öfteren von mir hören. Ich gedenke, eine Person des öffentlichen Lebens zu werden. Übrigens bin ich gerade auf dem Weg ins Foyer der Bausparkasse.« Mit seiner beringten Rechten zeigte er auf den imposanten Gebäudekomplex auf der anderen Straßenseite, Firmensitz der Bausparkasse Schwäbisch Hall AG, von der die meisten Mittel-, Nord- und Ostdeutschen glaubten, sie hätte der Stadt ihren Namen gegeben. Wenn sie denn überhaupt wussten, dass eine Stadt gleichen Namens existierte. Aber es muss gesagt werden, dass umgekehrt ein Schuh daraus wurde: Die Stadt war zuerst da gewesen. Eine höchst idyllische, malerische Kleinstadt.

»Im Foyer findet nämlich heute Abend eine Vernissage meiner Werke statt. Wollen Sie nicht auch kommen?«

Gott bewahre, dachte Seifferheld.

»Aber ja!«, flötete Marianne und legte zart die Rechte auf Siegmanns Unterarm.

»Wir können doch nicht … wir haben einen Termin!«, hielt Seifferheld dagegen und wackelte mit seinen Brauen.

»Was denn für einen Termin?« Marianne sah ihn noch nicht einmal an. Ihr Blick war kokett auf Siegmann geheftet.

»Ich komm doch heute in der *Landesschau!*« Noch während er es sagte, begriff Seifferheld, dass er damit ja punkten konnte. Er würde an diesem Abend im Fernsehen zu sehen sein!

»Das nehmen wir auf«, schmetterte Marianne ihn ab.

Seine Marianne.

Schmetterte ihn einfach so ab.

Wegen eines Fremdmannes.

Darauf fiel Seifferheld so schnell nichts ein. Außer einer Frontalattacke.

»Ihre Strickwaren werden tatsächlich in der Bausparkasse ausgestellt?« Er klang so skeptisch, wie er es auch war. Am liebsten hätte er noch hinzugefügt: »Da muss es sich doch um ein Versehen handeln!« Tat er aber nicht.

Es gab regelmäßig Ausstellungen im Foyer des Unternehmens, aber von echten Künstlern, nicht von Strickern. Von renommierten Kunstschaffenden. In der Bausparkasse auszustellen war so etwas wie ein Ritterschlag, den die Verantwortlichen normalerweise nicht leichtfertig vergaben. Was hatte die Entscheidungsträger über die Ausstellungsvergabe zum Einknicken gebracht? War der Stricker im Besitz Tausender von Bausparverträgen?

»Sicher. Ich bin ja auch Kunststricker. Was haben Sie denn gedacht? Dass ich Norwegerpullis stricke?« Siegmann schielte in den Spalt der geöffneten Seifferheldschen Windjacke, in dem er einen Norwegerpulli ausmachte. »Mitnichten! Ich stricke Meisterwerke!« Er reichte Marianne ein geschmackvolles Faltblatt, das gleichzeitig als Einladung zur Vernissage diente.

Sie strahlte.

»Warum kommen Sie heute Abend nach der Vernissage nicht zum Essen zu uns in die Untere Herrngasse? Wir kochen italienisch«, improvisierte Marianne.

Seifferheld war kein Freund von Improvisationen. Alles Spontane war ihm suspekt.

Siegmann strahlte. »Aber zu gern, wirklich zu gern. Wie gastfreundlich von Ihnen. Das habe ich Ihnen gleich angemerkt, auch wenn ich Sie noch gar nicht kenne, dass Sie eine warmherzige Frau mit einem großen Herzen sind.« Er hauchte einen Kuss in die Luft über ihrer Hand.

Marianne winkte verschämt ab und strich sich mit der freien Hand eine dunkle Locke aus dem errötenden Gesicht. Ein aus der Zeit gefallener Hedwig-Courths-Mahler-Moment.

Seifferheld kochte. Er hätte am liebsten gekotzt. Und gleich darauf fiel ihm ein, dass er ja seit gerade eben einen neuen Vorrat an *salsa diavola,* an Teufelssoße, hatte. Die würde er vorwarnungslos auf die Pasta des ahnungslosen Siegmann geben, ach was, häufen. Und zwar Mount-Everest-artig häufen. Der Mann würde knallrot anlaufen und sich die Seele aus dem Leib husten. Seine Innereien würden zu einem Flammenmeer. Nichts als verbranntes Gewebe vom Schlund bis zum Enddarm.

Dieser Gedanke beruhigte Siggi ein wenig.

Aber nur ein wenig.

Da wusste er noch nicht,
dass es nur noch zehn Stunden
bis zur Leiche waren ...

Seifferheld und die wundersame Welt der Weiblichkeit

Menschen, die mit mir nicht
auskommen, müssen eben noch
ein bisschen an sich arbeiten.

Der Vorteil alter Fachwerkhäuser ist der, dass es keine genormten Zimmer gibt. Jedes Haus ist anders, jedes Zimmer ist anders, und je nachdem, welche baulichen Maßnahmen die Bewohner im Laufe der Jahrhunderte getroffen haben, variieren die Räumlichkeiten zwischen prachtvoll, grandios und furchtbar verbaut. Oder vereinen alles davon in sich.

Das Seifferheld-Haus in der Unteren Herrngasse zu Schwäbisch Hall, seit fünfhundert Jahren ununterbrochen in Familienbesitz, zeichnete sich durch eine großzügige Raumgestaltung aus, womöglich weil die Seifferhelds schon seit Generationen groß gewachsen waren und keine Lust hatten, ständig gegen gebeizte Holzbalken in allzu kleinen Zimmern zu laufen. An den Decken fand sich Stuck, abwechselnd als reiche Verzierung, dann wieder nur als verschnörkelte Leiste. Und es gab eine breite, knarzende Holztreppe, die vom Souterrain bis hinauf zum Speicher führte, in dem es spukte, aber das ist eine andere Geschichte.

Die Wände atmeten förmlich Geschichte. Sie atmeten Geschichte, aber sie rochen nach einer Brise One-Touch-

Raumduft in der Variante Ocean Splash. Das war der Kompromiss, den Seifferheld, der als Mann allein unter Frauen lebte, mit besagten Frauen geschlossen hatte: Er hasste Raumdüfte, aber er liebte das Meer. Ergo: Ocean Splash.

Die Küche des Hauses nahm den gesamten linken Flügel des Erdgeschosses ein, groß genug, um allen derzeitigen Bewohnern ihren ganz ureigenen Platz zu bieten, was gut war, denn besagte Bewohner waren sich mehrheitlich nicht grün, nicht nur im Leben, auch in der Küche, in der Allesfresser auf Sowohl-als-auch-Esser und fanatische Veganer trafen.

Kaum betraten Seifferheld, Marianne und Onis das Haus, lief Onis schnurstracks zum Küchentisch, unter dem sich sein Stammplatz befand. Dort wartete, auf einer beigefarbenen Decke – wie der Herr, so der Hund – sein rosafarbener Teddy auf ihn. Es gab eine herzzerreißende Wiedervereinigungsszene zwischen Hund und Bär, der allerdings niemand Beachtung schenkte.

Auch dass Seifferhelds Nichte Karina, frisch diplomierte Mediengestalterin und etwas weniger frisch gebackene Mutter, als heulendes Elend auf der Küchentheke saß, ihr pausbäckiges Kind auf dem Arm, blieb unbeachtet. Für die anderen galt, sich den dringlichsten Prioritäten zu widmen: Onis wollte mit seinem Teddy schmusen, Seifferheld seinen Widersacher ausspionieren, Marianne ein unvergessliches Abendessen vorbereiten. Da blieb kein Fitzelchen Aufmerksamkeit für Karina übrig.

Die schniefte.

Seifferheld setzte sich, noch in der Windjacke, an den Küchentisch und googelte Arno Siegmann.

Über eine halbe Million Einträge!

Seifferheld schnaubte. Aber *Arno* und *Siegmann* waren ja geläufige Namen, das mussten nicht zwingend alles Einträge über diesen überheblichen Stricker sein. Stricker? Stinker!

Sie waren es dann aber doch. Zumindest auf den ersten zehn Seiten ging es in allen Einträgen um den strickenden Schwäbisch Haller. Siegmann hatte eine stylische Homepage, in der man ihn strickend in aller Welt sah – vor dem Taj Mahal, auf dem Eiffelturm, im Kolosseum, am Strand einer Südseeinsel. Alles Fotomontagen, da war sich Seifferheld sicher.

Der Mann hatte sogar seinen eigenen Wikipedia-Eintrag. Natürlich selbst erstellt, ganz zweifelsohne:

Arno Siegmann (* 28. August 1955 in Schwäbisch Hall) ist ein deutscher Handarbeitskünstler.

Leben
Arno Siegmann wuchs in Schwäbisch Hall auf. Er studierte Kunst in Stuttgart, bevor er sich ganz seiner Berufung, dem Stricken, widmete. Seine sogenannten WollWirkWerke sind in Museen in aller Welt zu sehen.

Werke
Der Stricker im Manne, Siegmann Verlag 2001
Stricken – ein Männerhandwerk, Siegmann Verlag 2007
Ich stricke, also bin ich, Siegmann Verlag 2012

Siegmann Verlag, das war doch ganz sicher ein Selbstverlag. Der druckte seine Machwerke im eigenen Keller. Siggi Seifferheld runzelte die Stirn. Aber dennoch, warum hatte dieser Kerl eine Homepage und schon drei Bücher, und er, Siggi, hatte nichts? Er musste dringend an seiner Vermarktung arbeiten!

»Will mich keiner fragen, was ich habe?«, fragte Karina schniefend und wischte sich mit dem Ärmel Flüssigkeitsansammlungen aus dem Gesicht.

Ihr Sohn, Fela, schmatzte zufrieden an seinem Schnuller. Seit dem Tag seiner Geburt, genauer gesagt, seit dem Moment, in dem er aus seiner blutjungen Mutter geschlüpft war, strahlte er eine übermenschliche Gelassenheit aus, war friedfertiger als der Dalai Lama. Nie verlor er sein Lächeln. Alle waren mittlerweile dazu übergegangen, ihn Buddha zu nennen.

»Hallo?«, jaulte Karina.

Vergebliche Liebesmüh. Siggi und Marianne hingen ihren eigenen Gedanken nach.

Marianne packte die Einkäufe aus. »Wir haben genug Pasta für uns alle. Nach so einer Vernissage ist etwas Leichtes am besten, oder? Spaghetti alla puttanesca.« Marianne öffnete die Tür zur Vorratskammer. »Tomaten sind da, Oregano, Chili. Verdammt, schwarze Oliven fehlen! Siggi, sind noch irgendwo schwarze Oliven? Siggi??«

Siggi tippte fieberhaft eine Mail an seinen Ex-Kollegen Wurster von der Mordkommission. Seine Ex und er trafen sich jeden Dienstagabend zum *Mord-zwo-Stammtisch,* seit einiger Zeit im *Löwen* in der Mauerstraße, aber er konnte unmöglich bis nächsten Dienstag warten.

Wurster, du musst einen Backgroundcheck für einen gewissen Arno Siegmann durchführen, wohnhaft in der Zollhüttengasse, geboren 1955. DRINGEND!

Das ging natürlich eigentlich nicht, dass er als Vorruheständler, mithin einem gemeinen Bürger gleichgestellt, sich der Ressourcen der Staatsmacht bediente, aber das Leben besteht nicht nur aus Regeln, sondern auch aus Gefälligkeiten.

»Siggi, hörst du mir zu?«

»Ja, Schatz! Was ist?«

Marianne hatte die Hände in die Hüften gestemmt. »Ob wir noch irgendwo schwarze Oliven haben, habe ich gefragt?«

Eine weitere Frauenstimme meldete sich zu Wort. »Das fragst du meinen Schwager? Der kann doch eine schwarze nicht von einer grünen oder violetten Olive unterscheiden.«

Die Küchentür war aufgegangen, und Marcella Seifferheld trat ein.

Das Seifferheldsche Haus in der Unteren Herrngasse konnte eigentlich nicht noch eine Frau gebrauchen. Der Östrogenspiegel in den fünfhundert Jahre alten Mauern war auch so schon hoch genug. Aber als Marcella, Seifferhelds Schwägerin, hörte, dass ihre einzige Tochter an Depressionen litt, hatte sie ihren Schrankkoffer und ihr Beautycase gepackt und sich kurzerhand auf unbestimmte Zeit einquartiert.

»Wie geht's dir, meine Kleine?«, fragte sie ihre Tochter. Einen Moment später traf auch die Wolke des teuren französischen Parfums ein, die Marcella Seifferheld auf Schritt und Tritt zu folgen pflegte.

Karina schnüffelte. »Ich bin ja so unglücklich!«

Seifferheld erhob sich schwer und unter Ächzen vom Küchenstuhl. Seit seine Tochter Susanne seinen Physiotherapeuten geheiratet hatte, waren die Massagesitzungen für seine schmerzende Hüfte zwar umsonst, fielen dafür aber sehr viel seltener aus. »Marcella? Was machst du denn hier? Ich habe gar nicht mit dir gerechnet.« Er humpelte auf die Frau seines Bruder zu und ließ sich von ihr italienisch-überschwenglich mehrmals auf beide Wangen küssen. Marcella küsste auch Marianne, bevor sie antwortete.

»Wenn mein Kleines in Not ist, komme ich natürlich sofort herbeigeeilt.«

Seifferheld und Marianne starrten Karina an. »In Not?«, wiederholten beide.

Ungläubig, wie man dazusagen sollte.

Noch beim Frühstück – wie jeden Morgen mit dem Glockenschlag der St. Michaelskirche um sechs Uhr dreißig – hatte sich Karina fröhlich ihr veganes, laktose-, milcheiweiß-, gluten- und cholesterinfreies Müsli einverleibt (während der kleine Buddha seinen Milchbrei fröhlich über sich und die Tischplatte verteilte), hatte das *Haller Tagblatt* gelesen und schien bester Dinge zu sein. Das war auch noch zwei Stunden später so, als Klein Fela längst Bäuerchen machend selig schlief und Karina Trockenfrüchte kauend im *Spiegel* blätterte und Siggi und Marianne sich mit Onis auf den Weg zum Feinkostgeschäft machten.

»Was ist passiert?«, fragte Marianne, die sofort in den Bemutterungsmodus umschaltete.

Karina fing an zu heulen.

»Männer!«, fauchte Marcella.

Die beiden älteren Frauen sahen sich wissend an. Das sagte ja schon alles.

Seifferheld schürzte die Lippen.

Als sein Bruder vor einem Vierteljahrhundert mit seiner italienischen Eroberung aufgetaucht war, hatte Siggi der zigeunerhaft aussehenden jungen Frau mit den funkelnden Augen und dem aufbrausenden Naturell alles zugetraut – dass sie die Tochter eines sizilianischen Paten sei, dass sie selbst der weibliche Pate einer ruchlosen Mafia-Mörderbande wäre, alles. Aber Marcella hatte sich im Laufe der Jahre als brave, tugendsame, nicht-kriminelle Ehefrau, Hausfrau und Mutter erwiesen. Dennoch, es gab Momente, da blitzte etwas in ihren braunen Augen auf, das ihn sehr an Blutrache denken ließ. So wie jetzt.

»Fela?«, hakte er nach, nur zur Sicherheit.

Seit Karina mit einundzwanzig ihr Baby bekommen hatte, war sie zwar sehr viel ruhiger geworden, nicht nur, was politische Aktionen anging, auch in Hinblick auf Männer, aber sicher sein konnte man ja nie.

»Ja, dieser … Fela!« Marcella erweckte ganz den Anschein, als ob sie ausspucken wolle. Marianne griff zur Kleenex-Rolle.

Karina heulte noch etwas lauter.

Onis kam unter dem Tisch hervorgekrochen, erfasste mit einem Blick die Situation, ließ seinen Teddy aus dem großen Hundemaul fallen, lief zu Karina und schleckte ihr die nackten Füße, die von der Küchentheke baumelten.

So viel Mitgefühl brachte Seifferheld nicht auf. Vom

Schlecken ganz zu schweigen. »Fela ist ein guter Junge«, behauptete er kühn. Dazu stand er auch!

Die Frauen starrten ihn an.

Er schluckte.

»Fela ist immer da für seinen Sohn, er gibt Karina jeden Monat einen erklecklichen Teil seines Honorars für den Unterhalt, er ist immer freundlich und zuvorkommend, er ...« Seifferheld gingen die Argumente aus. Fela Nneka, kaum älter als Karina, arbeitete als Fotograf beim *Haller Tagblatt,* betätigte sich ehrenamtlich für benachteiligte Jugendliche im örtlichen Sportverein, war gut zu Onis. Ein Versorger, ein Kümmerer, ein Hundefreund. Etwas Besseres konnte man über einen Mann doch nicht sagen. Seifferheld überlegte sogar, ob das die Worte sein sollten, die man dereinst in seinen Grabstein meißelte.

Karina schluchzte, verschluckte sich, hustete.

»Dieser ... Fela ...«, brummte Marcella, »... hat meiner unschuldigen, kleinen Karina das Unaussprechlichste angetan!«

»O Gott«, hauchte Marianne und nahm Karina in den Arm.

Seifferheld kam da nicht ganz mit. Das Unaussprechlichste? Verstand man darunter nicht das, dessen Ergebnis jetzt – immer noch breit lächelnd und ein dickes Fäustchen gen Himmel reckend – auf Karinas Schoß saß? Oder hatte er ihr womöglich – unvorstellbar! – Gewalt angetan? Nein, nicht Fela. Der konnte keiner Fliege etwas zuleide tun. Buchstäblich nicht.

»Verräter! Er soll in der Hölle schmoren, bis er schwarzgekokelt ist!«, fluchte Marcella.

Seifferheld dachte keck, dass Fela dann ja wohl nicht sehr lang im Höllenfeuer braten musste, denn er hatte einen nigerianischen Migrationshintergrund und besaß sowieso schon einen von der Sonne verwöhnten, enorm dunkelbraunen Teint. Das sprach Seifferheld aber nicht aus. Er war ja nicht lebensmüde. Marcella stand schließlich direkt vor dem Messerblock.

»Er hat Karina mit einer anderen Frau betrogen«, schlussfolgerte Seifferheld. Wenn man das Unmögliche ausgeschlossen hatte, dann musste das, was übrig blieb, die Wahrheit sein, so unwahrscheinlich sie auch klingen mochte. Hatte schon Sir Arthur Conan Doyle gesagt.

»WAS?«, schrie Karina auf. Jetzt wurde es Fela junior doch etwas zu laut. Er fing aber nicht an zu weinen, das tat er nie, sondern brabbelte lautstark vor sich hin.

Sofort beruhigte sich Karina wieder, sie wollte ihren süßen Kleinen auf keinen Fall aufregen, und Marcella gurrte ihrem Enkel »sch, sch, sch, alles ist gut« ins Ohr.

»Ehrlich? Er hat dich betrogen? Das hätte ich nicht von ihm gedacht, er wirkt so …« Marianne suchte nach dem richtigen Wort. »Treu?«

»Noch hat er es nicht getan, aber es ist nur eine Frage der Zeit«, fauchte Marcella.

Marianne schaute verwirrt. »Ich verstehe nicht ganz …«

»Hier!« Mit einiger Mühe zog Marcella die aktuelle Ausgabe des *Haller Tagblatts* unter dem Hintern ihrer Tochter hervor und reichte sie Marianne. Seifferheld trat näher und sah ihr über die Schulter.

Die Zeitung war auf der Seite aufgeschlagen und mittig gefaltet, auf der es um lokale Nachrichten ging. FELA

NNEKA ZUM BEGEHRTESTEN JUNGGESELLEN VON SCHWÄ-BISCH HALL GEKÜRT, stand da fett über einem Foto von Fela, der mit leuchtend weißen Zähnen breit grinsend und mit bloßem, glänzenden Oberkörper – Sixpack! – eine silberne Trophäe mit beiden Armen in die Höhe reckte. Das erinnerte jetzt sehr an die Fäustchen seines Sohnes, die ganz oft gen Himmel gereckt wurden, weil Fela junior zweifelsohne jetzt schon für später übte: Formel-1-Sieg, Oscar-Gewinn, Auszeichnung als begehrtester Junggeselle wie sein Vater.

»Ja und?«, fragte Seifferheld und wusste schon, als er den Mund öffnete, dass das ein Fehler war.

Die drei Frauen starrten ihn an. Onis schüttelte den Kopf und trottete wieder zu seinem rosa Teddy.

»Ja und? Ja und? Ja und?«, wiederholte Marianne fassungslos angesichts seiner männlichen Begriffsstutzigkeit.

»Ach Onkel Siggi«, hauchte Karina, und als ob ein Schalter umgelegt worden wäre, strömten ihr schlagartig ganze Flutwellen aus den Augen.

»Ja und? Mehr fällt dir dazu nicht ein?«, herrschte auch Marcella ihn an. »Dieser ... Fela ... ist der Mann meiner Tochter und lässt sich zum begehrtesten Junggesellen wählen? Das kann nur eines bedeuten – er will wieder auf Beutejagd! Während meine arme Kleine sich aufopferungsvoll um die Frucht seiner Lenden kümmert, will er seinen Samen auch anderweitig streuen! Dieses treulose Schwein!« Sie schlug mit der flachen Hand auf die Theke.

Siggi wollte dagegenhalten, dass Karina und Fela nie offiziell den Bund der Ehe eingegangen waren, sie waren im klassischen Sinne noch nicht einmal verlobt, aber selbst ihm war klar, dass jetzt nicht der Moment für derlei Penibilitäten war.

»Wenn ich den erwische … wenn ich den in die Finger kriege … dann …« Marcella runzelte die Stirn. Sie sprach jetzt ganz leise und klang sofort bedrohlicher. »Ich werde meinen Brüdern sagen, sie sollen sich ihn vorknöpfen!«

Im Film hätte jetzt ein unheimliches Geigen-Solo eingesetzt, damit auch dem letzten Zuschauer klarwurde, dass ein Gespräch mit den Brüdern von Marcella nur einen einzigen Ausgang haben konnte: mit Zementfuß im Schwäbisch Haller Stadtfluss, dem Kocher, versenkt zu werden!

Aber Seifferheld kannte Mauro und Fabrizio, die Brüder von Marcella. Beide Männer waren klein gewachsen, so breit wie hoch, und von höchst friedfertigem Naturell. Was damit zu tun haben mochte, dass Mauro Benediktinermönch und Fabrizio Franziskanerpater war. Bei Dominikanermönch und Jesuitenpater hätte Seifferheld als eingefleischter Evangele an die Inquisition gedacht und an hochnotpeinliche Verhöre, aber wie die Dinge lagen, würden ihn Mauro und Fabrizio nicht foltern, sondern ihm vielmehr ein Bildchen vom Papst in die Hand drücken und versuchen, ihn in den Schoß der Heiligen Mutter Kirche zu locken.

»Siggi, sag du doch auch mal was!«, verlangte Marianne.

Seifferheld schreckte aus seinen Träumen von rotunden Geistlichen, die aus Sixpack-Fela einen keuschen Katholiken machen wollten. Womöglich sogar ein Opus-Dei-Mitglied.

»Ich habe wirklich nichts gegen Katholen!«, erklärte er

zusammenhanglos, weil sie ihn zu abrupt aus seinen Gedankengängen gerissen hatte.

»Na, da danke ich aber schön«, erklärte Marcella. »Um die Frage des rechten Glaubens geht es hier aber nicht. Es geht um die Ehre! Rede gefälligst mit Fela! Von Mann zu Mann.«

Karina schnüffelte. Es war keine einzige Träne mehr in ihr. Sie war völlig ausgeheult. Leergeweint. Dehydriert.

Was sie den alten Semestern unmöglich sagen konnte, war, dass sie im Grunde total stolz auf ihren Fela war, er war der bestaussehendste, charmanteste Mann der ganzen Welt, und die anderen Bitches sollten ruhig zu sehen bekommen, was sie nie kriegen würden! Sie glaubte keine Sekunde, dass ihr Fela – ein treuer Schluffen durch und durch – sie jemals betrügen würde. Und falls sich je eine sonnenbankgebräunte Tusse mit Extensions im Haar und aufgeklebten Fingernägeln auf High Heels an ihn heranstöckeln sollte, dann würde Karina sie mit ihren Springerstiefeln mühelos in Grund und Boden stampfen.

Nein, das war es nicht. Sie heulte Rotz und Wasser, weil sie, Karina Seifferheld, Aktivistin für PETA und Amnesty International und Girls' Power, immer mit der Nase im Wind des Zeitgeists, sich nichts sehnlicher wünschte als eine stockkonservative Hochzeit in Weiß. Sie wollte mit diesem göttlichen, schönen, überirdisch guten Mann den spießbürgerlichen Bund der Ehe schließen. Fela würde einen weißen Frack tragen, und sie würde in schwarzer Gothic-Spitze vor den Altar treten. Und ihr gemeinsames, mandeläugiges, gelbes Kind würde einen orangefarbenen Frotteeanzug tragen. Das wäre ja soooo schön!

Aber wollte Fela sich jetzt schon binden? Wenn er an Junggesellen-Castings teilnahm, offenbar nicht. Was, wenn er ihrer überdrüssig war?

Karina schluchzte und merkte, dass da doch noch Wasserrestbestände in ihr waren, denn der Damm brach erneut, und Tränenflüsse ergossen sich.

»Mein armes Kleines!« Marcella umarmte sie und Klein Fela fest. »Gleich morgen früh fahren wir übers Wochenende weg. Nur du und ich und der kleine Buddha. Alles wird gut, du wirst schon sehen!« Auch Marcella verdrückte jetzt eine Träne.

Marianne konnte nicht anders. Sie hatte ohnehin nah am Wasser gebaut und heulte auch schon mal bei Babywindelwerbung. Ihr kamen also ebenfalls die Tränen. Sie schlang ihre knallbunten Hosenanzugsarme um Mutter und Tochter und Tochtersohn. Gruppenumärmelung.

Seifferheld sah auf die Lokalseite des *Haller Tagblatts* mit dem Foto vom nackten Oberkörper Felas hinunter. Sixpack. Pö! Seifferheld hatte auch einen Sixpack. Jawohl. Nur dass er den seinen mit einer schützenden Fettschicht umgab ...

Da war ihm immer noch nicht klar, dass es jetzt nur noch acht Stunden bis zur Leiche waren ...

Seifferheld und die Wippe des Todes

**Männer haben auch Gefühle!
Hunger zum Beispiel oder Durst.**

Seifferheld saß auf einer Holzbank auf dem Unterwöhrd, einer Insel mitten im Kocher, und genoss die Sonne, die sich jetzt trotz eisigem Nordwind langsam durch die Wolken schälte. Er fröstelte in seiner Windjacke, aber das würde er niemals zugeben. Onis tollte drüben am Mäuerchen mit seinem Hundefreund Carlo herum, einem zotteligen Briard von ungeheurer Gutmütigkeit.

Ein paar Meter vor ihm, auf dem Kinderspielplatz, stand seine kasachische Nicht-Putzfrau Olga und ließ den Zwillingskinderwagen, in dem seine Enkelin Ola-Sanne und sein Buddha-Neffe Fela junior dick eingemummelt saßen und vergnügt quietschend den spielenden Kindern zusahen. Schwäbisch Haller Mütter schworen durch die Bank auf den positiven Einfluss von frischer Luft und Aktivitäten im Freien, auch bei schlechtem Wetter. Es gab ja auch kein schlechtes Wetter, nur falsche Kleidung. Als eine neuerliche Böe ihn erfasste, verkroch sich Seifferheld förmlich in seiner Windjacke.

Olga stand mit dem Kinderwagen nicht allein vor ihm. Weil seine Schwester Irmgard und seine Schwägerin Marcella Olga nicht vertrauten und sie mit den Kindern nie allein ließen, waren die beiden älteren Damen mitgekommen.

Das muss man vielleicht erklären. Olga Pfleiderer, Russlanddeutsche, war von Seifferhelds Tochter Susanne eigentlich als Putzfrau eingestellt worden. Gegen den Widerstand von Irmgard, die fand, eine ordentliche Hohenloher Hausfrau putzt selbst. Zumal Olga nicht wirklich Dreck entfernte, sondern im Gegenteil noch zusätzlich für Dreck sorgte, weil sie nämlich Kette rauchte und nach ihrer Anwesenheit überall im Haus kleine Aschehäufchen zu finden waren. Susanne, die als Managerin bei der Bausparkasse Schwäbisch Hall tätig war, fand jedoch, dass sie eine Putzfrau verdient hatte. Nach einem vierzehnstündigen Arbeitstag wienerte sie doch nicht noch das Holzgeländer der Treppe oder robbte schrubbend über den Fliesenboden im Bad. Nein danke! Damals wohnten beide Frauen noch bei Siggi. Mittlerweile waren beide verheiratet, und auch Olga hatte einen deutschen Rentner gefunden, ihn flugs unter die Erde gepflegt und sein Haus geerbt, und im Grunde hätte Siggi drei Kreuze schlagen und aufatmen können, weil er seinen »Harem« nur noch besuchsweise zu sehen bekam, aber so einfach war das Leben natürlich nicht.

Jedenfalls hatten Irmgard und Marcella Olga begleitet, als die – wie jeden Werktag – die beiden Kinder zum Parkspaziergang abholte. Keine Ahnung, was sie beide befürchteten – dass Olga den Kleinen eine Kippe zwischen die Lippen drücken und sie zum Rauchen animieren würde? Oder die unschuldigen Kinder an einen Mädchenhändlerring verschacherte? Seifferheld seufzte.

Nun war es aber auf einem Kinderspielplatz nicht wirklich spannend für zwei Frauen, die einander nicht wirklich mochten. Seit Irmgard, die ewige alte Jungfer, Pfarrer Helmerich Hölderlein geehelicht hatte, verschärfte sich die Situation sogar noch. Es war wie im Boxring. In der linken Ecke Titelverteidigerin Irmgard Seifferheld: hager, grauer Knoten, Twinset, Birkenstockschuhe. In der rechten Ecke Herausforderin Marcella Seifferheld: Körbchengröße Doppel D, seit Überschreiten des fünfzigsten Lebensjahres deutlich tiefergelegt, rot bemalte Lippen, tiefes Dekolleté, Stöckelschuhe. Wenn es jemals einen Beweis für Stephen Hawkings Theorie von den Parallelwelten gebraucht hätte, Irmi und Marcella lieferten ihn – sie lebten in völlig parallelen Welten ohne jedwede Überlappung.

»Es bestand wirklich keine Veranlassung für dich, mitzukommen. Du solltest dich in dieser schweren Zeit lieber um Karina kümmern«, erklärte Irmgard spitz.

»Karina schläft. Ich hatte nichts weiter vor. Aber du musst doch sicher ein Auge auf Helmerich werfen, oder? Bei all seinen Phobien, Allergien, Neurosen … so einen Mann sollte man nicht allein lassen«, lästerte Marcella.

»Helmerich erteilt Konfirmandenunterricht, danke der Nachfrage.« Irmgard klang noch spitzer. Wenn Worte Pfeile wären, wäre Marcella schon längst der heilige Sebastian …

Seifferheld überlegte kurz, ob er eingreifen sollte.

Onis und Carlo hechteten hechelnd an ihm vorbei.

Das war das Schöne an einer Kleinstadt – im Prenzlauer Berg in Berlin hätte längst eine der anwesenden Mütter mit strengem Blick verlangt, man solle die Hunde an die Leine nehmen. Hier war das anders. Hier …

»Wem gehören denn die Hunde? Hallo? Entfernen Sie

gefälligst Ihre Tiere. Hier spielen Kinder!«, gellte eine der Mütter.

Seifferheld schaute geflissentlich zu den Wolken über Schwäbisch Hall auf.

Irmi und Marcella hackten derweil unverdrossen weiter aufeinander ein. Wie besonders angriffslustige Kampfhennen.

»Ein Leben für die Kirche. Noch dazu die falsche ... Ihr könntet etwas mehr Spaß vertragen, Helmerich und du«, erklärte Marcella.

»Unser Leben ist eine ununterbrochene Achterbahnfahrt aus Spaß, Freude und Vergnügen«, hielt Irmgard dagegen. »Morgen reisen wir beispielsweise zu einer verlängerten Wochenendfreizeit in die Uckermark und verkünden den Menschen dort die frohe Botschaft unseres Herrn.«

Marcella gluckste. »Was, bitte schön, hat das mit Spaß, Freude und Vergnügen zu tun? Und erst für die armen Menschen dort ... oben ... hinten.« Ihr war nur in ganz groben Umrissen klar, wo die Uckermark liegen könnte. »Das verstößt zudem sicher gegen den internationalen Nicht-Einmischungs-Pakt der Nationen.«

Irmgard Seifferheld-Hölderlein spitzte die Lippen. »Es kann nicht jeder so ein frivoles Lotterleben führen wie du. Ständig zwischen Kosmetikerin und Friseuse und der ...« Sie musterte die rubeneske Marcella augenbrauenrümpfend. »... der augenscheinlich inkompetenten Fitnesstrainerin hin und her pendelnd. Immerhin bringe *ich* mich in die Gesellschaft ein.« Wenn Irmgard wollte, konnte sie durchaus zynisch sein. Wenn sie nicht wollte, auch.

»Das soll der letzte Gedanke sein, bevor du stirbst? ›Ich habe mich in die Gesellschaft eingebracht.‹ Warum lebst du zur Abwechslung nicht mal? Warum tust du nicht einmal etwas Verrücktes, Wildes, etwas, das dir das Gefühl vermittelt, lebendig zu sein?« Marcella gestikulierte raumgreifend.

Irmgard holte tief Luft. »Ich atme. Das vermittelt mir in ausreichendem Maße das Gefühl, lebendig zu sein.«

Marcella sagte »Ha!« und zeigte, einem spontanen Einfall folgend, auf die Wippe am anderen Ende des Spielplatzes. »Ich wette, du traust dich nicht, mit mir eine Runde zu wippen.«

»Bitte, werd jetzt nicht kindisch.« Irmgard verschränkte die Arme vor der nicht existenten Brust über dem hageren Brustkorb.

»Aber genau darum geht es doch! Sei nicht immer so stocksteif. Sei einfach mal locker, ganz du selbst. Wie heißt es in der Bibel? Wenn ihr nicht werdet wie die Kindlein …« Das war Marcellas Trumpfkarte, und sie spielte sie genüsslich aus.

Seit Irmgard Pfarrersfrau war, waren Bibelzitate ihre Achillesferse. Damit kriegte man sie immer.

»Ich habe mir meine unschuldige Kindlichkeit durchaus bewahrt«, behauptete sie, aber ihre Stimme klirrte nicht mehr vor eisiger Strenge, klang sogar einen Tick zögerlich …

»Komm schon, gib dir einen Ruck, beweise dir und mir, dass du auch einmal ein verrücktes Huhn sein kannst!«

Marcella lief zur Wippe.

Irmgard sah sich um. Nicht zu ihrem Bruder, den hatte

sie im Zweikampf mit Marcella völlig vergessen, nein, sie hielt Ausschau nach den Frauen aus dem Blumenschmuckkomitee der Kirchengemeinde. Doch außer ein paar jungen Müttern mit ihren Kindern und dem »Pinkler«, einem Jogger, den alle so nannten, weil er täglich stundenlang durch den Park joggte und sich im Bedarfsfall hinter den Büschen am Parkplatz der Stadtwerke erleichterte, war niemand zu sehen.

Irmgard holte tief Luft und stapfte auf die Wippe zu.

Marcella saß bereits.

Irmgard ließ sich auf dem anderen Ende nieder, und los ging's.

Wipp, wipp, wipp.

Seifferheld seufzte. Dass er die beiden Drachen in diesem Leben noch einmal friedlich vereint beim Spiel beobachten würde, hätte er nie gedacht. Er konzentrierte sich auf den Rücken seiner Schwester, sonst hätte er nämlich auf die wippenden Doppel-D-Brüste seiner Schwägerin gestarrt, und das gehörte sich nicht.

Doch plötzlich verharrte Irmgards Rücken in der Luft.

Aha, dachte Seifferheld, ein Komplott. Eins zu null für die Herausforderin.

»Marcella!«, empörte sich Irmgard.

Die physikalische Tatsache, dass ein schwerer Körper einen leichteren auf einer Wippe problemlos oben halten kann, ließ sich nicht leugnen. Marcella lächelte triumphierend.

Irmgard war zu stolz, um heftig auf ihrer Seite der Wippe auf und ab zu hüpfen, also verharrte sie mit fest zusammengebissenen Lippen.

»Wie ist die Luft da oben?«, flötete Marcella und schaute treuherzig.

Irmgard, jetzt ganz beleidigtes Kind, zeigte ihr den altersfleckigen Stinkefinger.

Seifferheld grinste. Er genoss die Szene.

Bis sich urplötzlich ein riesiger Mann in einem Trenchcoat mit hochgeschlagenem Revers neben ihm auf der Bank niederließ.

»Großer Gott, Wurster, du hast mich erschreckt!«, schimpfte Seifferheld und versuchte, seinen Stakkato-Puls wieder unter Kontrolle zu bringen.

Sein Ex-Kollege Wurster, von allen nur der Bärenmarkenbär genannt, weil er von Kopf bis Fuß dicht mit roten Härchen überwuchert war, blinzelte ihm verschwörerisch zu. »Ich hab so schnell gemacht, wie ich konnte.«

»Was?« Seifferheld stand auf dem Schlauch.

Wurster sah sich verstohlen um. »Na, du hast noch nie nach einem Backgroundcheck verlangt, wenn du nicht gerade in irgendwelchen Ermittlungen warst. Und momentan haben wir keine Leiche in Hall. Also muss dieser Arno Siegmann dich bedroht haben. Kollegen in Not steht man zur Seite! Also habe ich keinen Hebel unberührt gelassen, um alles über den Mann herauszufinden.« Wurster zog mehrere Blatt Papier aus der Innentasche seines Trenchcoats und drückte sie seinem Ex-Vorgesetzten in die Hand.

Seifferheld bekam jetzt fast so etwas wie ein schlechtes Gewissen. Aber nur fast.

»Was hast du herausgefunden?«

»Das Führungszeugnis des Mannes ist astrein. Keine Vorstrafen, er hat sich nie etwas zuschulden kommen lassen. Auf den ersten Blick ein Vorzeigebürger par excellence.« Wurster senkte den Kopf und sprach heiser. Wie in einem Spionagefilm aus den Tagen des Kalten Krieges, wenn sich ein CIA- und ein KGB-Mann zum geheimen Datentransfer trafen. »Hat eine lupenreine Weste, dieser Siegmann.«

»Marcella, also wirklich!«, rief Irmgard in diesem Moment drüben von der Wippe.

Sie hörten Marcella kichern.

Onis kam angelaufen und schleckte Wurster die Finger. Fingerschlecken bei Wurster lohnte sich immer. Der Mann hatte keine besonders hohen Hygienemaßstäbe und aß dreimal täglich Fleisch – da war für eine Hundezunge immer etwas zu finden. Hundefreund Carlo näherte sich ebenfalls, schnupperte erst interessiert und schleckte dann mit.

Wurster ließ es geschehen. Er war eine Seele von Mann. Frauen, Kindern, Freunden und Tieren gegenüber. Als Krimineller sollte man sich jedoch besser nicht auf seine zarte Seite verlassen ...

Seifferheld betrachtete die Papiere enttäuscht. »Nichts, wirklich gar nichts?«, murmelte er.

Wurster senkte wieder den Kopf und raunte: »Ich würde nicht *nichts* sagen ...«

Seifferheld schöpfte Hoffnung.

»Siggi, tu doch was!«, verlangte Irmgard auf ihrem Wippenhochsitz.

Seifferheld nickte ihr zu und winkte.

»Was hast du entdeckt?«, wollte er von Wurster wissen.

»Olga, helfen Sie mir!«, rief Irmgard. Olga hob ihre

Rechte mit der brennenden Zigarette hoch und rief zurück: »Ich muss auf die Kinder aufpassen! Man weiß nie, welche Verrückten sich hier herumtreiben!«

Es rächte sich, dass Irmgard ein unschlagbares Talent dafür besaß, sich andere Frauen zu Feindinnen zu machen.

Marcella kicherte immer noch.

Onis und Carlo hatten sämtliche Wurstfragmente von Wursters Hand geschleckt und trollten sich wieder.

»Arno Siegmann wurde hier in Hall geboren, in der Zollhüttengasse, besuchte das Gymnasium bei St. Michael und studierte zwei Semester Kunst in Stuttgart, hat das Studium abgebrochen und hier in Hall als Taxifahrer gejobbt. Und dann …«

Er schwieg dramatisch.

Seifferheld zählte bis zehn. »Und dann?«, fragte er.

»Und dann hat er alle Zelte hinter sich abgebrochen. Von heute auf morgen ist er einfach weg nach Berlin gezogen.«

»Gab es zu diesem Zeitpunkt dubiose Vorfälle in Hall, mit denen man ihn in Verbindung bringen könnte?«

»Nein. Seine Eltern sind kurz zuvor gestorben, und da hat ihn offenbar nichts mehr in der Stadt gehalten. Ein Vierteljahrhundert ist er nicht in Erscheinung getreten. Ein Leben unter dem Radar, könnte man sagen. Aber dann …« Der Bärenmarkenbär verstummte erneut.

»Mensch, Wurster, lass dir doch nicht jede Silbe aus der Nase ziehen. Los, raus damit!«

Wurster wusste, wann es genug war. Im Gegensatz zu Marcella, die immer noch kicherte und Irmi oben auf der Wippe genüsslich verhungern ließ.

»Also, vor fünf Jahren tauchte Siegmann wieder auf der Bildfläche auf. In Hamburg. Er gab Strickkurse, anfangs gemischt, später für Männer. Er war der Sprecher von so einer Guerilla-Strickgruppe, die Wollhüllen für Laternenpfahle und so strickt. Durchgeknallt, aber nie wirklich ungesetzlich. Er hat Bücher zum Thema Stricken geschrieben. Und seit einem halben Jahr hat er offiziell seinen ersten Wohnsitz wieder in Schwäbisch Hall. In seinem ehemaligen Elternhaus, beste Innenstadtlage. Und *hier* ...« Wurster zog das »hier« in die Länge und verstummte dann.

Er tat es schon wieder!

Seifferheld zählte innerlich bis zehn und reagierte einfach gar nicht. Die beste Methode, um einen Möchtegern-Dramatiker auszuhebeln. Einfach nichts sagen.

»Und um sich hier in der Stadt einen Namen zu machen, hat er heute Abend im Foyer der Bausparkasse eine Vernissage seiner Strickwerke organisiert. Es geht außerdem das Gerücht um, dass er eine eigene Strick-Sendung im Radio bekommen hat.« Wurster musterte ihn. »Ist es das? Witterst du Konkurrenz?« Wurster lachte und stieß Seifferheld seinen Ellbogen in die Rippen.

»Woher weißt du das mit der Radiosendung? Weiß es wirklich schon jeder?« Seifferheld kochte. Frau Söback vom SWR hätte ihn vorwarnen sollen. Ihm als Erstem Bescheid geben sollen. Das gehörte sich doch so!

»Nein, das weiß nur ich, weil er es mir gesagt hat.«

»Wie, gesagt? Du hast mit ihm gesprochen?«

»Ich habe ihm gesagt, dass du dir Sorgen um deine Zukunft beim Radio machst. Der direkte Ansatz ist doch immer der beste.«

»Wie bitte!« Seifferheld sprang hoch – also, wegen seiner Hüfte war es nicht direkt ein Hochspringen, mehr ein mühsames Erheben unter deutlich vernehmbarem Ächzen – und stampfte mit seiner Gehhilfe auf. »Wurster, wie konntest du nur!«

Wurster schüttelte sich vor Lachen. »Reingelegt!«, krähte er und klatschte sich mit der rot behaarten Rechten auf den massigen Oberschenkel. »Ich habe dich natürlich mit keinem Wort erwähnt!«

Seifferheld fiel ein Stein vom Herzen. Kein Stein, ein Gebirge. Der Himalaya.

»Ich wollte nur checken, ob seine Adresse und seine Telefonnummer stimmen, und als ich ihn plötzlich am Apparat hatte, improvisierte ich in Windeseile, ich hätte erfahren, dass er, der berühmte Stricker, von Hamburg nach Hall gezogen sei, und ob er mir nicht das Stricken beibringen könne.«

»Was?« Seifferheld traf beinahe der Schlag.

»Er hat auch gleich zugesagt und wird uns nächsten Dienstag beim Stammtisch im *Löwen* in die Geheimnisse des Männerstrickens einführen.« Wurster bestätigte seine Worte mit einem markigen Nicken. »Wolle und Stricknadeln bringt er mit.«

Seifferheld war sprachlos. Na ja, nicht ganz. »Du hast sie doch nicht alle! Sind dir alle Sicherungen durchgebrannt? Wie konntest du dem zustimmen? Das kann unmöglich dein Ernst sein!«

»Doch, ist es. Kann doch nicht schaden, wenn wir mal unseren Horizont erweitern. Stricken ist total angesagt. Hab ich gegoogelt.«

Seifferheld starrte ihn an. Dann umklammerte er mit weißen Fingerknöcheln seine Gehhilfe und stapfte davon.

»Kein Wort des Dankes?«, rief Wurster ihm hinterher. »Ach übrigens, ich hab vorhin mit deiner Marianne telefoniert, weil ich wissen wollte, wo ich dich finde. Sie hat mir aufgetragen, dir zu sagen, dass du schwarze Oliven mitbringen sollst. Hörst du? Schwarze Oliven!«

»Siggi!«, kreischte Irmgard. »Siggiiiiii!«

Seifferheld stapfte ungerührt weiter. Verrat, das war purer Verrat. Einen Stricker zum Stammtisch einzuladen, einen Stricker! Keiner der Stammtischkumpels hatte je darum gebeten, dass er ihnen das Sticken zeigte. Nein, das interessierte sie nicht. Sie wollten stricken. Ha!

Er pfiff nach Onis, der auch gleich – oder was Hunde unter *gleich* verstehen – angelaufen kam, und zu zweit zogen sie davon.

»Siggiiiiii!«, schrie Irmi. »Siggiiiii!«

Aber Seifferhelds Ohren hatten dicht gemacht.

**Ein Mann in den Fängen emotionaler Qual.
Und dabei hatte er keine Ahnung, dass es nun
nur noch vier Stunden bis zur Leiche waren …**

Seifferheld und die Wollwerke
des Grauens

Ich mag Schweine. Hunde schauen zu uns auf,
Katzen schauen auf uns herab,
aber Schweine begegnen uns auf Augenhöhe.

Winston Churchill

Kurz nachdem Siggi und Marianne sich auf den Weg
zur Bausparkassen-Vernissage gemacht hatten, schlug die
Wohnzimmeruhr im Seifferheldhaus dreimal an. Achtzehn Uhr fünfundvierzig. Es war ein Westminster-Schlag,
der an den Big Ben erinnerte. Das rote Licht des Videorekorders leuchtete auf. Die Landesschau begann.

Um achtzehn Uhr fünfundvierzig und dreißig Sekunden erlosch das Lämpchen des Rekorders wieder. Es würde sich im Nachhinein nicht mehr feststellen lassen, ob
Marianne das Gerät falsch programmiert hatte oder ob der
Videorekorder, wie alle Elektronikteile im Haus durchaus
betagt zu nennen, sich aus unerfindlichen Gründen von
allein abgeschaltet hatte oder ob, was in letzter Zeit ärgerlich oft vorkam, ein stadtweiter Stromausfall zur Abschaltung geführt hatte. Jedenfalls wurde die Sendung nicht
aufgezeichnet.

Sosehr Siggi Seifferheld sich darüber auch ärgerte, weil
er die Sendung für verloren glaubte (es gab so etwas wie
Landesschau on demand auf der Homepage des SWR, aber
mit dem Internet hatte es Siggi nicht so, er googelte höchs-

tens mal den einen oder anderen Fakt, wenn Not am Mann war), sosehr er sich also auch ärgerte, er hätte sich lieber freuen sollen. Auf diese Weise blieb er einige Tage lang – bis der Drei-Minuten-Clip des Landesschau-Interviews mit ihm und Onis YouTube erreichte – herrlich ahnungslos, was das Endergebnis seines Fernsehauftritts anging. Ein Highlight deutscher Fernsehunterhaltung, da waren sich alle, die es gesehen hatten, einig. Nur nicht so, wie man sich das als Betroffener wünschen würde.

Nach dem Wetter – stete Verbesserung mit einem kontinuierlichen Anstieg der Temperaturen bis Anfang Mai in den unteren zweistelligen Bereich – gab es einen kurzen Bericht über eine Hundeklinik, featuring Hasso, einen Dackel. Hasso hatte die Perlenkette seiner Besitzerin verschluckt, welche ihm wieder herausoperiert werden musste. Dackel – eigenwillige Kreaturen, als Zugluftstopper vor bayrischen Türen gezüchtet. Hund und Kette überstanden die OP wohlbehalten. Moderator Jürgen Hörig – live übrigens sehr viel größer, als man das vom Bildschirm her dachte – erklärte: »Ich vermisse meine Uhr. Vielleicht sollte ich meinen Hund fragen.« Dann kündigte er die Studiogäste des Abends an: Seifferheld und Onis. Es folgte der Einspieler, den ein Kamerateam am Nachmittag des Interviews von Onis und Seifferheld gedreht hatte. Die Zuschauer sahen Herrn und Hund durch den Stuttgarter Rosensteinpark flanieren. Die Stimme von Sprecher Jo Jung erklärte den Fernsehzuschauern, dass Siegfried Seifferheld, ehemaliger Kommissar der Mordkommission in Schwäbisch Hall, nach einer schweren Schussverletzung im Dienst in dem Hovawart einen treuen Gefährten gefunden habe. Aeonis vom Entenfall, den die Familienmit-glieder liebevoll Onis zu rufen pflegten, sei jedoch weit mehr als ein Begleithund. Er habe ungewöhnliche Talente. Schnitt ins Studio.

Dort saß Seifferheld vor hellblauem Hintergrund mit dem SWR Landesschau-Logo auf einer roten Couch. Zu seinen Füßen im Ruhemodus Onis, der Hund.

Von Schwäbisch Hall nach Stuttgart brauchte man mit dem Zug etwa eineinhalb Stunden, und im Gegensatz zum Busfahren fand Onis Zugfahren grandios. Sie waren seinerzeit am späten Vormittag in der Landeshauptstadt eingetroffen, das Kamerateam hatte sie gleich vom Bahnhof abgeholt, die Kameraassistentin hatte Onis gefühlte zwei Millionen Mal mit einer weichen Bürste gebürstet, und dann waren die beiden durch den Park zum SWR-Studio flaniert. Die Wartezeit bis zum Live-Interview verbrachten sie in der Kantine, in der Onis mit allzu vielen Saitenwürstle verwöhnt worden war.

»Man merkt gleich, dass zwischen Ihnen beiden eine enge Verbindung besteht«, sagte der Moderator zum Auftakt.

Seifferheld schwitzte. Marianne hatte ihn an diesem Morgen gestylt. Nicht nur gestylt, sie hatte ihn gleich völlig neu eingekleidet. Ein Blick in den Spiegel der Herrentoilette hatte ihm kurz vor den Live-Aufnahmen noch versichert, wie gut er aussah: rauchgrauer Dreiteiler, Einstecktuch in der Farbe der Seidenkrawatte, italienische Flechtschuhe. Alles von Marianne gekauft. Mit sicherer Hand. Seifferheld erkannte sich gar nicht wieder, er sah aus wie ein Filmstar. Wie ein Filmstar, der schwitzte. Dabei war er in der Maske mehrmals gepudert worden. »Mehr geht nicht«, hatte die Visagistin gesagt, »sonst fängt er an zu bröseln.«

Ob er vor laufender Kamera das Jackett ablegen konnte?

»Ja, Onis und ich, wir sind ein Team«, stieß Seifferheld hervor.

Der Moderator war Profi und kannte sich mit Studiogästen, die den Mund nicht aufbrachten, aus. Er ließ sich nicht aus der Ruhe bringen. »Ein ganz besonderes Team, wie man hört. Sie und Onis – darf ich Onis sagen? – haben spezielle Talente.« Er beugte sich zu Onis vor, der seine Hand schleckte.

Seifferheld überlegte derweil fieberhaft, was für Talente er besaß. Er konnte auf zwei Fingern pfeifen, scharf essen, extrem lange in der Badewanne unter Wasser tauchen, aber sonst? Sticken, genau. Er konnte sticken.

Irgendwo in den hintersten Gehirnwindungen war ihm bewusst, dass er wegen etwas anderem im Studio war. Der Landesschauleiter, Kilian von Krottwitz, hatte es ihm doch gesagt. Es ging um Onis …

Gott war das heiß im Studio!

»Ihr Hund hat eine Begabung …«, half der Moderator ihm auf die Sprünge.

Seifferheld sah Onis an. Sein Sprachzentrum war wie lahmgelegt, sein Hirn eine abgewischte Tafel. Gut, dass das am Schluss alles rausgeschnitten würde …

Onis gähnte.

Dann hechelte er. Ihm war auch warm.

Die Frau vom Tierschutz, die extra für Onis angekarrt worden war, sah auf den Temperaturmesser in ihrer Hand.

Angenehme zwanzig Grad. Sie vertiefte sich wieder in die neueste Ausgabe von *Wendy,* dem Heft rund um Pferde, Tiere und Freundschaft für Kinder ab acht Jahren. Sie wollte dort unbedingt einmal einen Artikel unterbringen – eine Reportage am besten, über Mähnenfrisuren oder Pferdenamen.

»Onis singt!« Na also, es war ihm gerade noch rechtzeitig eingefallen. Seifferheld wischte sich mit dem Handrücken über die tropfnasse Stirn. Fernsehen war eindeutig eine andere Liga als Radio. Im Radio war man nur eine Stimme, hier zählte der Gesamteindruck. Der war momentan nicht vorteilhaft, das war ihm klar. Egal, Onis würde es rausreißen.

»Es ist ja bekannt, dass gewisse Töne als Schlüsselreiz wirken – Sirenen, bestimmte Musik oder andere Hunde, die heulen. Dann fängt ein Tier an zu singen«, erläuterte der Moderator, der mittlerweile die Hoffnung aufgegeben hatte, Seifferheld noch locker zu kriegen. Sie hatten nur noch zwei Minuten. Jetzt musste es rasch gehen.

»Ist Onis denn Tenor oder Bariton?«

Seifferheld hätte sich jetzt gern am Kopf gekratzt. »Ja, also … unterschiedlich, mal so, mal so.« Es hätte geholfen, wenn er gewusst hätte, inwiefern sich Tenor und Bariton voneinander unterschieden.

»Hören wir es uns einfach einmal selbst an«, schlug der Moderator vor. »Onis, du bist an der Reihe.«

Onis fand den Tag allmählich ätzend. Insbesondere, weil er ihn nicht mit dem Wesen teilen durfte, das er von Herzen liebte: seinem rosa Teddybären. Er legte den riesigen Hundeschädel auf den Vorderpfoten ab und schloss die Augen.

»Onis«, sagte Seifferheld. Sie hätten das proben sollen. Ja, definitiv. Er hätte seinem Onis mit Hilfe von Leckerlis beibringen sollen, auf Kommando zu singen. Jetzt war es zu spät. Vielleicht half ein Anreiz.

Seifferheld räusperte sich. Und fing an zu singen. Und zwar die Arie *Nessun dorma* aus Turandot. Wenn die zu Hause lief, jaulte Onis ausnahmslos immer mit. Ein Schlüsselreiz, dem er einfach nicht widerstehen konnte.

Allerdings galt das wohl nur für die Untere Herrngasse.

Oder Seifferhelds Schmettern kam in den Hundeohren nicht als *Nessun dorma* an.

Onis öffnete nur gelangweilt das rechte Auge und schloss es gleich wieder.

»Vielleicht, wenn Sie mitsingen ...«, sagte Seifferheld zum Moderator.

Zu zweit intonierten sie die Arie beziehungsweise das, was man als Laie arientechnisch von sich geben kann. Der Kameramann bekam einen Lachanfall, die Regieassistentin wurde bleich. Was die eine Million Zuschauer empfanden, die sich die Landesschau im Schnitt anschauten, blieb unerforscht. Der eine oder andere sang oder summte womöglich mit. Vielleicht gab es sogar ein Massensingen vom Bodensee bis an die hessische Grenze. Alle sangen.

Nur Onis nicht.

Der gähnte.

Ja, es war wirklich besser, dass Siggi Seifferheld diese Sendung nie zu sehen bekam. Im Gegensatz zu seinen Nachbarn und Freunden ...

Countdown zur Leiche ...

Seifferheld und die Frau,
die Don Quixote liebte

Warum sollte eine Frau den ersten
Schritt machen? Die Eizelle schwimmt
doch auch nicht zum Sperma …

»Sie sind gekommen, wie schön!«

Arno Siegmann beugte sich tief über Mariannes Hand, und es kam – Seifferheld registrierte es mit versteinerter Miene –, ja, es kam dieses Mal zu Körperkontakt zwischen Lippen und Handrücken.

Heute war ein Tag zum Aus-der-Haut-Fahren, aber Siegfried Seifferheld, Kommissar im Unruhestand, würde sich hier und jetzt ganz gewiss keine Blöße geben. Schwer legte sich seine Linke auf Mariannes Schulter, und mit der Rechten packte er Siegmanns Hand und schüttelte sie. »Vielen Dank für die Einladung zu Ihrer Vernissage. Ich bin gespannt«, sagte er in einem Tonfall, mit dem sich ein Beinamputierter aus purer Wohlerzogenheit für geschenkte Schnürstiefel bedanken würde.

Es war Abend, und sie standen im Foyer der Bausparkasse Schwäbisch Hall. Ein architektonisch ansprechender, räumlich großzügig gestalteter Empfangsraum für die Mitarbeiter, die Kunden und die Gäste des unangefochtenen Platzhirsches unter den weltbesten Bausparkassen. Rechts führten Aufzüge in die oberen Stockwerke, links eine ausladende Treppe in Richtung Kantine, geradeaus ging es zum Vorlesungssaal und der kleinen Cafeteria. Hier im Foyer – im sogenannten Kunstforum der Bausparkasse – fanden in regelmäßigen Abständen Lesungen oder Vernissagen statt. Um nur einige zu nennen, quasi die Spitze des Eisberges: Wladimir Kaminer und Albert Ostermaier waren hier schon aufgetreten und hatten sich im Anschluss an ihre Lesungen verköstigen lassen, Paul Swiridoffs Portraitfotografien waren hier ausgestellt worden, ebenso Werke des ortsansässigen Künstlers Marcus Neufanger. Und jetzt also die Strickkunst von Arno Siegmann. Der im Übrigen Hof hielt wie der französische Sonnenkönig Ludwig XIV. Er trug auch Sonnengelb. Fehlte nur noch ein Umhang mit Hermelinkragen. »Wir sehen uns später, ich wünsche einen wunderbaren Abend«, schmalzte er und wandte sich mit gleichermaßen klebriger Schleimigkeit den nächsten Ankömmlingen zu.

Marianne und Seifferheld meldeten sich an der langgestreckten Empfangstheke an und wurden anstandslos durchgewinkt. Man kannte sich. Also, man kannte sich nicht persönlich, aber in einer Kleinstadt von gerade mal siebenunddreißigtausend Einwohnern war die Szene der Kunstinteressierten überschaubar. Es waren immer dieselben Gesichter, die man auf Vernissagen und sonstigen Eröffnungen sah. Meist ältere Gesichter – ehemalige Lehrer und Lehrerinnen, Honoratioren und ihre Gattinnen, pensionierte Ärzte, Anwälte und Menschen beiderlei Geschlechts, die nie in den Hafen der Ehe eingelaufen waren und somit viel Freizeit für derlei Veranstaltungen hatten. Auf der anderen Seite stand der hochgewachsene, vollbärtige Leiter der Kunstakademie im bunten Gehrock, auf der anderen Seite des Raumes die erste Bürgermeisterin im Gespräch mit der Kulturbeauftragten der Stadt, in der Mitte der Intendant der Freilichtspiele neben der Leiterin der Kunsthalle Würth.

Marianne und Seifferheld waren spät dran. Das lag ausschließlich an Marianne, die sich dreimal umgezogen und über eine Stunde frisiert hatte. Seifferheld kam aus purem Trotz in der Cordhose und dem karierten Flanellhemd, die er schon den ganzen Tag trug.

»Wirklich, Siggi, manchmal verstehe ich dich einfach nicht«, hatte Marianne gesagt, in die Hand gespuckt und ihm wenigstens die Haare aus dem Gesicht gestrichen und auf der linken Kopfhälfte festgeklopft. »Und zum Friseur musst du auch dringend mal wieder.« Letzteres sagte sie allerdings mit weicher Stimme. Im Grunde war sie froh, dass ihr Siggi noch so volles Haar hatte, in das man sich in gewissen Momenten so herrlich verkrallen konnte.

Seifferheld war definitiv underdressed, aber nicht so sehr, dass es peinlich wäre. Die Vernissage war für neunzehn Uhr angesetzt, da kamen die Werktätigen unter den Gästen ohnehin direkt aus dem Büro.

Rechts, wo es zu der Garderobe ging, standen vier junge Musikerinnen, die in diesem Moment zu spielen anfingen. Ein Mann dirigierte. Bestimmt der neue Leiter der Musikschule. Die jungen Frauen gaben etwas Klassisches zum Besten, das hörte Seifferheld heraus, mehr aber auch nicht. Mozart, Beethoven, Hindemith – für ihn war das alles eins.

»Wie nett!«, flüsterte Marianne neben ihm, aber sie meinte damit weniger die melodischen Töne aus zarter

Frauenhand, mehr die Tatsache, dass alle vier jungen Frauen von Kopf bis Fuß in Strickwaren steckten, genauer gesagt in unifarbenen Strick-Einteilern, die sie wie schmale Teletubbies aussehen ließen. Jetzt entdeckte er auch das Schild an der Wand hinter den Musikerinnen, auf dem stand: »Vom Künstler auf den Leib gestrickt.«

Seifferheld rollte mit den Augen, sagte aber nichts.

Während die anderen Gäste im Takt der Musik mit den Köpfen wippten, im hinteren Teil des Foyers dirigierte sogar einer mit, sah Seifferheld sich um. Er hatte im *Haller Tagblatt* gelesen, dass Umbauarbeiten geplant waren, und tatsächlich stand im Innenhof bereits schweres Gerät, und ein Teil der dortigen Bodenfliesen war entfernt worden. Die aufgeschüttete Erde erinnerte an einen gigantischen Maulwurfshügel. Es standen aber auch noch ein paar Stühle und ein Tisch mit Aschenbecher draußen, falls einer der Gäste rauchen wollte.

Seifferhelds Blick wanderte zu den … hm … Strickkunstwerken. Der Begriff *Kunstwerk* blieb ihm in diesem Zusammenhang im Hals stecken, auch wenn er es gar nicht laut aussprach.

Die Musik endete, und alle klatschten. Die Kulturbeauftragte der Stadt hielt eine kurze, launige Begrüßungsrede, dann kam schon gleich der Künstler selbst zu Wort.

»Reiß dich mal zusammen«, verlangte Marianne flüsternd, »du benimmst dich wie ein Schulbub mit ADHS.«

»Ich leide weder an einer Aufmerksamkeitsdefizitstörung noch an einer Hyperaktivitätsstörung«, erwiderte Seifferheld ebenso flüsternd. »Ich mag diesen Siegmann einfach nur nicht.«

Marianne sah ihn aus großen, schwarzumrandeten Augen an. »Warum denn nicht? Er kämpft doch denselben Kampf wie du. Er will, dass mehr Männer handarbeiten. Das ist doch großartig!«

»Das ist ein Kampf gegen Windmühlen«, murrte Seifferheld.

»Ich fand Don Quixote immer toll«, erklärte Marianne. »Und jetzt pst!«

Pst! Ha! *Sie* hatte doch angefangen.

Seifferheld sah zu Siegmann. Dessen Rede schien zu dauern. Er hielt ein Manuskript von gewaltigem Umfang in der Hand. Tolstois *Krieg und Frieden?* Oder wollte er sich namentlich bei jedem einzelnen Menschen bedanken, der jemals gestrickt hatte?

Seifferheld humpelte zum Getränke-Buffet. Das stand er nüchtern nicht durch.

»Liebe Gastgeber, liebe Gäste … danke, danke, dass Sie einem verlorenen Sohn der Stadt …« An dieser Stelle schien Arno Siegmann die Stimme zu versagen. Bewegt fasste er sich an die Brust. Eine Brust, die in einem goldenen Rüschenhemd steckte, wie man es in den Swinging Sixties in London getragen haben mochte. Ob er gleich ein Schnupftuch aus seiner Seidenhose, ja: Seidenhose!, ziehen und es sich an den Zinken halten würde? Seifferheld nahm einen großen Schluck Weißwein.

»Nach all den Jahren, die ich in New York, Hongkong und Paris verbrachte …« – Seifferheld staunte angesichts dieser Aufzählung, waren es nicht schlicht und ergreifend nur Berlin und Hamburg gewesen? – »… in Mailand, Rom und London, habe ich nun endlich wieder das Gefühl, wahrhaft zu Hause zu sein, meine Wurzeln wieder tief ins Erdreich schlagen und sagen zu können: Hier bin ich daheim!«

Im Laufe seiner Rede verfiel Siegmann immer mehr in den Hohenloher Dialekt – die Stadtversion –, den man als Eingeborener hier zu sprechen pflegte.

Seifferheld trank schneller.

»Ich bin mit einer Mission zurückgekehrt, meine Damen und vor allem meine Herren, mit der Mission, der Welt das Männerstricken näherzubringen!« Auf sein Handzeichen hin spielten die vier jungen Frauen einen Tusch. Zweifellos war das vorher so abgesprochen worden.

Seifferheld nahm noch einen Schluck. Zack, war sein Glas leer.

»Das Männerstricken war jahrzehntelang ein Tabuthema, dabei haben gestandene Kerle wie beispielsweise Raimund Harmstorf oder Ernest Hemingway gestrickt – und das mit Begeisterung!« Siegmanns Stimme wurde lauter. Und demagogischer. Kam gleich ein provokanter Satz wie: *Wollt ihr das totale Männerstricken?*

Seifferheld drehte sich um und gestikulierte der netten Buffetkraft, dass sie ihm dringend nachschenken solle.

»Ich weiß mich in guter Gesellschaft, gerade hier in unserem geliebten Schwäbisch Hall. Ich bin nicht der einzige Mann, dem Handarbeiten für das starke Geschlecht ein Anliegen sind. Große Visionen haben sich meiner bemächtigt: Ich stricke meine weltweit berühmten Lampensocken, und mein Kollege Siegfried Seifferheld bestickt sie!«

Seifferheld verschluckte sich am Weißwein.

Siegmann zeigte auf eine an Hässlichkeit nicht zu überbietende Stehlampe, deren Schirm mit fransiger Effektwolle umstrickt worden war. Eine Grässlichkeit sondergleichen. Und völlig unmöglich zu besticken, wie Seifferheld innerlich sofort konstatierte.

Aber um die Lampe ging es offenbar gar nicht. Die ging in diesem Augenblick nur effektvoll an und beleuchtete das neben Siegmann stehende Podest.

»Ich habe da auch schon etwas vorbereitet!«, tönte er und zog den Stoffüberwurf vom Podest ab, und darunter kamen zwei röhrenförmige Objekte zum Vorschein, die mit hellblauer und rosa Wolle umstrickt waren und darunter zu leuchten schienen. Mit dunkelblauem beziehungsweise dunkelrotem Garn stand auf der einen Strickröhre Siegmann und auf der anderen Seifferheld.

Nein, nein, nein … Er würde doch jetzt nicht …

Doch, er würde.

»Siggi, kommen Sie zu mir, zeigen wir uns der Welt!«, rief Arno Siegmann und winkte Seifferheld zu.

Der stand fassungslos da, klammerte sich Halt suchend an seine Gehhilfe.

Die Menge applaudierte. Nicht frenetisch, aber höflich.

»Siggi, kommen Sie!«, drängte Siegmann.

Seifferheld stellte sein Glas ab und stolperte nach vorn. Auf die Schnelle fiel ihm einfach nicht ein, wie er sich mit Aplomb aus der Affäre ziehen konnte. Einfach mitspielen und hinterher alles leugnen, dachte er noch, dann schalteten seine höheren Hirnfunktionen ab, weil sie das Grauen nicht länger ertragen konnten.

Als er an Marianne vorbeikam, warf sie ihm eine Kusshand zu. Leuchtete da etwa Stolz in ihren Augen? Auf ihn?

Siegmann plazierte Seifferheld neben der rosa Röhre – rosa, wieso hatte *er* die rosa Röhre bekommen?! – und ging neben ihm in Stellung. Blitzlichter flammten auf, Handyfotos wurden geschossen.

Dann rief Siegmann: »Hiermit erkläre ich die Ausstellung für eröffnet!«

Noch mehr Applaus, dann eilte die kunstbeflissene Hälfte des Publikums zu den ausgestellten Exponaten, die andere Hälfte zum Buffet mit den leckeren Häppchen.

Siegmann schlug Seifferheld auf die Schulter. »Na, was sagen Sie? Ist das nicht grandios? Ich habe kein Problem damit, den Ruhm mit Ihnen zu teilen. Im Gegenteil, gemeinsam werden wir Geschichte schreiben!«

Seifferheld stierte ihn nur sprachlos an.

Marianne kam auf ihn zu, umarmte ihn und gab ihm einen Kuss. »Was für eine Überraschung! Davon wusste ich ja gar nichts! Ich find's toll, dass ihr das zusammen durchziehen wollt!«

Ich wusste es auch nicht, dachte es in Seifferheld und: Den knöpf ich mir vor, sobald wir allein sind. Was denkt der sich eigentlich! Mit dem zusammenarbeiten? Im Leben nicht! Nur über seine Leiche …

Zwischeneinwurf:
Noch dreißig Minuten bis zur Leiche, und nein,
die Leiche ist kein männlicher Stricker!

Seifferheld und das Skelett mit dem Elvis-Gürtel

Das Leben ist schön.
Der Tod ist friedlich.
Nur der Übergang vom einen
zum anderen ist ein Problem.

Isaac Asimov

»Ganz schön wenig Exponate«, lästerte Seifferheld dreißig Minuten später, als Siegmann sich wieder zu ihm gesellte. Für seine Verhältnisse war er ungewöhnlich offen feindselig. Aber dieser Stricker weckte die Bestie in ihm. Er bedrohte Seifferhelds Leben in vielerlei Hinsicht: als Stricker, als Mann und einfach dadurch, dass er atmete.

Siegmann hielt ein Glas Orangensaft in der Hand, dessen Inhalt er auf einen Schlag förmlich inhalierte. Er hatte Hände geschüttelt, sich in Lob gesuhlt, seine Aura verströmt. An seinem Ego konnte an diesem Abend nichts mehr kratzen.

»Nennen wir es nicht wenig, nennen wir es minimalistisch«, erwiderte er daher nur auf diesen Affront. »Konzentration auf das Wesentliche!«

Abgesehen von den umstrickten Röhren gab es noch einen windschiefen Stricktopflappen – Titel: *Mein erster Versuch an den Stricknadeln* –, dann einen Pappmaché-Elefanten mit gestrickter Rüsselhülle – Titel: *Der Nasenwärmer* – und einen überlangen Strickschal in irisierenden

Farben, der sich direkt unter der Decke angebracht über alle Wände zog, versehen mit dem Titel: *Der Bandwurm*. Das einzig wirklich beachtliche Kunstwerk war *Der Stricker* – ein überlebensgroßer, gestrickter Mann aus fleischfarbener Wolle, der zweifellos ein Abbild von Arno Siegmann selbst sein sollte. Das schloss Seifferheld aus der beachtlichen Größe der gestrickten Weichteile. Wäre er wohlwollend eingestellt, würde er die Einteiler der Musikerinnen natürlich noch dazuzählen, aber Seifferheld war nicht wohlwollend gestimmt. »Ich finde, die Ausstellung lässt zu wünschen übrig.«

Siegmann schien kein bisschen beleidigt. »Wahre Kunst ist ja nie vollendet, nicht wahr? Man möchte immer noch mehr machen, es besser machen. Aber in der Kürze der Zeit ließ sich einfach nicht mehr bewerkstelligen. Das sind natürlich alles extra für diese Ausstellung gefertigte Exponate.«

»Bis auf den Topflappen«, entgegnete Seifferheld, denn der war ja der erste Versuch an den Nadeln.

»Nein, der Topflappen auch.« Siegmann nahm einen Schluck O-Saft. »Der Titel ist ironisch gemeint.«

»Aha.« Seifferheld ging der Smalltalk aus. »Ich hole mir noch Wein.«

»Ihr Glas ist ja noch halb voll.«

Seifferheld trank auf ex. »Jetzt nicht mehr.«

Möglicherweise war das jetzt ein Tick zu viel Wein in zu kurzer Zeit, aber er hatte ja seine Gehhilfe. Es hatte eben auch seine Vorteile, am Stock zu gehen.

Die anderen Vernissage-Gäste hatten sich schon alle ausreichend bedient und standen jetzt in kleinen Gruppen an den Stehtischen und unterhielten sich. Die vier jungen Musikerinnen spielten angenehm leise, angenehm plätschernde Melodien.

»Noch einen Weißwein«, bestellte Seifferheld. Sein wievielter war das jetzt eigentlich?

»Für mich bitte auch«, sagte ein älterer Herr neben ihm. Seifferheld und der Herr nickten sich zu.

Als altem Kriminaler fielen Seifferheld an dem Mann gleich drei Dinge auf: Feuer, Pfeife, Stanwell. Das war einer seiner Lieblingswerbesprüche in seiner Jugend gewesen. Der Mann musste in etwa so alt sein wie er selbst. Ein unauffälliger Mittsechziger mit kurzen, grauen Haaren in einem Dreiteiler, der zwar nicht ganz wie ein Konfirmationsanzug aussah, aber von dem, was auf den Herrenlaufstegen in Paris und Mailand gezeigt wurde, meilenweit entfernt war.

»Siegfried, kommen Sie, die junge Dame von der Presse will ein Interview mit uns führen.« Neben Seifferheld materialisierte sich schon wieder dieser unsägliche Arno Siegmann. Den wurde man einfach nicht los. Wie Fußpilz oder Lippenherpes. Kurzfristig mochten die Symptome verschwinden, aber im Verborgenen lebte das Grauen weiter.

Siegmann wedelte mit dem Arm in Richtung einer jungen Frau, die Seifferheld nicht kannte, und da er beim *Haller Tagblatt* alle kannte, musste es jemand von der *Hohenloher Zeitung* sein. Oder von der *Gaildorfer Rundschau*. Als ob Siegmann seine Gedanken lesen könnte, flüsterte er: »Das ist nicht irgendjemand, das ist die *Stuttgarter Zeitung*. Kommen Sie!«

Es bereitete Seifferheld innerlich größte Genugtuung,

Siegmann abblitzen zu lassen. »Erledigen Sie das mit der Presse. Ich muss jetzt unbedingt eine rauchen. Die Sucht, die Sucht. Sie leisten mir doch Gesellschaft?«

Letzteres galt dem Stanwell-Raucher, der nur kurz zögerte, dann aber nickte.

Gemeinsam gingen sie quer durch das Foyer zur Cafeteria und dann in den Innenhof, den einzigen Ort, an dem man hier rauchen durfte. Immerhin.

»Bitte entschuldigen Sie, dass ich mich Ihnen so plump aufgedrängt habe«, meinte Seifferheld. »Ich musste diesem Siegmann einfach entkommen.« Zu spät fiel ihm ein, dass es sich bei dem Stanwell-Raucher ja durchaus um einen Freund oder Verwandten des Strickers handeln konnte. Siegmann stammte ja schließlich aus Schwäbisch Hall. Seifferheld schluckte.

»Mir werden andere Menschen oft auch zu viel«, erwiderte der Pfeifenraucher aber nur und zog sich einen Stuhl heran. »Haben Sie Ihre Pfeife dabei? Darf ich Ihnen etwas von meinem Tabak anbieten?«

Seifferheld zog sich ebenfalls einen Stuhl heran, was angesichts der baustellenartigen Verhältnisse im Innenhof nicht ganz einfach war, setzte sich und schüttelte den Kopf. »Vielen Dank, aber ich rauche nicht.«

»Stört es Sie, wenn ich …?«

»Aber nein, bitte.«

Einen Moment lang genossen sie schweigend die Stille. So wurden Männerfreundschaften geschlossen und zementiert. Im stummen Miteinander.

Aus dem Foyer hörte man gedämpft die Unterhaltung der Gäste und leise Musik. Hoch oben über ihnen funkelten die ersten Sterne am Nachthimmel. Eine kleine Oase des Friedens.

»Herrlich«, murmelte Seifferheld unwillkürlich.

»Ja, das finde ich auch. Ich komme jeden Tag hierher.« Der Mann bemerkte, wie Seifferheld stutzte. »Maurer«, stellte er sich vor, »Hans Maurer. Ich arbeite bei der Bausparkasse.«

»Seifferheld«, tat Siggi es ihm gleich.

»Ich weiß doch, wer Sie sind«, erklärte Hans Maurer. »Ich höre regelmäßig Ihre Sendung im Radio. Großes Kompliment dafür!«

Ein Fan! Seifferheld musste sich eingestehen, dass ihm das runterging wie Öl. »Sie sticken auch?«

»Gott bewahre, nein. Aber ich finde es immer schön, wenn ein Mensch seine Berufung gefunden hat. Egal welche.«

Das Öl sammelte sich in einer kleinen Pfütze tief im Innern von Seifferhelds Selbstbewusstseinszentrale und verdampfte. Er wollte den Mann gerade fragen, welche Berufung *ihn* denn umtrieb, als die Tür aufgerissen wurde.

»Da sind Sie ja!«, grölte Siegmann, der wandelnde Lippenherpesfußpilz. »Kommen Sie, es gibt jetzt noch ein kleines Happening, von mir selbst inszeniert. Mit mir selbst in der Hauptrolle. Und mit siebzig ziegelroten Wollknäueln, für jedes Jahr, das die Bausparkasse in Schwäbisch Hall ist, eines! Auf diese Steine können Sie bauen! Aus Wolle! Genial, oder?«

Siegmann zögerte kurz, wirkte … verstört. Dann trat er in den Innenhof. Und schwankte. Wenn er nicht den ganzen Abend ausschließlich Saft getrunken hätte, man könnte glauben, er wäre betrunken, fand Seifferheld. Gab es so etwas wie einen Orangensaftrausch?

Maurer erhob sich ruckartig, weil er offenbar glaubte, Siegmann würde stürzen, und er ihn stützen und ihm Halt geben wollte, doch dabei wurde sein Stuhl förmlich nach hinten katapultiert und kam auf Seifferheld zugeflogen, der sich in letzter Sekunde zur Seite beugen konnte, das jedoch mit so viel Schwung, dass sein Stuhl umkippte und er in dem maulwurfhügelähnlichen Erdaushub landete.

»Aua!«, entfuhr es Seifferheld.

»Ach herrje!«, rief Hans Maurer.

»Großer Gott, haben Sie sich etwas getan?«, rief Siegmann. »Licht, wir brauchen Licht!«

Jemand vom Personal bemerkte den Aufruhr im Innenhof und kam mit einer Taschenlampe angelaufen. Er leuchtete Seifferheld ab. »Alles in Ordnung? Haben Sie sich etwas getan? Soll ich einen Arzt rufen? Ich glaube, im Publikum ist einer.«

Ja klar, der pensionierte Frauenarzt, der bei kulturellen Ereignissen so gut wie immer angetroffen wurde. Ein hocheleganter Mann, aber Seifferheld wollte lieber elend den Rest seines Lebens mit schlecht verheilten Brüchen aussitzen, als sich von einem Frauenarzt abtasten zu lassen, ob noch alle Knochen heil waren. Im Grunde schmerzte ihn nur seine bereits vorgeschädigte Hüfte. »Wenn Sie mir aufhelfen könnten …«, bat er Hans Maurer.

Der stand reglos wie ein Obelisk vor ihm. »O nein«, flüsterte er. »O nein.«

Sein Blick ruhte nicht auf Seifferheld, sondern auf dem Erdaushub links neben dessen Ohr.

»Was?«

Seifferheld drehte sich ächzend um. Was war da? Ungeziefer? Kleingetier? Ihn ekelte es schon mal prophylaktisch.

Aber nein. Es war nur eine Hand. Genauer gesagt eine skelettierte Hand.

Siegmann schrie auf, der Wachmann ließ die Taschenlampe fallen, Maurer bekam einen Schwächeanfall und sank in Zeitlupe zu Boden, wo er hyperventilierend liegen blieb.

Hm, eine Leiche, dachte Seifferheld.

Und es muss leider gesagt werden, dass er es mit einem Lächeln dachte.

Endlich ein neuer Fall!

Seifferheld und die Waschanleitung für Menschen

Zebrahöschen, übernehmen Sie!

Es gibt für jeden Menschen eine Waschanleitung. Bei dem einen muss man vielleicht drei Dinge beachten, bei dem anderen fünf, aber wenn man die befolgt, dann läuft nichts ein und nichts wird kratzig.

Seifferheld war sich sicher, dass Gesine Bauer, die Polizeipräsidentin von Schwäbisch Hall, kein Wolle-Feinprogramm brauchte, sie konnte problemlos in die Kochwäsche. Seit seiner Vervorruhestandung versuchte er ihr schon beizubringen, dass er keine Polizeiberichte für das *Haller Tagblatt* schreiben wollte. Es war natürlich eine einfühlsame Geste von ihr gewesen, ihm, der sein Leben der Polizeiarbeit gewidmet hatte, mit dieser Aufgabe das Gefühl zu vermitteln, dass er auch als Invalide immer noch ein Teil des Teams war und gebraucht wurde. Aber ganz ehrlich, da pellte er sich ein Ei drauf. Er wollte ermitteln, nicht darüber schreiben, was andere ermittelten. Und so verfiel er auf die Idee, die Polizeiberichte immer haarscharf an der Glosse vorbei zu formulieren. Irgendwann musste ihm Frau Bauer diese Aufgabe doch entziehen, damit das Ansehen der hiesigen Polizei und der Polizei im Allgemeinen nicht dauerhaft beschädigt wurde. Aber stoisch saß sie seine Formulierungen aus. Mal sehen, ob ihr die Grillforelle aufstoßen würde …

Seifferheld saß wie jeden Morgen in aller Herrgottsfrühe am Küchentisch, wo er in seinen mittlerweile auch schon betagten Laptop die Polizeiberichte tippte. Er trug eine ausgediente Leggins von Marianne – mit Zebrastreifen – und darüber ein altes Nachthemd seines Vaters. Ihm war dieser subversive Look durchaus bewusst. Die Welt kannte ihn als Tchibo-Schuhträger, aber zu Hause stand er ganz vorn an der Front modischer Männerbekleidung im Vintage-Look.

Die Tür ging auf.

»Siggi, hier, ich hab nicht viel Zeit, stell das hier in die Tiefkühltruhe.« Irmgard deponierte einen Berg von Tupperdosen, in seiner Gesamtheit ungefähr so hoch wie der Mont Blanc, auf der Küchentheke.

»Schwesterherz, was ist das?«, fragte Seifferheld, dem Schlimmes schwante.

»In der großen Tupperdose ist Gulaschsuppe, in der

mittleren Erbsensuppe mit Einlage, in den beiden kleinen einmal Eintopf mit Hase und einmal Maultaschen. Das musst du dir nur aufwärmen. Ich komm ja am Dienstag wieder zurück, bis dahin reicht dir das.« Die Menge würde einem ausgehungerten Dritte-Welt-Land einen Monat lang reichen. Mindestens.

Irmgard trug ihren grauen Reisemantel. Seifferheld kombinierte. Ach ja, sie wollte mit ihrem Pfarrer nach Ossiland, um die Uckermärker zu missionieren.

»Und deswegen bist du extra hergekommen? Ich kann doch essen gehen. Oder Marianne macht mir was.«

»Pft!«, machte Irmi. »Marianne wird dich mit ihrem cholesterinhaltigen österreichischen Essen noch in den Infarkt kochen! Und Essen gehen kostet! Außerdem schmeckt es nirgends so wie daheim!«, erklärte Irmgard und meinte mit *daheim* ihre eigenen Kochkünste.

Das stimmte, gab Seifferheld ihr innerlich recht, es schmeckte nirgends so wie daheim, überall anders schmeckte es nämlich besser!

»Also, wir sind dann weg. Pfarrer Ebert nimmt uns in seinem Wagen mit. Wenn etwas ist, erreichst du mich über mein Handy. Ich rufe regelmäßig an und schaue, ob hier alles seinen Weg geht.« In einer Wolke von Lavendelduft verschwand sein Schwesterherz.

Seifferheld konnte nur hoffen, dass sich das Missionshaus in der Uckermark in einem Funkloch befand.

Er las noch einmal seinen Polizeibericht durch, sein Finger schwebte über der *Senden*-Taste.

Wieder ging die Tür auf.

»Wie? Kein Kaffee? Ohne Kaffee komm ich nicht in die

Gänge!« Marcella kam atemlos hereingestürmt und schaute fassungslos auf die leere Kanne der Kaffeemaschine.

Schon eine geraume Weile hatte Seifferheld sie mit ihrem Gepäck hantieren gehört. Er konnte es nicht glauben, dass sie und ihre Tochter nur für eine Woche nach Ibiza fliegen wollten. Mit den Gebühren, die sie für das Übergepäck zweifelsohne bezahlen mussten, konnte man bestimmt die Staatsschulden von Griechenland und Zypern auf einen Schlag begleichen. Wie die beiden die tonnenschweren Koffer zum Flughafen Stuttgart bringen wollten, war ihm schleierhaft. Es gab Momente, da war Seifferheld froh, ein Invalide zu sein.

»Karina!«, gellte Marcella. »Beeilung! Das Taxi zum Bahnhof ist schon da! Wenn wir den Zug verpassen, kriegen wir auch den Flieger in Stuttgart nicht!«

Onis, der unter dem Tisch lag, kläffte begeistert mit.

Sie hörten schwere Schritte auf der Treppe, dann wirbelte ein quirliges Menschenknäuel mit bunten Rasta-Zöpfen in die Küche. »Onkel Siggi, ich werde dich vermissen.« Sie schlang ihre Arme um ihn. Diverse Holzarmbänder klapperten.

»Du bist doch nur eine Woche weg«, wehrte Seifferheld ab.

Sie nahm sein Gesicht in beide Hände. »Trotzdem!«

Karina. Ach, was sollte man über Karina sagen? Wenn ihr langweilig wurde, wickelte sie sich ihr Baby vor den Bauch, ging zum Kaufland auf der linken Kocherseite und legte eine Tomatensaftspur von der Kundentoilette bis zum Tamponregal.

Ein verrücktes Huhn.

Aber ein gutherziges, liebenswertes Huhn. Er drückte ihr einen Onkelkuss auf die Stirn.

»Karina!«, donnerte ihre Mutter aus der Gasse. Jetzt waren auch alle Nachbarn wach.

Karina drückte ihrem Onkel ihrerseits noch einen Schmatz auf die mangelhaft rasierte Wange, ging in die Knie und küsste auch Onis, dann lief sie in den Flur, krallte sich die Babytragetasche, und gleich darauf hörte man, wie die Haustür zugeschlagen wurde und ein Auto losfuhr.

Seifferheld seufzte.

Jetzt war es so weit. Zum ersten Mal seit gefühlten einhundert Jahren war er allein im Haus! Alle waren ausgeflogen.

Nicht einmal Marianne hatte die Nacht mit ihm verbracht.

»Wirklich, Siggi, musstest du schon wieder eine Leiche finden!«, hatte sie gegen ein Uhr nachts nach der ersten Befragung durch die Polizei auf dem Heimweg von der Bausparkasse gesagt, und es hatte nicht nur wie ein Vorwurf geklungen, es war auch so gemeint. »Ich habe Kopfweh«, erklärte sie folgerichtig konsequent in Höhe des Holzmarktes und ging zu sich nach Hause.

Seifferheld bekümmerte das nicht weiter, im Gegenteil. Jetzt war er frei. Frei, um das zu tun, was ihm im Blut lag: schnüffeln!

Wie dufte war das denn: eine Leiche in der Bausparkasse!

Nein, Siegfried Seifferheld war nach all den Jahren im aktiven Dienst kein vollends abgestumpfter, gefühlloser Ermittlungsroboter geworden. Es war einfach nur so, dass ein Skelett – also ein Mensch, der schon so lange tot war, dass Gewürm und Mikroben ihn allen Fleisches beraubt hatten – nicht so viel Mitgefühl generierte wie eine frische Leiche. Wer wusste schon, wie lange die Leiche unter den Innenhoffliesen der Cafeteria gelegen hatte? Womöglich seit dem Mittelalter oder der Steinzeit. Keine trauernden Angehörigen mehr, kein Schicksal, das noch Spuren hinterließ, einfach nur ein spannendes Rätsel, dessen Aufklärung mehr Befriedigung versprach als das Sudoku in der Samstagsausgabe des *Haller Tagblatts.*

Apropos Tageszeitung …

Seifferheld schickte den Polizeibericht an das *Haller Tagblatt,* holte sich eine Brezel aus dem Brotschrank und schenkte sich ein Glas Apfelmost ein. Dann griff er zum Handy.

»Morgen, van der Weyden. Was hast du für mich?«

Rogier van der Weyden war ein weiterer Ex-Kollege von der Mordkommission. Vor ewigen Zeiten im Rahmen eines Austauschprogramms nach Deutschland gekommen, hatte er sich wegen der Liebe später einbürgern lassen. Und jetzt war er ein Mitglied der SoKo Bausparkasse.

»Ich hab gar nichts für dich, Alter. Wenn die Chefin mitkriegt, dass ich mit dir telefoniere, schiebe ich ab sofort wieder Streifendienst.«

Das war diensttechnisch gar nicht möglich, allenfalls Innendienst käme als disziplinarische Maßnahme für einen Beamten des höheren Dienstes in Frage, deswegen ignorierte Seifferheld das auch.

»Hör zu, ich lade dich zum Mittagessen zum Italiener ein, was sagst du?«

»Ich sage, du musst dir schon was Besseres als Pizza einfallen lassen, um mich zu bestechen.«

»Ich will doch nur die Basisinformationen.«

»Die kannst du morgen in der Zeitung lesen.«

»Rogier, zwing mich nicht zum Äußersten …« Seifferheld drohte die Erpressung nur an.

Van der Weyden legte auf.

Also schön, wenn er es auf die harte Tour wollte …

Schaffa, schaffa, Häusle baua!

Wie man bei Wikipedia nachlesen kann, war die heutige Bausparkasse Schwäbisch Hall 1931 in Köln gegründet worden und hieß damals natürlich nicht Bausparkasse Schwäbisch Hall, sondern *Deutscher Bausparer AG – Bau-, Spar- und Entschuldungskasse*. Ein sperriger Name, der sich ohnehin nie gehalten hätte, und da traf es sich fast schon günstig, dass der Geschäftssitz, der 1936 nach Berlin gezogen war, 1943 ausgebombt wurde und man den Betrieb mitsamt der geretteten Geschäftsunterlagen ins idyllische Schwäbisch Hall im Nordosten von Baden-Württemberg verlegen musste. 1947 beschloss der damalige Vorstand, dass man auch gleich dableiben könnte. Ein guter Entschluss. Vor allem für die Stadt und die Region.

Wenn man, wie Seifferheld an diesem frühen Morgen, aus der Haller Innenstadt kommend die Crailsheimer Straße in Richtung Bausparkasse hochlief, sah man den Gebäudekomplex des Unternehmens schon von weitem.

Seifferheld liebte ja besonders den gläsernen Rundturm, dessen architektonische Gestaltung ihn an eine Klorolle mit Heiligenschein erinnerte. Das war keineswegs despektierlich gemeint. Siggi Seifferhelds Generation war mit der Bausparkasse aufgewachsen. Als junge Menschen hatten sie in den Ferien hier gejobbt, auch Seifferheld. In seinem Fall sogar dreimal, zwei Sommer in der Mahnabteilung (seinerzeit noch im Außengebäude am Schenkensee, in dem später das *Haller Tagblatt* residierte und jetzt, keine Ahnung, was jetzt) und einen Sommer im Postversand. Gutes Geld! Sehr gutes Geld sogar. Die Dankbarkeit hallte bis heute nach. Und natürlich hatte er zur Konfirmation einen Bausparvertrag von seinen Eltern bekommen. Als Schwäbisch Haller war die Bausparkasse einfach Teil der Lebensbiographie, mal mehr, mal weniger, aber das galt für jeden, nicht nur für die über dreitausend Mitarbeiter in der Stadt und im Umland. Auch für die, die das abstritten, jedoch beispielsweise Aufführungen der Freilichtspiele besuchten, die von dem in der Kunstförderung sehr engagierten Unternehmen gesponsert wurden.

Auf dem Vorplatz zum Eingangsbereich der Hauptverwaltung musste Seifferheld allerdings erst mal Luft holen. Natürlich kaschierte er das, indem er so tat, als würde er das Terrain sondieren.

Mitarbeiter strömten von der Bushaltestelle und aus der Parkgarage zum Eingang: große, kleine, alte, junge. Drei Fahrzeuge einer Baufirma standen auf dem Vorplatz, und Arbeiter luden Gerätschaften aus. Ein Zivilfahrzeug der Mordkommission stand direkt vor der Drehtür. Ein Kollege von der Streife hielt Wache. Oder machte Zigarettenpause. Jedenfalls stand er da und sah enorm staatstragend und abschreckend aus.

Seifferheld schritt selbstbewusst weiter. Er kannte den Mann. Hieß der jetzt Schreyer oder Schreiber oder Gänswein? Verdammt, sein Namensgedächtnis war noch nie gut gewesen, aber jetzt schien es sich vollends zu verabschieden. *Schnell,* befahl Seifferheld seinen kleinen, grauen Zellen, *Alternativvorschlag!*

Die Zellen lieferten prompt. »Morgen, Kollege, alles klar?«

Der Streifenpolizist nickte.

Na also, ging doch.

Seifferheld schritt durch die Drehtür und stand Aug in Aug mit Gesine Bauer, der Polizeichefin.

Sie sagte nichts, aber ihr Blick filetierte ihm laserartig die Kopfhaut vom Schädel.

»Guten Morgen, Frau Bauer. Ich habe gerade an Sie gedacht.«

Sie wirkte alterslos, bestimmt aber über vierzig. Ihr Markenzeichen war die festgesprayte Kapselfrisur, wie sie früher von Königin Beatrix der Niederlande getragen wurde.

»Ich habe nämlich den Polizeibericht an die Zeitung geschickt.«

Schweigen.

»Fische. Es ging um … äh … Fischnapping.«

Sie hatte ihm schon mehrmals untersagt, sich in Ermittlungen einzumischen. Ein Kommissar im Ruhestand, auch im Vorruhestand, ist Normalbürgern gleichgestellt und hat keinerlei Ermittlungsbefugnis. Das hatte sie ihm nach den Badewannenmorden unmissverständlich klargemacht.

Seifferheld fiel nichts mehr ein, was er noch sagen könnte. *Es tut mir leid, Chefin, ich will hier nicht schnüffeln, ich will einen Bausparvertrag abschließen?*

Die Bauer räusperte sich. »Gut, dass Sie da sind!«

Wie bitte?

Unwillkürlich rieb sich Seifferheld über das rechte Ohr. Auditive Halluzinationen wegen übergroßer Verschmalzung? Hätte er ausgiebiger duschen sollen?

»Kommen Sie mit!«

Sie drehte sich um und ging in Richtung Cafeteria.

Seifferheld humpelte hinterher.

Im Innenhof hatten Spezialisten der Spurensicherung mittlerweile das Skelett komplett freigelegt.

»Die Hauptverwaltung der Bausparkasse wurde zwischen 1993 und 1996 umgebaut. Wir vermuten, dass der Mord in diese Zeit gefallen sein muss«, erklärte ihm Gesine Bauer. »Damals waren Sie ja noch aktiv, Herr Seifferheld, vielleicht können Sie uns weiterhelfen.«

Aha, daher wehte der Wind.

»Mord?«, fragte er.

Frau Bauer trat zur Seite, und man sah, dass um den Hals des Skeletts ein Gürtel geschlungen war. So eng, dass die dazugehörige Person, als sie noch lebte, definitiv keine Luft mehr bekommen haben konnte. Der Gürtel saß ja quasi schon für den Skeletthals zu eng.

Er betrachtete die Knochen und den Schädel. Sehr grazil.

»Ist es eine Frau?«

Die Kollegin von der Spurensicherung, die zu Füßen des Skeletts kniete, nickte. »Vermutlich um die dreißig.

Auf den ersten Blick keinerlei besondere Merkmale. Vermutlich wird Ihnen nur der Gürtel bei der Aufklärung weiterhelfen können.«

Seifferheld beugte sich vor.

Ein schwarzer Wechselgürtel von circa drei Zentimeter Breite mit einer auffälligen Schnalle, auf der ELVIS stand.

»Das ist ein original US-Buckle aus schwerem Zinnguss, farbig emailliert auf Silber«, dozierte Gesine Bauer und hob ihr iPhone hoch, damit gleich klar war, woher sie das wusste. »So etwas trägt ja nicht jeder. Elvis-Imitatoren, Hard-Rock-Liebhaber, Motorradfahrer ... wer kommt denn, Ihrer Erinnerung nach, in den frühen Neunzigern des vorigen Jahrhunderts dafür in Frage?«

Rogier van der Weyden näherte sich aus Richtung der Toilette. Als er Seifferheld im harmonischen Gespräch mit der Chefin sah, klappte ihm der Unterkiefer herunter. Siggi konnte sich ein triumphales Grinsen nur knapp verkneifen.

»Ich erinnere mich tatsächlich an einen Fall hier. Eine Mitarbeiterin wurde als vermisst gemeldet. Die Einzelheiten habe ich gerade nicht parat, aber vom Alter her käme das hin. Eine junge Frau ... vom Reifenhof, glaube ich. Ihr Verschwinden wurde nie aufgeklärt.«

»Aha!«, sagte die Chefin und rief ihren Assistenten, der auch Bauer hieß, obwohl er nicht mit ihr verwandt oder verschwägert war, und deshalb Bauer zwo genannt wurde – eine Legende in Kollegenkreisen, wegen seiner unfassbaren Dummheit und weil er ausnahmslos immer eine lila Lederkluft zur Minipli-Frisur trug. »Bauer, suchen Sie mir die Akten raus. Ich will alles über den Fall wissen.«

Seifferheld humpelte an die Theke der Cafeteria, die wegen der anstehenden Umbauarbeiten geschlossen war. Dabei hätte er jetzt gut eine Tasse Kaffee gebrauchen können.

»Es ist doch unwahrscheinlich, dass einer der Bausparkassenkollegen die Frau erdrosselt und dann in der Baustelle verschwinden lässt. Das hätten die Arbeiter seinerzeit doch gemerkt«, sinnierte er laut.

Van der Weyden lehnte sich neben ihm an die Theke. »Und was, wenn es einer der Bauarbeiter war?«

»Bauer!«, gellte die Chefin dem verschwindenden Rücken ihres Assistenten hinterher. »Ich will auch alle Unterlagen der Baufirma, die Anfang der Neunziger hier tätig war! Jeden einzelnen Mitarbeiternamen!«

Die Spurensicherer bereiteten das Skelett zum Abtransport vor.

»Die arme Frau«, hauchte van der Weyden. »Wir müssen unbedingt herausfinden, wer sie ist, damit sie ein ordentliches Begräbnis bekommen kann.«

Weinte er etwa? Ja, entweder das, oder ein Sahara-Sandkorn war durch die geöffnete Innenhoftür direkt in sein linkes Auge geblasen worden.

Seifferheld tätschelte ihm die Schulter. Rogier war einer von den Guten! Und er liebte Liza Minnelli, The Sound of Music, Marianne Rosenberg und die Kirschblütenzeit in Japan und konnte manchmal einfach nicht anders, als Gefühl zu zeigen.

Meine Tanne heißt nicht Anne, sondern Gudrun.

Auch ein Hund hat Gefühle. Und Bedürfnisse.

Wo gab es denn so etwas, dass sein Herrchen nach dem Frühstück ihn nur zwei Minuten vors Haus ließ, damit er sein Bein an der Mülltonne der Nachbarn heben konnte, und ihn dann wieder in die Küche sperrte, um allein wegzugehen? Sie waren doch die Speerspitze ihres Rudels, unzertrennlich, untrennbar!

Eine halbe Ewigkeit räumte er seinem Alpha ein, doch dann hielt er es nicht länger aus. Er sabberte ein wenig aus dem linken Maulwinkel – das entsprach dem Räuspern eines Tenors an der Mailänder Scala –, dann hob er die Schnauze zur stuckverzierten Küchendecke und sang sich seinen Sehnsuchtsschmerz heraus. Schließlich war er jetzt Profi.

Seine Berufung zum Sänger kam spät, dafür aber mit umso größerer Leidenschaft. Wölfe, die den Mond anheulten, waren im Vergleich zu ihm jämmerliche Anfänger ohne Volumen. Aus seiner breiten Hovawart-Brust drangen Töne, die den Panzer selbst um die verhärtetsten Herzen aufzubrechen vermochte. Fand Onis. Und im Beisein seines rosa Teddybären, aber ohne Scheinwerfer und Kameras, ergoss sich die Musik wie von selbst aus seinem langen Hovawarthals.

Die Nachbarn fanden ausnahmslos, es klinge, als würde eine Katze in einen laufenden Mixer geworfen, und verständigten die Polizei. Auch dann noch, als sie wussten, dass keine Katze zu einem Smoothie verarbeitet und auch sonst kein Tier gequält wurde, sondern dass sich ein Hund seinen Weltschmerz aus dem wohlgenährten, durchtrainierten, gepflegten, weich gebürsteten, verwöhnten Hundekörper jaulte. Es klang einfach zu entsetzlich. Eine Qual für jedes Trommelfell, nicht nur für musisch geschulte. Selbst die alte Frau Hoppe von schräg gegenüber, die eigentlich schon taub war, hörte diese Frequenz noch. Sogar bei ausgeschaltetem Hörgerät. Ein Ton, der – auf Band aufgenommen – problemlos als Foltermittel in Guantanamo eingesetzt werden konnte. So klaffen in der Kunst eben Selbstwahrnehmung und Fremdeinschätzung oft auseinander.

Onis setzte erneut an, aber da wurde die Küchentür aufgerissen. »Still, Hund, willst du uns wieder den Tierschutz auf den Hals hetzen?!«

Seifferheld humpelte in die Küche. Die Knickrute von Onis, wegen der er – es wurde schon erwähnt – für die Zucht als ungeeignet galt, wiewohl er sonst ein Vorzeige-Prachtexemplar seiner Art war, mutierte binnen Sekunden zum Ventilator. Schwanzwedelnd lief er auf sein Herrchen zu, schleckte ihm die Hände, schmiegte sich an ihn.

Ein Hund im Glück!

Das Telefon im Flur klingelte. Mit dem Hund dicht an seine Hüfte gepresst, einem siamesischen Zwilling gleich, nur haariger, humpelte Seifferheld hinaus. Er hatte Angst – seit einem Zwischenfall im Stadtpark galt Onis offiziell als Gefahrhund. Wenn jetzt noch wiederholte Lärmbelästigung hinzukam, würde er womöglich irgendwann vom Ordnungsamt abgeholt und …

Nicht auszudenken!

»Seifferheld.« Seine Stimme zitterte ein wenig.

Er nickte.

»Grüß Gott, Herr Nachbar.« Und bevor sein Nachbar etwas sagen konnte, fügte er gleich beflissen hinzu: »Tut mir sehr leid, wirklich. Wird nicht wieder vorkommen, dass Onis heult. Ich besuche mit ihm die Hundeschule. Wir arbeiten daran. Von nun an kein Jaulkonzert mehr. Verzeihen Sie noch einmal.«

Er lauschte in den Hörer. Onis rieb seinen Schädel an Seifferhelds guter Hüfte.

»Nein, ich habe die Landesschau gestern nicht gesehen. Nein, das YouTube-Video vom Interview kenne ich nicht. Nein, Onis hat noch keine Autogrammkarten. Ja, Ihnen auch einen schönen Tag.«

Seifferheld legte auf. Was war das denn? Seit wann beglückwünschten ihn die Nachbarn zu seinem Hund? War die Hölle eingefroren? Hatte er das Ende der Welt verpasst? Die vom SWR hatten bestimmt die ganzen peinlichen Szenen rausgeschnitten, und übrig geblieben war nur der Gang durch den Park und der Schlusssatz des Moderators: »Man kann ein Tier nicht zwingen. Aber es war mir eine Freude, Sie und Onis hier begrüßen zu dürfen. Und nun zu einem ganz anderen Thema: Gelenkrheumatismus.«

Die riesigen, braunen Augen von Onis blickten sanft in die graublauen von Seifferheld.

»Die spinnen, die Römer«, sagte Siggi zu seinem Hund. »Wo ist die Leine? Hol die Leine! Wir gehen in den Park!«

Onis glaubte sehr an die Freiheit des Individuums in einer Zweierbeziehung und horchte auf so gut wie gar keinen Befehl – das mit der Hundeschule hatte Herrchen Seifferheld frech erfunden und kolportierte es seitdem, um sich das Ordnungsamt vom Hals zu halten –, aber ein Wort verstand Onis immer und unter allen Umständen, und er wusste genau, was er dann zu tun hatte.

Leine!

Leine bedeutete, dass er hinaus ins Freie durfte, in die Welt der Abenteuer, in der alles möglich war, in der jederzeit Wurstzipfelwunder geschehen konnten!

Während Onis die Leine apportierte, rief Seifferheld seine Tochter Susanne auf dem Handy an. Mist, nur Voicemail. »Susanne, ruf mich bitte zurück. Dringend! Dein Vater.«

Seifferheld hatte es nicht so mit dem Telefonieren. Er war das, was man »kurz angebunden« nannte.

Susanne arbeitete als Managerin bei der Bausparkasse Schwäbisch Hall. Sie war die perfekte Insider-Connection, die ihn mit Informationen versorgen konnte. Zum Beispiel zu der verschwundenen Frau von damals. Vielleicht gab es ja Gerüchte, die der Polizei und ihm nie zu Ohren gekommen waren. Wozu hatte er eine Tochter direkt vor Ort, wenn sie ihm nicht weiterhalf?

Allerdings war Susanne, wie ihre Tante Irmgard, aus Hartholz geschnitzt. Was sie nicht wollte, das tat sie nicht. Man musste sie subtil dazu bringen, das zu wollen, was man wollte, und zwar so, dass sie den Braten nicht witterte. Keine leichte Aufgabe, selbst für einen so frauenerfahrenen Recken wie ihn.

Mittlerweile hatten sie die Ackeranlagen, also den Stadtpark von Schwäbisch Hall, erreicht. Seifferheld machte Onis los.

Es waren so gut wie keine Menschen unterwegs. Mittig

im Park sah man den »Pinkler« joggen, unter den Magnolienbäumen stand der Chinese, der jeden Morgen hier seine Tai-Chi-Übungen machte und den Seifferheld freundlich grüßte, obwohl er den Mann nicht kannte. Onis seinerseits begrüßte erst einen der Magnolienbäume, dann eine Kastanie und schließlich eine Stockente. Sein Gruß bestand immer darin, dass er das Bein hob, was sich zwei der drei Gegrüßten auch anstandslos gefallen ließen, nur die Stockente schnatterte böse und flog davon. Onis sprang in den Kocher, planschte ein wenig herum und erschreckte Blesshühner. Dann kam er wieder heraus, schüttelte sich und lief auf Seifferheld zu. Stöckchen apportieren?, war in seinem Blick zu lesen. Seifferheld bückte sich ächzend, kam ächzend wieder hoch und warf einen Stock, der dem Aussehen nach bereits von einem anderen Hund als Spielzeug verwendet worden war – angekaut und vollgesabbert.

Seifferheld wischte sich die Hand an der Hose ab.

»So ein Hund ist was Wunderbares«, sagte plötzlich eine Männerstimme in seinem Rücken.

Seifferheld schrak zusammen.

»O Entschuldigung, ich wollte Sie nicht erschrecken, ich dachte nur, jetzt, wo wir uns kennengelernt haben, kann ich Sie ruhig einmal ansprechen. Ich habe Sie morgens schon des Öfteren mit Ihrem Hund gesehen.«

Es war der unscheinbare Mann vom Getränkebuffet, der mit dem Stanwell-Tabak, den Seifferheld gestern Abend – zum ersten Mal, wie er dachte – getroffen hatte.

»Sie sind mir nie aufgefallen«, sagte Seifferheld, was unhöflich war.

»Ja, das bin ich gewohnt, ich werde gerne übersehen.

Ich komme aber oft vor der Arbeit her. Und an meinen freien Tagen. Ich liebe die Ackeranlagen.« Der Stanwell-Raucher trug an diesem Morgen ebenfalls eine beigefarbene Windjacke, wie Seifferheld. Und seine Schuhe waren zwar nicht von Tchibo, aber ebenfalls ein Bequemmodell ohne Markennamen. Seifferheld überkam das Gefühl, es mit einer verwandten Seele zu tun zu haben.

»Wollen wir uns setzen? Darf ich Ihnen die Hälfte meiner Butterbrezel anbieten?«

Die beiden Männer nahmen auf einer Bank direkt am Kocher Platz.

Eine Weile saßen sie in trauter Eintracht beisammen und kauten ihre jeweilige Brezelhälfte, schauten hinüber auf das hintere Ende der Minigolfplatzinsel und genossen die Ruhe. Zwei Erpel glitten auf dem Kocher auf sie zu, waren sichtlich auf Brezelkrümel scharf, aber sie trollten sich wieder, als Onis hechelnd angelaufen kam und sich voller Begeisterung in die Fluten stürzte, weil er mit den Enten spielen wollte. Er würde es wohl nie lernen, dass Enten nicht scharf auf einen tollpatschigen Hovawart als Spielkumpan waren.

April, April – macht, was er will, hieß es, und wer immer diesen Satz geprägt hatte, er hatte recht. Gestern war es noch windig und eher frisch, heute brutzelte die Sonne vom Himmel herab, als wollte sie für den Hochsommer üben. Oder es kam einem nur so heiß vor, weil zehn Grad Temperaturunterschied von jetzt auf gleich den inneren Thermostat in die Bredouille brachten. Oder war es das Alter?

Seifferhelds Geburtstag stand unmittelbar bevor. Wieder einer. Der Mann neben ihm musste ungefähr so alt sein wie er, aber ihm schien, als würde eine Generation zwischen ihnen liegen. Wirkte er auch schon so alt, obwohl er im Spiegel noch den jungen Spund von früher sah? Na ja, nicht wirklich junger Spund. Er merkte schon, dass die Haare in der Nase und in den Ohren mehr wurden, dass die Schwerkraft allmählich den Sieg über seine Hüften, seinen Hintern und seine Oberschenkel gewann und dass er sich aus keinem Sessel oder Sofa mehr geräuschlos erheben konnte … aber trotzdem. Hatte sein Mariannchen recht? Würde er jugendlicher wirken, wenn er mehr auf sein Äußeres achtete? Und warum genau wollte er jugendlicher wirken? Die Kugel damals in der Bank, die hätte genauso gut seine Bauchschlagader durchtrennen können, dann säße er jetzt nicht hier. Zu leben, das war *immer* ein Geschenk des Himmels. Nicht jeder hatte so viel Glück wie er. Ergo: lieber alt und faltig als mausetot.

»Schlimme Sache«, sagte Seifferheld, weil er nun an die junge Frau denken musste.

»Was?«, fragte der Stanwell-Raucher, aus seinen Gedanken aufschreckend.

Wie hieß er doch gleich wieder? Müller? Maier? Mauser?

»Das mit dem Skelett«, erklärte Seifferheld.

Maurer, genau! Hans Maurer! Seine kleinen grauen Zellen funktionierten noch eins a, auch wenn sie mehr Anlauf als früher brauchten.

»Ja, ganz furchtbar«, fand Maurer. Was sollte er auch sonst sagen. »Seit Jahren zelebriere ich jeden Mittag nach dem Essen meine kleine Raucherpause im Innenhof der

Cafeteria. Wenn man bedenkt, dass ich dabei ... auf einer toten Frau saß! Nein, daran darf ich nicht denken.« Er schüttelte sich.

»Wie lange arbeiten Sie denn schon bei der Bausparkasse? Waren Sie schon dort, als damals die junge Mitarbeiterin spurlos verschwand, Anfang der neunziger Jahre?«

Maurer schüttelte den Kopf. »Ich habe mal davon gehört, ja, aber ich bin erst später zur Bausparkasse gekommen. Das war sie dann wohl, die junge Frau, oder? Deren Skelett wir gestern gefunden haben?« Er schüttelte den Kopf.

Seifferheld sagte erst mal nichts. Alte Angewohnheit aus aktiven Diensttagen: nie zu viel verraten.

»Was haben die Kollegen sich denn über die verschwundene Frau erzählt?«, erkundigte er sich stattdessen.

»Ach, da fragen Sie mich was.« Maurer sah zu dem Fischreiher auf, der majestätisch in geringer Höhe über den Kocher in Richtung Steinbach glitt. Seit einiger Zeit gab es sie wieder, die Fischreiher. Und Eisvögel. »Ich achte nicht so auf Klatsch und Tratsch. Und ich wusste ja nicht, dass es so tragisch enden würde, sonst wäre ich aufmerksamer gewesen, aber ich dachte, die ist einfach mal Zigaretten holen gegangen und nicht wiedergekommen, soll's ja öfter geben, darum habe ich nie richtig zugehört. Hat wohl alle direkten Kolleginnen und Kollegen sehr mitgenommen. Sie hat in der Zuteilung gearbeitet. Ihr Mann stand unter Verdacht, weil er sie offenbar hin und wieder geschlagen hat.« Maurer seufzte. »Aus Eifersucht, wie man hörte. Da hat es sicher nicht geholfen, dass sie diesem jungen Künstler Modell gesessen hat.«

Mental machte Seifferheld sich Notizen. Er kam kaum nach, so schnell redete Maurer jetzt.

»Es hieß, dass sie für Aktbilder Modell gesessen hat. Das war natürlich ein kleiner Skandal. Ich meine, damals. Hall ist ja eine Kleinstadt, da eckt man mit allem Ungewohnten, Neuen schnell an. Na, Sie wissen ja, wie es ist.«

Seifferheld wusste es. Und wie er das wusste! Lange hatte er sich nicht getraut, sich als Sticker zu outen, weil er den Hohn und Spott und die süffisanten Blicke seiner Mitbürger gefürchtet hatte. Dass dann alles ganz anders kam, dass seine Haller Mitbürger aufgeschlossen und experimentierfreudig waren, stellte sich erst später heraus.

»Können Sie sich noch an den Namen des jungen Malers erinnern?«

Maurer kicherte. »Bis gestern hätte ich passen müssen, ist ja schon über fünfzehn Jahre her. Aber als ich ihn dann gestern bei der Vernissage gesehen habe, kam die Erinnerung sofort wieder. Er hat sich zwar äußerlich ein wenig verändert, wie wir alle, aber die markanten Gesichtszüge sind geblieben. Und die überhebliche Art.«

Seifferheld richtete sich auf. »Der Maler war bei der Vernissage zugegen?« Fieberhaft ließ er die Bilder des gestrigen Abends vor seinem inneren Auge ablaufen.

»Ja, sicher doch. Es war ja seine Vernissage.«

Seifferheld stutzte. »Wollen Sie mir damit sagen, der junge Maler von damals ist Arno Siegmann, der Stricker?«

Maurer nickte. »Ja genau. Arno Siegmann. Böse Enttäuschung für seine armen Eltern. Hat als Jugendlicher immer am Haalplatz auf der Haalmauer gehascht, anstatt in die Schule zu gehen. Kein Abschluss. Und dann die Wahnvorstellung, er sei Künstler. Das war er damals nicht, und das ist er heute auch nicht. Diese Stricksachen, nein wirklich!« Maurer stockte. »Äh … Sie sind doch kein Freund von Siegmann? Oder gar um drei Ecken mit ihm verwandt? Dann täten mir meine Worte jetzt leid.«

Seifferheld schüttelte den Kopf. »Nein, nein, bin ich nicht. Lassen Sie ruhig alles raus.«

Was Maurer vielleicht sogar getan hätte, denn man sagt zu Unrecht nur den Frauen den Hang zur Lästerzunge nach, jeder Mann kann da mühelos mithalten, aber in diesem Moment erklang Beethovens Neunte, seit neuestem der Klingelton für Seifferhelds Tochter.

»Papa, wir haben hier gerade wirklich viel am Hals. Was ist los?«

Es fuchste ihn, dass sie davon ausging, es könne sich nicht um etwas Wichtiges handeln, womöglich gar um einen Notfall: Ihr Elternhaus könnte in Flammen stehen. Ola-Sanne könnte einen Haller Heller verschluckt haben. Aber nein, sie unterstellte ihm, wegen Banalitäten durchzuläuten.

»Schatz, ich muss mit dir reden. Baldmöglichst!«

»Papa …« Automatische Abwehrreaktion.

Nicht mit ihm. Er war ihr Vater. Er sagte, wo's langging.

»Susanne Seifferheld!«, donnerte er so laut, dass Maurer zusammenzuckte und Onis angelaufen kam, weil er glaubte, etwas Verbotenes getan zu haben, was ihn weiter nicht kratzte, aber er wollte dennoch mit seinem Dackelblick für gut Wetter sorgen.

Susanne wusste, wann sie sich geschlagen geben musste. »Also schön … komm heute Mittag zum Essen in die Bausparkasse. Dreizehn Uhr.«

Seifferheld und die Steine, auf die man bauen kann

> *Stick-Tipp*
>
> *Der richtige Stickgrund ist von enormer Bedeutung – hier nicht an der falschen Stelle sparen! Bei Stoffen in Leinenbindung müssen Sie außerdem darauf achten, dass die Anzahl der Kett- und Schussfäden pro Zentimeter gleich ist, sonst könnten Sie unangenehme Überraschungen erleben und Ihre Stickarbeit wird plötzlich oval statt rund.*

**Kakerlaken, die man im Klo runterspült,
wachsen in der Kanalisation auf drei Meter an
und kommen zurück, um sich zu rächen.**

»Tolle Kantine«, erklärte Seifferheld zwei Stunden später mit vollem Mund.

»Papa, das ist keine Kantine, das ist ein Betriebsrestaurant!«

»Wo ist denn da der Unterschied?«

Susanne Seifferheld, in ein taubenblaues Chanel-Kostüm gehüllt, rollte mit den dezent geschminkten Augen. »Eine Kantine ist der Ort, an den der Mitarbeiter geht, weil er mittags was Warmes braucht und es sonst nichts anderes gibt. Das hier …« Sie zeigte mit der Wellendorffberingten Rechten durch den großen, lichtdurchfluteten, freundlichen Saal, auf dessen Empore sie saßen. »… das hier ist gelebte Mitarbeitermotivation!«

Vor Seifferheld stand ein Tablett mit sämiger Spargelcremesuppe (garniert mit einem Petersilienkrönchen) und seinem absoluten Lieblingsessen Spaghetti bolognese (mit reichlich Hackfleisch von glücklichen Rindviechern der Region) sowie Mousse au Chocolat (cremig, gehaltvoll, gut). Er hätte auch frischen Salat haben können, aber Seifferheld aß freiwillig nichts, was grün und/oder gesund war. Den Fisch – es war Freitag – hatte er verschmäht. Das vegetarische Menü sowieso. Seifferheld gehörte zu den Menschen, die geschlagene fünf Minuten auf eine Speisekarte schauen konnten und dann doch immer dasselbe bestellten. Ergo Spaghetti bolognese. Als Dessert hätte es auch noch Waldmeisterpudding gegeben. Auf den hatte er verzichtet. Blöder Fehler. Aber der ließ sich ja sicherlich noch nachträglich korrigieren, oder?

»Kann ich eigentlich noch einen zweiten Nachtisch holen?«

»Aber natürlich, Papa!«

Seifferheld musste zugeben, dass es sich im Betriebsrestaurant nicht nur optisch ansprechend essen ließ, es ging – wenn man die Größe und die Anzahl von hungrigen Mäulern, die es zu stopfen galt, in Betracht zog – erstaunlich effizient zu. Sie hatten kaum anstehen müssen. Und das Essen, für richtig wenig Geld, schmeckte phantastisch. Selbst wenn man ins Kalkül zog, dass Seifferheld in Bezug auf warme Mahlzeiten von Haus aus nicht verwöhnt war.

»Hier gefällt es mir, hier will ich bleiben.«

Susanne Seifferheld zog die immer noch glatte Stirn kraus. Sie ging auf die vierzig zu, aber ihr fünf Jahre jüngerer Mann hielt sie offenbar geschmeidig. Olaf Schmüller, der ursprünglich ins Seifferheldsche Haus gekommen war, um die angeschossene Hüfte von Seifferheld zu massieren, war alles, was Susanne nicht war: klein, langhaarig, Lebenskünstler, Grüner. Aber Gegensätze zogen sich ja bekanntlich an, und soweit Seifferheld es mitbekam, waren Susanne und Olaf und die gemeinsame Tochter Ola-Sanne eine glückliche Kleinfamilie. Was allein Olafs Verdienst war, dessen Langmut keine Grenzen kannte und der den Haushalt schmiss, während Susanne sich exklusiv ihrer Karriere widmete. Ein Arrangement, das beide für eine Win-win-Situation hielten.

»Papa«, sagte sie streng. »Hast du mich nur angerufen, um ein Essen zu schnorren, jetzt, wo alle aus deinem Nest ausgeflogen sind?« Sie tupfte sich damenhaft die Mundwinkel ab, bevor sie einen Schluck Wildbadquellwasser nahm.

»Natürlich nicht! Das ist nur ein unerwartet angenehmer Bonus!«

Seifferheld wollte aufstehen, um sich den Wackelpeter zu holen, aber seine Tochter krallte sich in seinen Unterarm. Schmerzhaft.

»Papa, die Frühjahrszahlen sind fällig, ich hab nicht ewig Zeit. Was willst du?«

»Du hast doch sicher mitbekommen, dass gestern ein Skelett in eurer Cafeteria gefunden wurde.«

»Ja, furchtbar. Jetzt ist die Cafeteria geschlossen.« Es war nicht eindeutig herauszuhören, ob sie den Leichenfund furchtbar fand oder den Umstand, dass die Cafeteria geschlossen war und sie auf ihren mittäglichen Espresso verzichten musste. *In dubio pro reo.* Seifferheld hoffte, dass seine Tochter doch irgendwo noch zu Mitgefühl fähig war, auch wenn man das auf den ersten Blick nicht denken würde. Auch nicht auf den zweiten.

Seifferheld stocherte ein wenig im Trüben. »Es heißt, es könnte die junge Frau gewesen sein, die hier in der Zuteilung arbeitete und Anfang der neunziger Jahre spurlos verschwand.«

»Ja, eine Britt Breiteich, ich weiß. Das kam schon im Radio.«

»Was kannst du mir über den Fall sagen?«

Susanne sah ihn groß an. »Das ist zwanzig Jahre her. Da habe ich gerade Abitur gemacht, wie du dich vielleicht erinnerst. Ich war nicht dabei.«

»Schon klar, aber man hört doch so einiges.«

»Natürlich, wenn man sich, anstatt zu arbeiten, müßigem Büroklatsch hingibt, dann hört man zweifelsohne so einiges. Aber das ist nicht meine Art. Ich bin nicht eine der wenigen Frauen im oberen Management geworden, weil ich in der Kaffeeküche über Kollegen und Kolleginnen herziehe.«

Seifferheld holte tief Luft. Es war nicht ihre Schuld, es waren die Gene. Die Seifferheld-Frauen waren allesamt kratzbürstig. Er versuchte, sich an die kleine Susanne zu erinnern, seinen Goldschopf mit dem sonnigen Gemüt. Damals hatte sie auch noch so etwas wie Angst gekannt, zum Beispiel vor Kakerlaken. Es hätte ihm zu denken geben müssen, dass sie immer darauf bestanden hatte, dass er die Kakerlaken mit einem Hammer platt klopfte, denn wenn er sie lebend im Klo entsorgte, wuchsen sie in der Kanalisation zu Monstern an und würden zurückkommen, um sich zu rächen.

»Ich weiß doch, dass du eine erstklassige Arbeitseinstellung hast«, beschwichtigte er sie. »Aber du hast doch auch einen wachen Verstand und schnappst Details auf, die anderen verborgen bleiben.«

Das war seine Taktik: die Lob-und-Komplimente-Schiene.

Aber Susanne war seine Tochter und kannte ihn in- und auswendig.

»Mit Schmeicheleien kannst du auch nichts aus mir herauslocken, was nicht drin ist, Papa. Ich höre mir Klatsch und Tratsch nicht an. Basta.«

Seifferheld brummte.

»Aber …« Sie führte damenhaft die Gabel zum Mund und nahm einen winzigen Bissen Fisch. Seit der Geburt ihrer Tochter war es ein täglicher Kampf, in die alten Chanel-Kostüme zu passen. Und neue zu kaufen, eine Nummer größer, kam für Susanne nicht in Frage – das wäre ein Zeichen der Schwäche, und Schwächen duldete sie in ihrem Leben nicht. Disziplin über alles! So lautete ihr Motto, das sie sich bestimmt auch an nicht einsehbarer Stelle hatte tätowieren lassen, da war sich Seifferheld fast sicher.

»Aber?« Er schöpfte Hoffnung.

Man pflanzte sich nicht fort, ohne nicht auch Spuren im Nachkömmling zu hinterlassen. Susanne war definitiv auch die Tochter ihres Vaters, und als junge Frau hatte sie lange Zeit überlegt, ob sie nicht zur Polizei gehen sollte.

Aus ihr wäre eine exzellente Gesine Bauer geworden. Aber dann hatten doch die Zahlen und mithin das BWL-Studium und der Controlling-Job bei der Bausparkasse gewonnen. Ein bisschen vom Schnüffelfieber steckte aber immer noch in ihr.

»Aber?«, wiederholte Seifferheld.

»Aber zufällig musste ich heute Morgen mit Frau Kant telefonieren, wegen des neuen Budgets, und ihre Sekretärin erklärte mir, Frau Kant sei erst morgen wieder erreichbar. Und dann wurde die Sekretärin redselig und erzählte, Frau Kant sei damals die beste Freundin von Britt Breiteich gewesen, und der Fund des Skeletts habe ihr emotional so sehr zugesetzt, dass sie sich einen Tag freinehmen musste.«

Susanne sah ihren Vater an und grinste schelmisch. »Na? Glücklich?«

»Das ist meine Tochter! Brava!« Seifferheld strahlte. »Jetzt musst du mir nur noch sagen, wo ich Frau Kant finde.«

»Papa, ich bin dir längst eine Nasenlänge voraus.«

Susanne reichte ihm einen Zettel mit zwei Adressen: der von Frau Kant im nahe gelegenen Wolpertshausen und der von Gatte Breiteich in Crailsheim, was etwas weiter weg lag.

»Wer ist dein Liebling?«, fragte sie.

»*Du* bist mein Liebling!« Er beugte sich vor, um ihr einen dicken Schmatz auf die Wange zu drücken.

»Papa!«, empörte sie sich. »Nicht vor allen Leuten! Ich habe hier einen Ruf zu verlieren!«

Das Problem bei der Mode ist,
dass ja immer noch der Kopf rausguckt.

Seifferheld kämpfte schwer mit sich. Sollte er zuerst den Ehemann der verschwundenen Britt Breiteich aufsuchen oder ein Wörtchen mit Stricker Siegmann über seine frühen Aktbilder wechseln oder doch zuallererst die ehemals beste Freundin befragen?

Letzten Endes nahm ihm Onis die Entscheidung ab. Den hatte er nämlich während des Mittagessens mit Susanne wieder allein zu Hause gelassen, und als er gegen zwei Uhr nach Hause gehumpelt kam, wartete die alte Frau Hoppe von schräg gegenüber schon auf ihn.

»Sie, Herr Seifferheld«, rief sie aus ihrem Fenster im zweiten Stock. »So geht das nicht!«

»Hallo, Frau Hoppe, ist heute nicht ein wunderschöner Tag?« Seifferheld lächelte nach oben.

Frau Hoppe guckte ungnädig. Sie war in den Achtzigern, was man aber nie vermutet hätte, wenn man sie auf der Straße von hinten sah. Vorzugsweise trug sie nämlich Sachen, die sie bei H&M kaufte – Blümchenkleider, tiefsitzende Jeans, Wollmützen. Sie war eine schlanke Größe 38. Nur wenn man sich umdrehte und in ihr runzliges Gesicht schaute, traf den Unvorbereiteten der Schock des Jahrhunderts. Seifferheld war ein Verfechter der These, dass man so alt war, wie man sich fühlte, aber man sollte sich doch, bitte schön, mit achtzig nicht so fühlen wie mit vierzehn. Da war er stockkonservativ.

»Ihre Töle jault seit Stunden ununterbrochen. Ich konnte meinen Mittagsschlaf nicht halten. Das ist eine Zumutung. Im Fernsehen kriegt er keinen Ton raus, aber hier zu Hause terrorisiert er die Nachbarschaft!«

»Es tut mir unendlich leid, Frau Hoppe. Das soll nicht wieder vorkommen!«

»Junger Mann, das sagen Sie jedes Mal, und dann kommt es doch wieder vor. Auf den Arm nehmen kann ich mich allein!«, wetterte sie ungnädig.

Seifferheld bekam Genickstarre. Gleichzeitig freute er sich über das »junger Mann«. Das würde er in diesem Leben nicht mehr oft zu hören bekommen.

Er kam sich wild vor, wie ein Regelverstoßer, ein Aufmüpfling. Aber gleichzeitig wusste er, dass sie ihn in der Hand hatte. Seit Onis – völlig zu Unrecht! – beschuldigt worden war, einen Polizeihund ins Ohr gebissen zu haben, galt er als Gefahrhund. Er durfte sich wirklich nichts mehr zuschulden kommen lassen.

»Ich schwöre, Frau Hoppe, es kommt nicht wieder vor. Kann ich es denn bei Ihnen gutmachen?«

»Wie denn, bitte schön? Wollen Sie mir mein Nickerchen zurückgeben? Das geht nicht. Wenn ich nicht gleich nach dem Mittagessen ein Nickerchen mache, sondern mich später hinlege, kriege ich die ganze Nacht kein Auge zu. Der Zug ist abgefahren.«

Seifferheld überlegte fieberhaft. »Vielleicht darf ich Sie einmal zu Kaffee und Kuchen einladen?«

Stille senkte sich über die Untere Herrngasse.

Irgendwo in der Uckermark juckten einer älteren, grauhaarigen Zopfträgerin in Birkenstocksandalen die Ohrläppchen.

Irmgard und Frau Hoppe befanden sich auf Kriegsfuß.

»Die kommt mir nicht ins Haus!«, hatte Irmi des Öfteren gegellt, wenn die Blumenschmuckgruppe der Kirchengemeinde im Seifferheld-Haus tagen wollte und Frau Hoppe sich dazu angemeldet hatte. Es ging wohl um einen schon lange schwelenden Streit um Pfingstrosen oder frische Birkenzweige auf dem Altar. Mit völlig verhärteten Fronten. Wenn er die Hoppe ins Haus ließ, stand es eins zu null für sie. Irmi würde zweifelsohne die Krätze kriegen. Aber darüber würde er sich später Gedanken machen. Jetzt ging es darum, dass sie Onis nicht als Ruhestörer anzeigte.

Frau Hoppe lächelte. »Ach ja, das wäre natürlich sehr nett. Gleich heute?«

»Heute geht es leider nicht.« Seifferheld sah auf den Teil seines Unterarms, wo bei anderen Männern die Armbanduhr saß. »Ich muss drei Vernehmungen durchführen. Wäre es Ihnen morgen möglich?«

»Umso besser, dann kann ich noch zu Frau Trump.« Frau Hoppe lächelte. »Bis morgen dann«, flötete sie und schloss das Fenster. Gleich darauf riss sie es wieder auf. »Aber nichts Selbstgebackenes! Ich will den guten Kuchen vom Café Ableitner oder Café Hammel, verstanden?!« Das Fenster ging wieder zu.

Seifferheld senkte den Kopf. Es knackte vernehmlich in seinem Nacken.

Sch…

Er wollte die Schultern kreisen lassen. Nein, zwecklos. So kam er auf keinen Fall durch den Tag. Er war zur windschiefen Salzsäule erstarrt, gewissermaßen wie Lots sündig-verdorbener Vetter Jehohanan.

Seifferheld zog sein Handy aus der Hosentasche. »Olaf? Ein Notfall. Du musst sofort kommen! Und bring dein Massageöl mit!«

Im Suttereng, im Suttereng,
da wird es für die Seele eng.

»Und hopp!«, rief Olaf. Er klang wie ein Dompteur, der einem Tiger befahl, durch einen brennenden Reifen zu springen. Was Olaf im wirklichen Leben nie tun würde. Er war Mitglied des *Vereins zur Befreiung der Zoo- und Zirkustiere weltweit e. V.*

Das »Hopp!« galt Seifferheld.

Siggi hievte sich grobmotorisch und laut ächzend auf die Massageliege, den Kopf immer noch in Schräglage.

Es war dunkel in der Souterrainwohnung des Seifferheldhauses. Seit sich hier, ohne dass die Familie es bemerkt hätte, drei indische Kriminelle tagelang versteckt hatten, war kaum einer von ihnen hierhergekommen. Als ob ein Fluch auf der Wohnung lag. Aber hier unten stand nun mal die Ersatz-Massageliege von Olaf, und Seifferheld konnte sie nicht allein die Treppe hochtragen. Schon gar nicht mit steifem Nacken.

Also ließ er sich eben hier unten massieren. Auch wenn es dunkel war und muffig roch.

Olaf setzte Ola-Sanne auf ihre Krabbeldecke ans Fenster und drückte ihr ihr Lieblingsspielzeug in die Hände. Onis ließ sich daneben nieder und schleckte der glucksenden Kleinen die Patschehändchen. Onis konnte gut mit

Kleinkindern. Allerdings begrüßten nicht viele Fremd-Eltern Hundesabber an den Händen ihrer Kinder, wenn Onis im Park auf fremde Kinderwägen zuhechelte und seine Schleck-Nummer durchzog. Die meisten fürchteten wohl auch, das gewaltige Hovawart-Maul könnte mit einem beherzten »Schnapp!« zubeißen. Dabei fraß Onis nichts, was nicht aus einer gelben Pedigree-Dose stammte. Ausgenommen Wurstzipfel.

Ola-Sanne krähte fröhlich, Onis hechelte und schleckte, Seifferheld sinnierte. Ob er mit seinem Hund nicht doch zur Hundeschule sollte? War das nicht das Ende der Freiheit, der Anfang vom schleichenden Ende eines stolzen, ungebrochenen Hundes? Seifferheld seufzte schwer.

»Verzeihung, Siggi, hab ich dir weh getan? Ich bin etwas aus der Übung. Und heute geht's mir auch nicht so besonders.«

»Nein, alles wunderbar.« Das stimmte auch, kaum hatten Olafs begnadete Hände angefangen, Seifferhelds steifen Nacken zu kneten und zu rollen, setzte schon ein Wohlgefühl ein. Jetzt, da es ihm besserging, musterte er seinen Schwiegersohn genauer.

Olaf war ein feiner Kerl. Früher, wenn Männer mit Seifferhelds Tochter ausgehen wollten, hatte er ihnen immer gesagt, dass er ihnen alles, was sie Susanne gegen ihren Willen antäten, ebenfalls antun würde, und zwar zehnfach, und er sei Bulle, da müsse er dafür nicht mal in den Knast. Das hatte er ihren Mitgymnasiasten ebenso gedroht wie den Wirtschaftsbossen und Bankern, mit denen sie zehn Jahre später ausging. Aber als sie ihm mitteilte, dass sie jetzt mit Olaf zusammen sei, wollte er seinem braven Masseur nur eines sagen: Lauf, Junge, lauf!

Er war Manns genug zuzugeben, dass Olaf und Susanne einander guttaten. Sie machte ihn stärker, er machte sie weicher. Man konnte so etwas nie mit Sicherheit sagen, aber ihre Ehe würde vermutlich ein Leben lang halten. Gut so!

Olaf sah an diesem Tag aber tatsächlich nicht gut aus. Wie durchgekaut und ausgespuckt.

»Gesundheitlich angeschlagen?«, fragte Seifferheld.

»Nicht direkt.« Er hörte Olafs Stimme an, dass es ihm peinlich war. »Ich ... na ja, du bist ja auch ein Mann und weißt, wie das ist ... oder zumindest war ... also, ich kann's ja ganz offen sagen ... ich hab die Nacht durchgemacht.«

Seifferheld verkniff sich mannhaft einen bissigen Kommentar zur Vergangenheitsform. Was unter anderem auch daran lag, dass er tatsächlich seit ewigen Zeiten keine Nacht mehr durchgemacht hatte. Aber er erinnerte sich noch daran, wie es war: das viele Bier, die Schnäpse, das Gelächter, die Kippen, das entsetzliche Schädelbrummen am Morgen danach.

»Der Kater ist das Schlimmste!«, erklärte er, in die Aussparung der Massageliege lächelnd.

»Kater? Was für ein Kater? Ist hier ein Kater?« Olaf sah sich hektisch um. »Ich bin hochgradig allergisch, das weißt du!«

»Nein, ich meine den Kater nach einer durchzechten Nacht!«

»Du hast die Nacht durchgezecht? Respekt, Siggi!« Olaf pfiff.

Irgendwas lief hier schief. »Olaf! Hast du nicht gerade gesagt, du hast die Nacht durchgemacht?«

»Ja. Genau. Der Fela war nämlich bei mir und hat stundenlang nur geheult. Wir haben literweise Grüntee getrunken. Er ist fertig mit der Welt, weil er nichts anderes will, als Karina glücklich zu machen, aber offenbar greift er mit seinen Methoden jedes Mal ins Klo. Er dachte, sie ist stolz auf ihn, wenn er diesen Mister-Schönling-Wettbewerb gewinnt, aber sie war total angefressen. Hat sich voll darauf eingeschossen, dass der Wettbewerb eigentlich nur für Junggesellen gedacht war.«

»Du hast die ganze Nacht Fela getröstet? Mit Grüntee?«

Olaf nickte, was Seifferheld nicht sehen konnte, der lag ja bäuchlings auf der Liege und starrte den Parkettboden an, der übrigens dringend mal wieder geschliffen gehörte.

»Na ja, nicht wirklich die ganze Nacht, die halbe Nacht. Irgendwann ist Fela vor Erschöpfung eingeschlafen. Aber er musste seinen kleinen Bruder Mozes sitten, weil seine Eltern irgendwo gefeiert haben, und den Kleinen musste ich anschließend noch bespaßen. Wir hätten ihm keinen Grüntee zu trinken geben dürfen, viel zu starker Stoff. Mozes war völlig überdreht. Echt, man lebt und lernt ...«

Diese Jugend! Seifferheld war ja seinerzeit ein sehr braver, angepasster, nie aus der Rolle fallender junger Mann gewesen, aber sooo brav und angepasst, das war doch nicht normal, oder? Mit Grüntee die Nacht durchzechen? Was kam als Nächstes? Muskelkater von allzu exzessivem Meditieren?

Olaf war gedanklich schon weitergewandert. »Der Mozes ist ein aufgewecktes Kerlchen. Hat mir eine Million

Fragen gestellt, die ich nicht mal mit Google beantworten könnte. Echt nicht, ich hab's versucht.« Olaf ließ seine Handkanten auf Seifferhelds Rücken sausen.

Seifferheld biss die Lippen zusammen. »Und wo ist Fela jetzt?« Er hatte Mitleid mit den Männern, die eine Seifferheld-Frau liebten. Es war ein bisschen wie eine Brüderschaft, die über Generationen und Kontinente hinweg Männer zu Blutsbrüdern machte.

Olaf antwortete nicht. Er ging noch ganz in seinen Erinnerungen an die nicht zu beantwortenden Fragen von Mozes auf. »Zum Beispiel, hatten Adam und Eva einen Nabel? Warum hat Noah die beiden Stechmücken nicht erschlagen und gut? Womit hat sich Tarzan rasiert?« Olaf kicherte im Rhythmus seiner Handkantenschläge. »Cleveres Kerlchen, dieser Mozes.«

»Ich glaub, mir geht's schon besser«, stöhnte Seifferheld, der seinen Kopf wieder bewegen konnte und sich daher für »fertigmassiert« hielt. Aber Olaf hatte sich gewissermaßen gerade warmgeknetet und dachte nicht ans Aufhören.

»Warum gibt es in Flugzeugen Schwimmwesten und keine Fallschirme? Wenn Superkleber überall klebt, warum dann nicht auf der Innenseite der Tube?« Olaf stockte kurz, seine Hände verharrten über Seifferhelds Nacken. »Da war noch mehr … warte … warte …«

»Ich denke, wir sind durch. Danke, dass du so schnell gekommen bist«, warf Seifferheld rasch ein und wollte sich aufrichten, aber Olaf drückte ihm den Ellbogen unterhalb des Schulterblattes auf den Rücken.

»Ah, ich weiß wieder: Warum trägt ein Kamikaze-Pilot einen Helm? Herrlich, oder?«

Olaf träufelte noch mehr Massageöl auf Seifferhelds Rücken. Dann prasselten seine flachen Hände nur so auf Seifferhelds Hinterseite.

»Auauauauau«, stöhnte Seifferheld, der sich in das blaue Leder der Liege verbissen hatte.

»Es muss weh tun, wenn es helfen soll«, verkündete Olaf.

»Dadadadada«, juchzte Ola-Sanne im Rhythmus Seifferhelds Schmerzenslaute.

Onis hob den Kopf und wollte in den Chor mit einfallen.

»Aus!«, befahl Seifferheld laut.

Olaf, Onis und Ola-Sanne erstarrten.

»Ich meine doch nur den Hund«, entschuldigte sich Seifferheld. »Er muss lernen, dass er nicht jaulen darf. Ich wollte meine kleine Enkelin nicht erschrecken.«

Olaf schlug sich mit der öligen Hand an die Stirn. »Da fällt mir noch eine Mozes-Frage ein! Wenn Olivenöl aus Oliven gemacht wird, woraus wird dann Babyöl gemacht?« Olaf johlte. »Babyöl! Verstehst du? Babyöl!«

Ola-Sanne juchzte lautstark mit ihrem Papa.

Und Onis …

… jaulte.

Seifferheld würde Frau Hoppe morgen mindestens zwei Stück Kaffeehauskuchen servieren müssen …

Ein Spaziergang im Wald ist für mich entspannend und erholsam. Die Tatsache, dass ich dabei eine Leiche hinter mir herziehe, sollte dabei keine Rolle spielen.

Onis

Seifferheld und Onis streiften entlang des Ortsrandes von Wolpertshausen, einer Gemeinde ungefähr zwölf Kilometer nordöstlich von Hall, und suchten die Hausnummer 73. Karinas Mini Cooper hatte Seifferheld ordnungsgemäß in einer gebührenfreien Parkbucht abgestellt.

Es kam nicht oft vor, dass sich ein Haller in die umliegenden Ortschaften verirrte, es wurde erwartet, dass die Dörfler nach Hall kamen – und das schon seit Jahrhunderten, als Hall noch freie Reichsstadt war. Deswegen betrachteten die Hohenloher die Haller auch immer noch mit etwas wie angeborenem Argwohn. Der Wolpertshausener, dem Seifferheld mit seiner Gehhilfe zuwinkte, eilte jedenfalls rasch weiter. Vielleicht war er ja aber gar kein Hallerphobiker, sondern nur ein Hundephobiker.

Seifferheld humpelte weiter. Er war durch und durch Mann, weswegen er natürlich keine Karte dabeihatte. Er weigerte sich auch, sein altes Nokia wegzugeben – »Funktioniert doch noch! Ich werf doch nichts weg, was noch funktioniert!« –, folglich konnte er auch keine Karten-App mit GPS aktivieren. Er war auf sich allein gestellt. Aber ein echter Mann hatte ja im Urin, wohin er musste, das war ein Urinstinkt. Sternenkonstellationen und Moosbewuchs an Baumstämmen wiesen ihm den Weg.

Onis war wie immer nicht angeleint – die Leine war nur dabei, falls einmal ein pingeliger Gesetzeshüter des Weges käme –, hatte Witterung aufgenommen und tollte am Waldrand umher. Seifferheld machte sich keine Sorgen und humpelte weiter. Onis fand immer zu ihm zurück.

Wolpertshausen war größer, als Seifferheld gedacht hatte.

Er hatte Frau Kant nicht vorher angerufen. Das Überraschungsmoment löste oft die Zunge.

Wenn er nur ein Straßenschild fände. Oder ein Reihenhaus mit der richtigen Hausnummer. Vielleicht ein Zahlendreher? Aber würde das seiner Tochter Susanne passieren? Sie hatte ein Auge für Zahlen.

Onis kam mit etwas Großem, Dunklem im Maul auf Seifferheld zugelaufen.

»Bäh, aus!«, befahl Seifferheld. Es war ein totes Tier. Vermutlich ein Hase. Aber schon zu lange tot, als dass er es noch zweifelsfrei identifizieren könnte. Onis sah sein Herrchen aus großen Augen an. *Geiler Fund, Alter,* stand in diesem Blick zu lesen. *Da kann man viel Spaß mit haben.*

»Onis, aus!«, wiederholte Seifferheld.

Dass Onis in diesem Moment tatsächlich gehorchte, war ausschließlich dem Umstand geschuldet, dass eine kühne Amazone stolz auf sie zugeritten kam.

Onis fürchtete sich vor nichts! Nur vor allem, was Hufe hatte – nicht nur vor dem Herrn der Unterwelt, auch vor Pferden. Selbst wenn es Minipferde waren. Genauer gesagt Ponys.

Frau und Pony hatten dieselbe Frisur: strohblonde Haare, die ihnen über die Augen fielen. Beide hatten ausladende Hüften und strahlten eine unglaubliche Gemütlichkeit aus.

Auf Onis wirkte das aber sichtlich anders, er drängte sich eng an Seifferheld. Man hörte ängstliches Fiepen.

»Ist ja gut«, sagte Seifferheld zu Onis, und »Hallo!« rief er Frau und Pony entgegen.

»Beißt Ihr Hund?«, fragte die Frau besorgt.

Der Hund wäre am liebsten eins mit dem Asphalt geworden. Aber so, wie das Pony gerade seine Zähne bleckte, musste eher Seifferheld besorgt sein.

»Beißt Ihr Pony?«, erwiderte er deshalb seinerseits.

Frau und Mann sahen sich einen Augenblick an, dann lachten beide auf. Das Pony gähnte nur.

»Ich suche eine Adresse. Langenwiesen 73«, sagte Seifferheld. »Kennen Sie sich hier aus?«

Letzteres war eine rhetorische Frage. Er ging sehr davon aus, dass sie sich hier auskannte, wenn sie reitend unterwegs war.

Die Frau starrte ihn nur an.

Hm. Dass sie Deutsch sprach und verstand, hatten sie bereits geklärt. Hatte er zu sehr genuschelt? »Langenwiesen 73«, wiederholte er deshalb, jede Silbe betonend. Schade, dass seine Nichte Karina nicht dabei war. Die hatte eine Waldorfschule besucht und hätte die Adresse auch tanzen können.

»Wieso?«, wollte die Frau wissen.

Das Pony schnaubte. Fliegen stoben um seine Kehrseite herum auf.

Wieso? Wieso? Was ging sie das an? Wenn er sich nach der Uhrzeit erkundigt hätte, hätte sie dann gefragt: Warum?

Dann seufzte die Frau und entspannte sich sichtlich. Sie schien zu dem Schluss gekommen zu sein, dass er harmlos war. Alle gelangten schlussendlich zu dieser Einschätzung: Er war ein älterer Herr mit Lachfältchen und Gehhilfe, vor dem sich niemand fürchten musste. Seifferheld war sich oft nicht sicher, ob er es gut finden sollte, dass er eine solche Harmlosigkeit ausstrahlte, aber jetzt gerade kam es ihm zupass.

»Ich wohne dort. Langenwiesen 73. Das ist meine Adresse.«

»Frau Kant?« Seifferheld staunte. Er fasste sich aber schnell wieder. »Ich bin Siegfried Seifferheld, der Vater von Susanne Seifferheld. Sie kennen vielleicht meine Tochter aus der Bausparkasse?«

Susanne war als Eisenfresserin verschrien, und wenn sie durch die Flure des Unternehmens schritt, verstummten stets alle Gespräche. Manch einer versteckte sich auch hinter Schranktüren, wenn das energische Klack-Klack-Klack ihrer Louboutins zu hören war, oder duckte sich unter seinen Schreibtisch, als wolle er seine Schnürsenkel schnüren.

»Ja und?«, fragte Frau Kant.

»Darf ich Ihnen wohl ein paar Fragen stellen? Es geht um Frau Breiteich.«

Das Gesicht von Frau Kant schien in sich zusammenzufallen.

Pony und Hund wurden allmählich unruhig.

»Wozu?«, wollte Frau Kant wissen, was ja irgendwie verständlich war, da könnte ja jedes Elternteil der über dreitausend Kollegen von der Bausparkasse kommen und Fragen stellen.

»Es ist so … ich war bei der Polizei …«, fing Seifferheld an und wollte ihr erklären, dass er mit seiner immer noch

109

aktiven, kriminalistisch geschulten Spürnase Witterung aufgenommen hatte wie Onis bei dem toten Hasen. Das mit dem Hasen wollte er weglassen.

»Die Polizei war schon bei mir und hat mich befragt«, unterbrach ihn Frau Kant und guckte trotzig.

Seifferheld guckte überrascht.

Das war ihm seit seiner Versetzung in den berufsunfallbedingten Vorruhestand noch nicht passiert, dass seine Ex-Kollegen und er dieselbe Fährte verfolgten. Und dass sie dabei auch noch schneller waren. Seifferheld war ... ja ... er war eingeschnappt.

Ein Pokerface gehörte nicht zu seinen Stärken. Frau Kant sah ihm seine Fassungslosigkeit an und bekam so etwas wie Mitgefühl.

»Begleiten Sie mich«, sagte sie plötzlich und preschte voran.

Seifferheld stutzte. Sollte er mit seiner Gehhilfe einem galoppierenden Pony hinterherjagen?

Onis, in dem der Jagdtrieb erwachte und der keine Angst vor großen Huftieren hatte, wenn sie denn vor ihm davonliefen, preschte dem Pony fröhlich hinterher.

Seifferheld stand wie festgewurzelt und sah Pony, Frau und Hund nach. Ungefähr fünfzig Meter, dann bogen alle drei nach rechts in eine Hofeinfahrt. Eine tausendstel Sekunde später preschte Onis völlig unfröhlich wieder heraus. Das Pony war offenbar stehen geblieben ...

Seifferheld setzte sich in Bewegung. Bis er im Hof ankam, war Frau Kant schon abgesessen und hatte ihrem Pony den Sattel abgenommen.

»Setzen Sie sich drüben unter den Sonnenschirm. Ich

versorge nur schnell Fury, dann hole ich uns etwas zu trinken.« Sie führte ihr Pony – Fury? Wie der kühne Serienhengst? Echt jetzt? – in den Stall.

Er tat wie geheißen. Onis, den er zwischenzeitlich an die Leine nehmen und beinahe mit Gewalt auf den Hof zerren musste, entspannte sich, als das Pony nicht mehr zu sehen war. Er legte sich im Schatten neben dem weißen Plastikstuhl ab, in den Seifferheld nur mit Mühe passte. Die modernen Stühle wurden auch immer schmaler.

Er saß eine ganze Weile so da, schaute auf Felder und Bäume und überlegte, was man mit einem Pony anstellte, nachdem man es ausgeritten hatte: striegeln, füttern, wässern, hinter den Ohren kraulen, kleine Zöpfchen in die Mähne flechten? Was immer es war, es zog sich in die Länge. Er kam sich vor wie im Wilden Westen: Die Luft flimmerte, eine Fliege surrte. Von fern hörte man ein Wiehern.

Doch plötzlich wurde hinter ihm ein Fenster aufgerissen. »Der Kaffee ist fertig!«, flötete Frau Kant so melodisch wie in der Radiowerbung.

Sie musste sich über Hintertüren ins Haus geschlichen haben.

Seifferheld stand auf. Onis auch.

»Der Hund bleibt aber draußen!«, erklärte Frau Kant kategorisch.

»Du hast es gehört«, sagte Seifferheld und warf seinem getreuen Gefährten einen Blick zu, der besagte: Ich kann nichts dafür, aber da ich was von der komischen Alten will, müssen wir ihr entgegenkommen, das siehst du doch ein, oder?

Onis sah es nicht ein. Er schürzte die Hundelippen.

»Und kein Gejaule!«, mahnte Seifferheld, dann wandte er sich um und ging zur Terrassentür.

»Schuhe ausziehen!«, befahl Frau Kant vom Kaffeetisch aus.

Das war jetzt blöd. Seifferhelds Mutter hatte ihn immer gemahnt, stets saubere Unterwäsche zu tragen, weil man ja nie wissen könne, wann man unter einen Bus geriet. Von frischen Socken war jedoch nie die Rede gewesen. Nicht dass er Käsefüße hatte, aber …

Marianne war doch nicht da gewesen, die hätte ihm nicht nur verboten, löchrige Strümpfe anzuziehen, die hätte sie auch gleich im Mülleimer entsorgt. Deswegen versteckte er seine altgedienten Socken vor ihr und trug sie aus Protest, wann immer sie aushäusig war.

Nun gut, Augen zu und durch. Er schlüpfte aus seinen ergonomisch geformten Slippern in Lederoptik mit Profil-Laufsohle für leichtes Abrollen.

Mit einem hervorblitzenden kleinen Zeh links und einem vorwitzigen großen Zeh rechts ging er von der Terrassentür zum Kaffeetisch und setzte sich. Immerhin, es gab Obstkuchen! Und Blümchenteller.

Frau Kant schenkte ihm herrlich duftenden Kaffee ein – Seifferheld musste an den Werbespot seiner Jugend denken, die Krönung von Jacobs und Frau Sommer, die ihren Gästen nur das Beste angedeihen ließ.

»Muss man es nicht spüren, wenn jemand, den man liebt, tot ist?«, fragte sie unvermittelt. Frau Kant, nicht Frau Sommer.

Seifferheld sagte nichts und starrte die Kuchenplatte an. Ob er sich selbst bedienen durfte?

»Nicht nur, dass Britt all die Jahre tot war. Ich habe quasi auf ihr gesessen, wenn ich mit Kollege Schrödinger eine rauchen war. Wie krank und gefühlsstumpf ist das denn? Ich habe *ab-so-lut* nichts gespürt!« Sie schluckte und verlor den Kampf gegen die Tränen. Lautlos rollten sie über die zu stark gerougte Wange. Oder waren die roten Flecken Natur?

Seifferheld wusste es nicht. Er schaute wieder auf die Kuchenplatte. Nein, sich selbst zu bedienen war unhöflich und wirkte gierig.

»Sie glaubten all die Jahre, dass Frau Breiteich noch am Leben ist?«, fragte er stattdessen.

»Ich habe es gehofft! Von ganzem Herzen gehofft! Ich dachte, der Abschiedsbrief sei ein Fake. Das habe ich auch der Polizei gesagt. Damals, meine ich.«

»Es gab einen Abschiedsbrief?« Seifferheld hörte zum ersten Mal davon.

»Ja. Die Polizei hat ihn mir damals gezeigt, weil ich die Handschrift identifizieren sollte. *Ich kann nicht mehr.* Ohne Punkt. Nur diese vier Wörter. Ein Fake, sage ich Ihnen, nicht echt! Eine Handschrift lässt sich doch fälschen!« Frau Kant guckte stur. »Ich habe kurz vor ihrem Verschwinden noch mit ihr gesprochen. Sie hatte Pläne! Sie wollte als Model arbeiten! Bei ihrem Aussehen wäre das auch kein Problem gewesen. Sie war wunderschön, nur eine Spur zu groß! Aber das focht sie nicht weiter an. Sie hatte schon einen Plan, wie sie trotzdem auf die Laufstege dieser Welt kommen könnte. Britt war voller Lebenslust! Nie und nimmer hätte sie sich umgebracht, nie und nimmer!«

Frau Kant sah ihn vorwurfsvoll an. Als sei er an der

ganzen Misere Schuld. Dabei hatte er nie in der Abteilung für vermisste Personen gearbeitet.

»Haben Sie den Abschiedsbrief denn gesehen?«, wollte er wissen.

»Nein, den hat ihr Mann gefunden und der Polizei gegeben. Ihr Mann«, zischelte Frau Kant. »Dieser Schläger. Er hat sie schlecht behandelt, wirklich schlecht behandelt. Wie oft habe ich zu ihr gesagt, zieh zu mir, verlass ihn, aber sie hatte nie die Kraft.« Frau Kant stockte. »Und dann kommt dieser … Unmensch … an und sagt, Britt hätte sich umgebracht. Das hätte sie nie und nimmer, glauben Sie mir. Ich war ihre beste Freundin seit Kindergartentagen. Selbstmord stand völlig außer Frage. Das habe ich der Polizei auch gleich nach ihrem Verschwinden gesagt, aber mir glaubte ja keiner. Nicht genügend Anhaltspunkte, hieß es!« Ihre Augenbrauen trafen sich mittig über der Nase. Sie sah aus wie Frida Kahlo. »Dabei habe *ich* sie damals als vermisst gemeldet, nicht er! Ihren Mann kümmerte das doch einen Dreck. Der hat sich auch kurz darauf eine Schlampe ins Haus geholt. Die hat sogar Britts Sachen getragen, ich hab sie im Supermarkt gesehen!«

Mittlerweile hatte Seifferheld alle Hoffnung auf ein Stück Kuchen fahrenlassen. »Darf ich fragen, ob Frau Breiteich eine Affäre mit Arno Siegmann hatte? Wenn das jemand wissen kann, dann Sie.« Er lächelte sie aufmunternd an. Wenn man jemand vertrauen konnte, dann ihm. Und Herrn Kaiser von der Hamburg Mannheimer …

»Eine Affäre mit wem?«

»Arno Siegmann. Dem Maler, dem sie Modell gesessen hat?«

»Ach Gott, nein.« Jetzt musste Frau Kant tatsächlich lachen. »Eine absurde Vorstellung. Der spielte doch überhaupt nicht in ihrer Liga. Natürlich hat er sie vergöttert. Total. Er hat ihr aus der Hand gefressen. Aber für sie war er nur ein unreifer Junge, der schlechte ... wie sagt man? ... Dings ... Plastiken ... nein, Skulpturen machte. So ... Gipszeugs.« Frau Kant sah zur Gardine vor dem Panoramafenster, aber ihr Blick ruhte nicht auf der Goldkante, sondern weit zurück in der Vergangenheit.

»Britt war nur sicher, wenn sie nicht zu Hause war. Und sie konnte ja nicht ohne Ende Überstunden schieben. Darum hat sie sich zu diesem Volkshochschulkurs angemeldet und dort den ... hieß der Arno? ... kennengelernt. Der jobbte ab und an auch in der Büchs.« Bei älteren Insidern hieß die Bausparkasse Schwäbisch Hall nicht Bausparkasse Schwäbisch Hall. Man sprach einfach von der »Büchs«.

»Dieser Arno war für sie eine kleine Flucht aus dem Alltag, mehr nicht.« Frau Kants Lippen begannen zu zittern, und ihr ganzes Gesicht schlug Wellen. Sie schniefte. »Ihr Mann ist ein Schwein! Aber ich habe eigentlich nie wirklich geglaubt, dass er sie umgebracht hat. Dazu hat der doch gar nicht den Mumm. Er hat sie ja auch nie blutig geschlagen, weil er kein Blut sehen konnte. Immer nur blaue Flecke. Ich dachte, den Abschiedsbrief hätte er geschrieben, um ihre Lebensversicherung einzukassieren.«

»Bei Selbstmord erfolgt keine Auszahlung«, hielt Seifferheld dagegen.

Frau Kant stockte und zog die Nase hoch. »Das wusste der doch nicht!« Sie schniefte erneut. »Mein Gott, ich habe wirklich geglaubt, sie sei einfach abgehauen. Ich war sogar sauer auf sie, weil nie eine Karte kam, keine Nachricht, nichts. Aber dann glaubte ich, sie hätte Angst, dass dieser Widerling von Ehemann ihr durch ein Lebenszeichen auf die Spur kommen könnte, und sie habe sich deshalb in Schweigen gehüllt.« Sie wischte sich mit dem Unterarm über die Nase. »Ich habe wirklich, wirklich geglaubt, sie hätte ihr Glück woanders gesucht. Wie in diesem Udo-Jürgens-Song. Wie hieß der doch gleich?«

Seifferheld musste an Arno Siegmann denken. Tiefe Gefühle, die nicht erwidert wurden, konnten durchaus zu übereilten Handlungen führen. Hatte er sie eines Tages von der Arbeit abholen wollen und sie ihn schnöde abgewiesen, woraufhin er sie erschlug und … ja, und was? Hatte er sie mit dem Hämmerchen, mit dem er sie sonst in Marmor meißelte oder in Gips gipste oder was immer, hatte er sie also mit diesem Hämmerchen erschlagen und sich den Umstand zunutze gemacht, dass gerade die Fliesen im Innenhof der Bausparkasse neu verlegt wurden?

Das war auf jeden Fall wahrscheinlicher, als dass ihr Ehemann von den Umbauarbeiten wusste und sie gezielt genau dann umbrachte, als die alten Fliesen weggetragen, die neuen aber noch nicht verlegt worden waren. Nein, Seifferheld schoss sich ganz auf Arno Siegmann als Hauptverdächtigen ein. Er hatte ein Motiv und – als alter Büchs-Jobber – die Gelegenheit!

»*Ich war noch niemals in New York!*«, rief es plötzlich aus Frau Kant heraus, und sie strahlte.

»Ich auch nicht«, antwortete Seifferheld.

»Wuff!«, bellte Onis draußen auf der Terrasse.

»Ich hoffe, mein Hund fängt jetzt nicht an zu singen,

das macht er manchmal, wenn er sich einsam fühlt«, entschuldigte sich Seifferheld prophylaktisch.

»Tiere!«, konstatierte Frau Kant. »Sie überraschen einen immer wieder neu. Aber ich glaube, meine Mitbewohnerin ist eben vorgefahren. Sie hat auch einen Hund. Hat Ihr Hund Probleme mit anderen Hunden?«

»Aber nein«, wollte Seifferheld mit dem Brustton der Überzeugung erklären, doch da brach draußen schon das Chaos aus.

Lautes Kläffen, Wimmern, Jaulen.

Eine Frauenstimme, die aus dem Off »Aus! Nein! O Gott! Aus!« gellte. Vögel, die entsetzt aufflogen. Fernes Wiehern.

Seifferheld sprang entsetzt auf und eilte auf seinen löchrigen Socken ins Freie, wo sich ihm eine Szene darbot, die – das wusste er in diesem Moment noch nicht, aber es war so – sich unvergesslich in die Netzhaut brennen würde:

Eine schwarze Berner Sennenhündin, die sich verliebt auf den Boden geworfen hatte, dabei Onis ihr Hinterteil präsentierte und beseelt jaulte.

Onis, der nicht kastriert war und eine läufige Hündin erkannte, wenn sie sich ihm wie auf dem Silbertablett präsentierte, was seine Manneskraft zur Hochform auflaufen ließ.

Eine Frau, in der Seifferheld in dieser Schicksalssekunde Ursula Meck wiedererkannte, seine Nemesis aus einem früheren Leben. Sie begoss mit einer handelsüblichen grünen Gartengießkanne die beiden rammelnden Hunde mit Wasser und brüllte dazu aus voller Kehle: »Aus! Aus! Aus!«

Aber da war es auch schon vorbei. Das leidenschaftliche Liebesspiel einer Berner Sennenhündin und eines Hovawart-Rüden, die einander bereits aufgrund einer früheren Begegnung im biblischen Sinne kannten, dauerte – mitsamt unverhofftem Wiedersehen, Aufeinanderzulaufen, Begeisterungskläffen, Vorspiel und Höhepunkt – nicht länger als fünfundachtzig Sekunden. Nicht dass einer die Zeit gestoppt hätte, aber falls doch, wären es fünfundachtzig Sekunden gewesen.

»O Gott!«, seufzte Frau Meck, während Lady – so hieß die Bernerin – ihre weiblichen Teile schleckte und Onis sich stolz umschaute, als wolle er sagen: Seht mich an, ich hab's noch drauf – und das, obwohl ich angeleint bin!

Jetzt erst bemerkte Frau Meck Siggi Seifferheld. Sie warf die Gießkanne beiseite und kam mit zornig gerunzelter Stirn auf ihn zu …

Auch Herzen aus Stein können brechen,
und wenn das oft genug geschieht,
entsteht Rollsplit.
Wigald Boning

Im Mini Cooper seiner Nichte Karina – man musste nicht um Erlaubnis fragen, wenn die Fahrzeughalterin mit ihrer Mutter und ihrem Sohn in Urlaub war, die Autoschlüssel aber im Flur hatte liegen lassen – brauste Siegfried Seifferheld weiter in Richtung Crailsheim.

Er brauste in Socken, denn seine Schuhe hatte er auf seiner überstürzten Flucht zurückgelassen. Man musste

Prioritäten setzen. Und angesichts der Furie Weib hieß es: seine Tchibo-Treter oder er.

Seifferheld und Onis waren Usch Meck und ihrer Lady schon einmal begegnet. Damals hatten einige Wochen später entzückende Hova-Senner das Licht der Welt erblickt, und Lady war eine Saison lang für die Zucht echter Berner Sennenhunde ausgefallen. Usch Meck war darüber nicht glücklich gewesen, um es mal vorsichtig auszudrücken.

Wenn man aus der Geschichte nichts lernt, wiederholt sie sich, pflegte Seifferhelds längst verstorbener Klassenlehrer immer zu sagen. Er hätte noch erwähnen sollen, dass man manchmal seine Lektion lernte, das Schicksal aber dennoch heimtückisch einen Weg fand, sich selbst zu kopieren. Das Schicksal spielte nie fair.

Seifferheld würde natürlich – wie schon beim ersten Mal – seinen Verpflichtungen nachkommen und für die Zukunft der kleinen Hova-Senner Sorge tragen, aber es gab Brücken, die sollte man erst überschreiten, wenn man davor stand. Keine Sekunde früher. Also hatte er sich den zornigen Ergüssen von Usch Meck durch Flucht entzogen.

Und nun war er auf dem Weg zu … ja, zu wem? Dem Witwer von Britt Breiteich? Oder ihrem Mörder?

Wenn er schon von Hall mit dem Auto nach Wolpertshausen gefahren war, konnte er auch gleich vollends nach Crailsheim weitergurken. Lag alles noch im Landkreis Schwäbisch Hall, aber – meine Güte – der Landkreis war groß, und die Strecke zog sich. Onis, der normalerweise höchst ungern seine große Gestalt in den kleinen Mini zwängte, hatte sich eingerollt und schlief den Schlaf der sexuell Befriedigten.

In Crailsheim stellte Seifferheld den Mini auf dem Parkplatz vor der Post ab, mit Luftschlitzen in den Fenstern. »Bin bald wieder da«, sagte er zu seinem Lebenspartner. Letzterer hob nur ein Lid und schloss es gleich darauf wieder. Es würde an diesem Tag kein inniges Sehnsuchtsjaulen nach dem Alpha-Rüden geben, nur feuchte Hundeträume …

Holger Breiteich wohnte direkt auf der anderen Flussseite in einem sehr heruntergekommenen Hinterhaus. Seifferheld musste also nur wenige Schritte auf Socken gehen. Die Haustür stand sperrangelweit auf, und offenbar war nur die Erdgeschosswohnung noch bewohnt.

»Breiteich«, stand auf der Klingel.

Auch die Wohnungstür stand offen. Seifferheld war sich nicht sicher, ob er mit Löchern in den Socken eintreten sollte. Holger Breiteichs Wohnung war – gelinde gesagt – schäbig. Vollgemüllt, ranzig riechend, elend. Seifferheld fürchtete, sich was einzufangen, womöglich holte er sich was auf dem Boden, der zweifelsohne seit Jahren nicht gekehrt, geschweige denn gewischt worden war. Längst resistent gewordene Keime, die sich durch die Haut bohrten und Unaussprechliches im Körperinneren anstellten: Erblindung, Organversagen, Impotenz.

»Hallo?«, rief er deshalb vom Hausflur aus.

»Lasst mich doch alle in Ruhe!«, brüllte es aus den Tiefen der Müllhalde zurück.

»Herr Breiteich? Darf ich kurz mit Ihnen reden?«

»Verreckt doch alle!«

Seifferheld hörte da ein »Ja gern, nur zu« heraus und trat ein. Allerdings erst, nachdem er seine Socken nach vorn gezogen und verknotet hatte, damit es zu keinem direkten Kontakt zwischen Haut und Fußboden kam.

Holger Breiteich lag in einem Meer aus Flaschen. Er hätte eine Kunst-Installation sein können, Sinnbild für ein verkommenes Subjekt, vom Alkohol zugrunde gerichtet, vom Künstler wahlweise als Kapitalismus-Schelte oder als zynische Abkehr vom humanistischen Weltbild gemeint.

»Herr Breiteich?« Seifferheld blieb im Türrahmen stehen, der Gestank war fast nicht auszuhalten.

»Fick dich ins Knie!«

»Herr Breiteich, es geht um Ihre Frau Britt.«

Korrektur: Der Gestank war wirklich unerträglich. Seifferheld war froh, dass er Onis im Wagen gelassen hatte. Mit seiner feinen Hundenase hätte er hier einen olfaktorischen Infarkt erlitten.

»*****!«, fluchte Breiteich mit einem vulgären Begriff für ein sekundäres weibliches Geschlechtsmerkmal. Seifferheld kombinierte, dass Breiteich noch klar genug war, um zu wissen, worum es hier ging.

»Es wurde ein Skelett gefunden, und die Polizei vermutet, dass es sich dabei um Ihre Frau Britt handelt.«

Ausnahmsweise fluchte Breiteich nicht. Aber er rülpste. Oder furzte. Der Ton war nicht genau zu identifizieren. Jedenfalls war es ein organisches Geräusch, das die geruchliche Gesamtsituation nicht verbesserte. Im Gegenteil.

»Herr Breiteich, wie war das denn damals mit Ihrer Frau?«

»Auf und davon ist sie, auf und davon. Die Schlampe. Hat mich einfach alleingelassen. Wo sie doch wusste, dass ich allein nicht zurechtkomme! Dieses Flittchen!«

Dass er nicht zurechtkam, war offensichtlich. Die Schuld daran seiner Frau zuzuschieben war unentschuldbar.

Nur an einer einzigen Wand in dieser Müllhalde hing ein Bild: die vergrößerte Fotografie einer sehr schönen, sehr jungen Frau mit einer letzten Ahnung von Babyspeck, kurz vor dem Übergang ins richtige Frausein. Mit einer frechen, blonden Ponyfrisur und kecken blauen Augen. Der Rahmen leuchtete rot, und das Glas über dem Foto schien tatsächlich geputzt. Fast wirkte die Wand wie ein Schrein, den er für seine tote Frau errichtet hatte – und dass es sich um Britt Breiteich handelte, schien Seifferheld klar.

In seinen annähernd vierzig Jahren bei der Mordkommission hatte Seifferheld allerdings des Öfteren erlebt, dass der Täter das Opfer in Ehren hielt. Jetzt, da es tot war, entsprach die Erinnerung ganz dem Bild, das der Mörder sich vom Opfer machen wollte. Es gab kein Leben mehr, das nicht konform zur Vorstellung lief. Das Opfer wurde perfekt.

»Sie haben sie doch geschlagen, oder?« Seifferheld sprach in seinem strengen Verhörton, den er von früher noch ungebrochen gut draufhatte. »Haben Sie sie auch umgebracht?«

Breiteich war längst über den Punkt hinaus, wo ihn eine solche Anschuldigung noch gekratzt hätte. Wobei ihm half, dass er auch gar nicht richtig zuhörte. »Einfach abgehauen ist sie, die blöde Kuh. Aber wenn die sich wieder blicken lässt, dann mach ich sie kalt.«

Seifferheld sah dieses Wrack von einem Menschen an. »Hatte Ihre Frau nicht eine Affäre mit einem … Künstler?« Es fiel ihm schwer, Arno Siegmann als einen solchen zu bezeichnen, aber zum Zwecke der Ermittlung musste das sein. »Haben Sie Ihre Frau umgebracht? Aus Eifersucht? Hm?« Er sprach lauter, als ob das helfen würde.

Vielleicht half es sogar, denn Breiteich erlebte einen lichten Moment. »Dieser Arsch, dieser blöde. Macht sich an meine Frau ran. Dem hab ich's aber gezeigt! Dem hab ich gezeigt, wo der Hammer hängt! Der hat den Schwanz eingekniffen und hat das Weite gesucht! Arsch, blöder!«

Seifferheld hielt es hier nicht länger aus. Er atmete schon so flach wie möglich, aber den ranzigen Gestank – übrigens roch es auch nach Verwesung, er tippte auf tote Nagetiere oder auf offene Geschwüre an Breiteichs Rücken – hielt er wirklich keine Minute länger aus.

»Herr Breiteich, mir können Sie es doch sagen – haben Sie damals den Abschiedsbrief geschrieben? Den Abschiedsbrief Ihrer Frau? Haben Sie so getan, als hätte sie sich umgebracht?«

»Die Versicherung hat nie gezahlt. Die sagten, erst nach sieben Jahren kann sie für tot erklärt werden. Und dann nach sieben Jahren haben sie gesagt, das Verschwinden meiner Frau sei vorgetäuscht oder wäre sogar ein Kapitalverbrechen, und deswegen könnten sie nichts auszahlen. Das sind alles Schweine! Alles Betrüger! Das ganze Leben ist Beschiss!« Breiteichs Kopf mit den fettigen Haaren, die sich zu bewegen schienen – wahrscheinlich Läuse! –, sackte in den Nacken, und was noch an Verstand in ihm war, schien wegzudämmern.

Seifferheld blickte sich ein letztes Mal um. »Hatten Sie je einen Elvis-Gürtel, Herr Breiteich?«, rief er.

»Hä?«

»Elvis, der Sänger. Als Gürtel.«

»Seh ich so aus, als würde ich so 'n Schmalz hören?!«, beschwerte sich Breiteich.

Zugegebenermaßen sah er vor allem so aus, als würde er nichts tragen, wofür ein Gürtel nötig war. Jogginganzüge schienen seine modische Aussage zu sein.

Seifferheld seufzte und wich langsam zurück. Er war sich nicht sicher, ob er den Gestank jemals wieder aus seiner Kleidung herausbekommen würde. »Vielen Dank, Herr Breiteich.«

»He, die wollen mich hier rauswerfen! Verstehst du, die wollen mir das Dach über dem Kopf wegnehmen! Und ich hab doch niemand, zu dem ich gehen kann ... ich bin ganz allein!«

Das Elend der Welt. Seifferheld würde es nicht lösen können. Aber hier konnte er etwas tun. »Ich rufe beim Sozialamt an und ...«

»Ach, bleib mir doch mit den Ärschen vom Sozialamt weg!«, keifte Breiteich, der sich die ganze Zeit über keinen Millimeter bewegt hatte.

Seifferheld nickte und ging.

»Haste mal 'ne Mark?«, rief ihm Breiteich bettelnd hinterher. »Nur eine!«

Selbst das neue Jahrtausend war an dem Mann vorbeigegangen. Mitsamt Euro.

Seifferheld drehte sich nicht mehr um. Er horchte in sich hinein, und sein Bauch sagte ihm, dass Breiteich ein Frauenschläger und Versicherungsbetrüger sein mochte, vielleicht war er sogar ein jähzorniger Querulant, der im Affekt zuschlug, womöglich sogar so heftig, dass sein Gegenüber daran verstarb, aber ein Mörder war er nicht.

Wenn er damals seine Frau umgebracht hätte, dann hätte man ihn als Häufchen Elend lautstark lamentierend neben ihrer Leiche gefunden. Er wäre nicht losgezogen und hätte sie in der Bausparkasse unter Betonplatten vergraben.

Oder irrte hier sein Bauch?

Von Sitzheizung krieg ich Hitzepickel.

»Siggiiiii!«, rief es hinter Seifferheld, als er den Parkplatz erreichte.

Er drehte sich um.

Klaus!

»Was machst du denn hier?«, wollte Seifferheld von seinem besten Freund wissen. Seit der in Schwäbisch Hall ein französisches Bistro eröffnet hatte, das *Chez Klaus,* schien er jede freie Minute in seinem Etablissement zu verbringen. Er war rund um den Vollbart auch schon ganz blass.

»Ich habe mir eine Baskenmütze gekauft. Ein *Patron* ohne Baskenmütze, das geht nicht. Und die besten Kopfbedeckungen weit und breit gibt es hier bei Hut App in Crailsheim.« Er hob eine Tüte hoch. »Soll ich mal aufsetzen?«

»Nee, lass mal.«

»Ich bin auf dem Weg zum Zug, oder kann ich bei dir mitfahren?«, fragte Klaus, als sie den knallbunten Mini von Karina erreicht hatten. Onis war mittlerweile wieder fit und schob die Schnauze, soweit es ging, durch den Schlitz im Fenster und gab freudige Winsellaute von sich. Klaus war auch sein Freund.

»Wird etwas eng werden«, warnte Seifferheld, aber Klaus und Onis hatten nichts gegen ein wenig Kumpelkuscheln unter Männern.

Anfangs fuhren sie schweigend, bis auf das Hecheln von Onis. Am Ortsende von Crailsheim fragte Klaus plötzlich begeistert: »Du kommst doch auch heute Abend? Ich bin total aufgeregt!« Jetzt hechelte auch er.

Heute Abend? Heute Abend? In Seifferhelds Gehirnwindungen ratterte es. Was genau war heute Abend?

»Wir haben die *Hirtenscheuer* angemietet. Es gibt ein Getränkebuffet und Häppchen.«

Seifferheld tat so, als müsse er sich auf den Asphalt konzentrieren.

Dumpf, ganz dumpf regte sich in den hintersten Windungen seiner Großhirnrinde eine Erinnerung. Nur woran?

»Wir Jungs sind natürlich komplett anwesend. Aber es kommt auch der Verleger. Er bringt die Bücher mit. Ganz frisch gedruckt. Vermutlich noch feucht. Geil, oder?« Klaus war sichtlich begeistert. »Es kommt jemand vom *Haller Tagblatt*. Da ist es ja auch angekündigt gewesen. Unter *Was ist heute los?* Es haben auch schon zwei Leute angerufen und gefragt, ob es Eintritt kostet. Wahnsinnsreaktion!«

O Gott, die Erinnerung kam zurück! Seifferheld wollte es nicht, aber die Erinnerung war wie eine Lawine – eben noch ein Schneeball, gleich darauf riesengroß und nicht mehr aufzuhalten.

»Das wird die Lesung des Jahrhunderts!«, jubilierte Klaus. »Der Verleger spricht ein paar Worte, Bocuse hält die Einführung, und jeder von uns liest sein Lieblingsrezept vor.«

Genau.

Die Lesung aus dem Kochbuch, das die Jungs der ehemaligen Männerkochkursgruppe der Volkshochschule Schwäbisch Hall bei einem obskuren bayrischen Kleinverlag – ach was, Winzverlag – veröffentlicht hatten. Wofür sie auch noch bezahlen mussten. Also quasi im Selbstverlag. Nein, nicht *quasi*. Buchstäblich!

Seifferheld hatte sich ja von Anfang an gegen dieses Projekt gesträubt. Sie konnten nicht kochen. Hatten sie nie gekonnt und würden sie in diesem Leben auch nicht mehr lernen. Die Rezepte waren demzufolge alle aus dem Internet geklaut und definitiv nicht zum Nachkochen geeignet, denn Klaus hatte sie abgeschrieben, und Klaus vergaß gern eine Zeile oder verdoppelte die Mengenangaben oder würfelte verschiedene Rezepte zusammen, weil die Zutaten seiner Meinung nach sonst nicht ausreichend sättigend klangen. Ein Probekochen hatte es natürlich nicht gegeben. Womöglich war es nicht nur unmöglich, diese Rezepte nachzukochen, sondern sogar gefährlich. Seifferheld sah eine Klagewelle auf sie zurollen.

»Siggi?« Klaus musterte Seifferhelds Profil. »Siggi, du kommst doch?! Ohne dich geht es nicht! Das ist jetzt eine Frage der Ehre!«

Nur über meine Leiche!, dachte Seifferheld. Wenn es sein musste, würde er einen akuten Bandscheibenvorfall vortäuschen. Oder eine Ebola-Infektion.

O Herr, gib mir die Gelassenheit, dumme Menschen zu ertragen, die Kraft, in ihrem Beisein stets meine Selbstkontrolle zu wahren, und die Weisheit, mir klarzumachen, dass ich in den Knast komme, wenn ich meinem inneren Drang folge, sie zu erschlagen …

Seifferheld warf Klaus an der Bushaltestelle Holzmarkt aus dem Mini und fuhr dann einmal um die Innenstadt von Schwäbisch Hall herum zur Zollhüttengasse, wo Arno Siegmann sein Atelier hatte.

Strickstube für Kerle stand in fröhlichen, schief hängenden Holzbuchstaben über der Tür zum Eingang, die sich in einem Hinterhof befand. Zufällig vorbeikommende Passanten würden sein Atelier niemals finden.

Siegmanns Elternhaus mochte sich in bester Schwäbisch Haller Innenstadtlage befinden – na ja, in zweitbester Lage, jedenfalls nicht so gut wie die Untere Herrngasse, dachte Seifferheld, noch dazu falsche Kocherseite –, aber das Gebäude war definitiv stark renovierungsbedürftig. Um das herzurichten, würde Siegmann eine Menge Geld in die Hand nehmen müssen. Hatte er das?

Sein Atelier war ein großer, relativ dunkler Raum, vor hundert Jahren zweifelsohne als Pferdestall, später als Doppelgarage genutzt. Auf offenen Regalen sah man Hunderte von Wollknäueln. Der Raum war leer bis auf zwanzig Klappstühle.

»Hier werde ich meine Strickkurse abhalten«, verkündete Siegmann, der tatsächlich gestrahlt hatte, als Seifferheld unangekündigt vor ihm stand.

Schlicht gestrickt der Mann, dachte Seifferheld. Was

glaubte dieser blöde Laffe eigentlich? Dass er ihn sympathisch fand?

Sticker und Stricker konnten niemals Freunde sein!

»Setzen Sie sich doch. Kann ich Ihnen etwas zu trinken anbieten?« Siegmann erinnerte an einen Welpen. Aber der einzige echte Vierbeiner im Raum war Onis, der interessiert an einer braunen Aktentasche schnüffelte.

»Onis, aus!«, befahl Seifferheld.

»Aha, die feine Hundenase. Das muss meine Wurstsemmel sein, die ich mir als Imbiss mitgenommen habe.«

»Wohnen Sie nicht hier im Haus?« Seifferheld würde ganz sicher nicht auf einem der Klappstühle Platz nehmen.

Siegmann nahm die Aktentasche zur Hand.

»Das schon, aber wenn der Hungerast kommt, muss man vorbereitet sein!« Er klang wie ein Profi-Radfahrer kurz vor dem Aufstieg zum Alpe d'Huez. Und da sagte er auch schon: »Stricken ist Hochleistungssport, müssen Sie wissen, lieber Siggi.«

Er war nicht sein lieber Siggi!

»Sie fragen sich sicher, was ich von Ihnen will«, fing Seifferheld an.

»Zweifelsohne sind Sie im Auftrag Ihrer reizenden Gattin hier, um mich erneut zum Essen einzuladen, nachdem unsere letzte Verabredung ja bedauerlicherweise ausfallen musste.«

Lieber will ich einen Monat in den Hungerstreik treten, als nochmals zuzulassen, dass Sie in mein Heim eingeladen werden, wollte Seifferheld sagen, aber was seinen Lippen entschlüpfte, war: »Marianne und ich sind nicht verheiratet.«

»Oh«, erwiderte Siegmann nur.

War das ein freudiges Aufblitzen in seinen Augen? Seifferheld ballte die Rechte zur Faust. »Wir sind dennoch mehr als eng verbunden!«, ergänzte er rasch.

»Natürlich, natürlich«, sagte Siegmann, zwinkerte und schwenkte seine Wurstsemmel. »Aber ohne Ring genießt ›Mann‹ immer noch einen Rest Freiheit, habe ich nicht recht? Die Welt ist groß, und andere Mütter haben auch schöne Töchter. Nur zum Anschauen, versteht sich«, warf Siegmann rasch ein, als er Seifferhelds Blick bemerkte. »Ich bin sicher, Sie sind aus treuem Holz geschnitzt.«

»Sie offenbar nicht«, hielt Seifferheld dagegen. Er stand noch immer.

»Wie meinen Sie das?« Siegmanns Augen wurden groß. »Ich bin nicht verheiratet.«

»Sie nicht, aber Britt Breiteich war es!«

Siegmann stockte. Aber nur kurz, dann knipste er wieder sein schleimiges Lächeln an. »Britt? Wie kommen Sie denn auf Britt?«

»Sie haben es offenbar noch nicht gehört, aber das weibliche Skelett, das während Ihrer Vernissage in der Bausparkasse gefunden wurde … man vermutet, dass es sich dabei um die Leiche von Britt Breiteich handelt.«

Aus dem sonnengebräunten Hollywoodstargesicht des Strickers wich alle Farbe. Seine Arme sackten nach unten, die Aktentasche rutschte aus seiner Hand und fiel zu Boden.

Onis eilte auf leisen Sohlen herbei und schob seine Schnauze in die schmale Öffnung, die gleich darauf nicht mehr so schmal war.

»Britt ist tot?«, hauchte Siegmann und ließ sich schwer auf einen Klappstuhl fallen.

Gut gespielt, dachte Seifferheld, Chapeau!

»Sie haben sie geliebt?«, fragte Seifferheld und kam sich vor wie in einem Kitschfilm zur besten Sendezeit am Sonntagabend auf einem öffentlich-rechtlichen Sender. Gleich würde Siegmann anfangen zu schluchzen, sich auf den Boden werfen und mit den Fäusten gegen die Grausamkeit des Schicksals antrommeln.

Aber Siegmann saß nur eingefallen da und starrte auf das offene Regal mit den Wollknäueln. Er sagte nichts, aber nach einer gefühlten Ewigkeit nickte er.

»Stimmt, sie war verheiratet.«

Siegmann lachte unfroh auf. »Auch wenn Britt nicht verheiratet gewesen wäre, hätte sie sich nichts aus mir gemacht. Ich war der Nerd, der Spinner, der sich für einen Künstler hielt.« Er strich sich über die Augen. »Wir waren alle drei zusammen in der Schule. Britt hat sich dann für Holger entschieden, die Sportskanone. Ich hätte ihr gleich sagen können, dass sie mit ihm nicht glücklich werden würde. Wie sich einer bei Niederlagen verhält, sagt viel über seinen Charakter aus, und wenn Holgers Team verlor, ließ er es immer an den Schwächeren aus. Aber ich habe nie was gesagt. Sie hätte eh nicht auf mich gehört. Ich war ja der total verliebte, dumme Arno.«

Klang da Groll durch?

Verschmähte Liebe war die Schnellstraße zu Bitterkeit und Hass, und wenn dann ein Tropfen das Fass zum Überlaufen brachte, wurde aus Hass ganz schnell Mord.

»Haben Sie sie mit Wolle umstrickt?«, fragte Seifferheld.

Siegmann sah auf. »Was? Nein! Damals habe ich noch mit Gips gearbeitet. Ich habe lebensgroße Gipsfiguren von ihr modelliert.«

Seifferheld wollte sich nicht vorstellen, wozu. »Was wurde aus den Figuren?«

Siegmann schnaubte. »Als Britt damals verschwand, hat irgendjemand die Bullen auf mich gehetzt. Es stand der Verdacht im Raum, ich könnte sie ermordet und mit Gips umhüllt haben. Das perfekte Versteck für eine Leiche. All meine Gipsfiguren wurden daraufhin zerschlagen.« Er stand auf und klopfte sich imaginären Staub vom Strickpulli, den definitiv nicht er gestrickt hatte, dafür sah er zu edel und gut gemacht aus. Es war wohl die Vergangenheit, die er sich abklopfte. Oder die Erinnerung an Britt. »Natürlich wurde sie in keiner der Figuren gefunden. Ich habe sie nicht umgebracht. Ich habe sie geliebt. Ich hätte ihr nie etwas antun können, schließlich bin ich nicht Holger.«

Seifferheld nickte. »Große Gefühle können allerdings aus den Anständigsten von uns wilde Tiere machen«, sagte er.

»Meine Gefühle haben keinen Mörder aus mir gemacht, sondern einen Künstler.« Siegmann strich sich mit großer Geste eine Locke aus der Stirn. »Ich bin hinaus in die Welt, habe mit dem Stricken angefangen und darin meine Berufung und mein Glück gefunden. Und das wilde Tier, von dem Sie sprechen, haben Sie mit in mein Atelier gebracht.«

Seifferheld schaute nach unten. Onis hatte die Wurstsemmel entdeckt, sie still und heimlich aus dem Butterbrotpapier geschält und verleibte sie sich gerade ein. Weil er bemerkte, dass seine ruchlose Tat entdeckt worden war, schnappte er sich den ganzen Wurstsemmelrest auf einmal und schlang ihn gierig hinunter. Was, wenn er sich jetzt verschluckte? Gab es den Heimlich-Griff für Hunde?

Hinter Onis bewegte sich ein Vorhang in der Zugluft. Seifferheld schaute unauffällig und doch intensiv an die Stelle, wo sich der Vorhang besonders weit nach vorn bauschte. Waren darunter nicht Zehen zu sehen? Die weißen Zehen einer Gipsfigur? Rasch sah Seifferheld wieder zu Siegmann. Wilde Spekulationen schossen ihm durch den Kopf. Das Skelett in der Bausparkasse war nicht das von Britt Breiteich, die hatte Siegmann nach der Durchsuchung in eine Gipsfigur modelliert ... Das Skelett in der Bausparkasse war doch Britt Breiteich, aber aus Enttäuschung, seiner Geliebten nicht nahe sein zu können, hatte er immer wieder junge Frauen ermordet und in Gips gehüllt und um sich geschart ...

Seifferheld schluckte.

Siegmann, immer noch totenbleich, lächelte bemüht tapfer, dann musste er sich doch abwenden und in ein Stofftaschentuch schneuzen.

Seifferheld warf schnell einen Blick in die Aktentasche, die nun aufgeklappt zu seinen Füßen lag. Mit Schallplatten darin.

»Sie sammeln Platten?«, fragte er erstaunt.

Siegmann drehte sich um, und seine Miene hellte sich sofort auf. »Nur Vinyl gibt Gefühl«, schwärmte er. »Lieben Sie die echte Musik von der Platte ebenfalls? Soll ich uns eine Scheibe auflegen?«

»Nein!«, erklärte Seifferheld kategorisch, auch wenn das nicht ganz der Wahrheit entsprach.

Aber er hatte gesehen, um was für Platten es sich in der Aktentasche handelte.

Es waren Platten von Elvis Presley ...

Das Gehirn ist ein wahrhaft phänomenales Organ.
Es arbeitet 24 Stunden pro Tag, 365 Tage im Jahr,
von der Geburt bis zu dem Moment,
in dem man sich verliebt ...

In Schwäbisch Hall gab es viele Orte für die Kunst.

Ein solcher Ort war die historische *Hirtenscheuer,* eigentlich von einer Ateliergemeinschaft ortsansässiger Künstler betrieben, deren Foyer aber auch für ausgewählte Ereignisse rund um die Kunst zu mieten war. Im Moment fand dort in Zusammenarbeit mit dem Kulturbüro der Stadt eine Ausstellung von Filmplakaten statt. Unter dem Motto *Das große Fressen* hingen dort Plakate von Filmen wie *Die Schlemmerorgie* oder *Angst essen Seele auf* oder *Maria, ihm schmeckt's nicht!* bis hin zu *Julie & Julia.* Da passte eine Lesung aus einem Kochbuch gut. Dachten die Verantwortlichen. Man musste ihnen zugutehalten, dass sie es nicht besser wissen konnten. Woher auch? Auf den ersten Blick handelte es sich bei den Autoren des Kochbuchs ja um gestandene Haller Persönlichkeiten: einen Klempner, einen Buchhändler, einen Lehrer, einen Pfarrer, einen Wirt und einen Vorruheständler.

Um achtzehn Uhr, als sich die Jungs von der Männer-kochkursgruppe mitsamt ihrem Chefkoch Bocuse in der Scheuer treffen wollten, um alles für ihren großen Abend vorzubereiten, saß Seifferheld gemütlich in seiner Küche. Nackt, nur ein Badetuch um die Hüften geschlungen.

Er hatte geduscht und seine hartnäckig nach Müll stinkenden Kleider in den Wäschekorb geworfen und war nach seinem hektischen Befragungstag nun bereit für sein Abendessen: leckere Maultaschensuppe. Natürlich nicht von ihm selbst gekocht. Aus einer Dose der Bäuerlichen Erzeugergemeinschaft, deren Inhalt er nur noch zu erwärmen brauchte.

Aber der Mann denkt, seine weibliche Lebensphasenabschnittsgefährtin lenkt … Marianne – der er in einem Moment großer Verliebtheit einen Hausschlüssel überlassen hatte, obwohl sie nicht (mehr) mit ihm unter einem Dach wohnen wollte – stob in die Küche, als er die Dose in die Mikrowelle stellen wollte.

»Du bist ja gar nicht angezogen!«, schimpfte sie, aber nur halbherzig, denn was sie sah, erfreute ihr Auge. Sie gab ihm einen zärtlichen Kuss auf den Mund. Seifferheld dankte innerlich seinen Vorfahren, die ihm Gene hinterlassen hatten, welche ihm trotz zu viel Hausmannskost und zu wenig Bewegung einen ansehnlichen Körperbau bescherten. Für einen Mann, der demnächst fünfundsechzig wurde, sah er verdammt gut aus – sehnig, mit einigen wenigen grauen Haarbüscheln an genau den richtigen Stellen und einer markanten Narbe über der Hüfte.

Marianne löste sich von ihm und wurde wieder streng. »Badetücher sind keine angemessene Bekleidung für eine Küche. Badetücher gehören ins Badezimmer. Du würdest ja die Küche auch nicht mit einer Pfanne auf dem Kopf verlassen, oder?«

Seifferheld, der ganz gewiss kein Anhänger der Freikörperkultur war, genoss die seltenen Augenblicke des völligen Alleinseins, indem er nur mit seiner Schiesser-Unterhose mit Eingriff durchs Haus tobte oder eben wahlweise mit einem Stück Frottee. Herrlich!

Er wiederum betrachtete seine Marianne wohlwollend. Wenn sie sich schick machte, dann aber richtig. Sie folgte keiner Mode, denn Mode sagte ihrer Meinung nach *ich auch*. Stil, echter Stil, sagte *nur ich*. Wie sie sah in Hall sonst keine aus. Nicht mehr ganz taufrische Damen trugen, so sie denn Wert auf ihr Äußeres legten, bunte Filzwaren in lockeren Schnitten, oder – falls sie über genügend Kleingeld verfügten – gesetzte Kostüme bekannter Designer mit dezentem Schmuck. Marianne dagegen, gebürtige Österreicherin, trug einen wilden Mix aus Avantgarde und Vintage, aus Klassisch und Verrückt, und wenn sie Schmuck favorisierte, dann haufenweise. Irmgard, die ihr nicht so hold war wie ihr Bruder, pflegte in solchen Momenten zu sagen, dass man Marianne schon von weitem hören könne, wie eine Schweizer Kuh mit Glocke um den Hals. Wegen der klappernden Armbänder oder der Ohrringe, die wie Windspiele an ihren Ohrläppchen baumelten und leise klirrten. Aber Irmgard trug ja auch graue Einheitskleidung mit Bequemschuhen und war mithin keine wirklich berufene Kritikerin, sondern nur neidisch. Fand wiederum Marianne.

An diesem Abend trug Seifferhelds Herzensdame einen knöchellangen Bouclé-Rock in Kanariengelb, eine wild geblümte Blümchenmusterbluse im Hawaii-Stil und einen kokett schief sitzenden, rosa Hut mit riesiger Schleife.

Andere mochten das als Angriff auf ihren Sehnerv begreifen, Seifferheld fand es sehr erfrischend.

»Hallo, meine Schöne«, gurrte er.

»Ahoi, Seemann«, hauchte sie zurück.

Aber was immer in diesem Moment in Seifferheld zart erwachte, wurde nach einem weiteren kurzen, liebevollen Kuss schnöde zunichtegemacht.

»Zieh dich an«, befahl Marianne. »Keinen Anzug, das ist zu formell. Deine Tweedjacke mit Einstecktuch, ein kariertes Hemd, Jeans. Lässig und doch ein Hauch Eleganz.« Sie legte die Nase kraus und schnupperte. »Was stinkt denn hier so?«

»Eigentlich habe ich nicht vor, mich anzuziehen, mir liegt viel mehr daran, *dich* auszuziehen«, säuselte er mit seiner verführerischsten Sean-Connery-Stimme und spielte mit den Knöpfen ihrer Hawaiibluse, das heißt, er wollte mit ihnen spielen, aber vor lauter Blumen fand er die Knöpfe nicht, also nicht ohne Brille, darum senkte er den Kopf, um besser sehen zu können, was er dadurch vertuschen wollte, dass er sie in den Ausschnitt küsste, aber da stieß sie ihn schon entsetzt von sich und rief: »Großer Gott, es sind deine Haare. Was hast du getan, dich im Müll gewälzt?« Marianne wandte sich ab. »Bäh, geh duschen! Aber beeil dich, wir sind spät dran!«

»Ich habe gerade erst geduscht!«, protestierte Seifferheld.

»Aber nicht die Haare.«

»Doch, die sind auch nass, fühl selbst!«

»Aber nicht shampooniert!«

Darauf gab es nichts zu erwidern, denn Marianne hatte

recht. Es lag wirklich noch das Aroma von Breiteichs Müllkippe in der Luft, und es schien aus seinem Haupthaar aufzusteigen.

Seine amourösen Anwandlungen lösten sich in Luft auf.

Eine gute halbe Stunde später – Seifferheld war Turboduscher beziehungsweise -Shampoonierer, und die Wege in der Haller Innenstadt waren kurz – standen sie vor der *Hirtenscheuer.* Gerade noch rechtzeitig.

Man konnte nicht behaupten, dass der Andrang groß war.

Der Saal war von überschaubarer Größe, aber ästhetisch ansprechend und hübsch mit Plakaten behängt. Links neben der Tür befand sich die Empfangstheke, hinter der sich die Kochkursjungs versammelt hatten. Sie sahen sämtlich aus wie Mormonenmissionare aus Utah oder schwäbische Konfirmanden: alle im dunklen, etwas zu kleinen Anzug von der Stange zum weißen Hemd. Seifferheld, der mit seiner Tweedjacke aus der Masse seiner Mitkocher herausstach – unangenehm, wie er fand, weil er am liebsten unauffällig in der Menge unterging –, schaute Marianne vorwurfsvoll an, aber die plauderte bereits angeregt mit der Künstlerin, die zusammen mit ihren Kollegen die Ateliergemeinschaft betrieb.

»Aaa', Siggi, da bist dü ja!«, rief Bocuse mit seinem französischen Akzent. Er war – wie konnte es anders sein – in voller Kochmontur erschienen: schwarz-weiß-kleinkarierte Hose, weißer Kittel, weiße Chefkochhaube. »Wir 'aben gerade besprochen die Ablauf von die Abend«, französelte er weiter, obwohl er perfektes Deutsch sprach. Das fand er allerdings seinem Image als französischer Gourmetspezialist abträglich, ebenso wie seinem Erfolg beim anderen Geschlecht. Nur der Akzent machte Franzosen so unwiderstehlich – nahm man ihnen den Akzent, blieb nichts übrig als ein völlig normaler Mann.

»'ier, das ist Monsieur 'aubér, unser Verleger.« Bocuse schob einen pickeligen Jüngling vor.

»Hauber, Kevin Hauber«, stellte der sich brav vor und deutete eine Verbeugung an, wie es wohlerzogene Buben im Beisein älterer Männer tun.

Wie alt war der denn? Sicher noch nicht volljährig. Der hatte die Kochbücher doch zweifellos daheim in seinem Jugendzimmer am Laptop konzipiert. Von wegen Verleger. 500 Euro pro Nase hatte das Buch gekostet: Bocuse, Seifferheld, Klaus, Eduard, Günther, Guido, Horst, Arndt – das machte insgesamt 4000 Euro. Klaus hatte den Betrag ausgelegt, den kratzten vierstellige Beträge nicht. Er war ein reicher Erbe, der nur Spaß wollte, keine Sicherheiten. Jedem von ihnen waren zehn Freiexemplare versprochen worden, und diese achtzig Bücher stapelten sich jetzt auch ordentlich auf der Theke. Seifferheld ging fest davon aus, dass es sich hierbei um die Gesamtauflage handelte. Kein Verlust für die Menschheit, geschweige denn für die Kochbuchszene. Normale Menschen verstanden unter »kochen« pochieren, anschwitzen, reduzieren, braten, blanchieren – die Kochjungs verstanden darunter auftauen und in die Mikrowelle schieben.

Aber als Seifferheld das kleine Werk in die Hand nahm, wallte doch so etwas wie Rührung auf. Sein Schwiegerneffe Fela Nneka hatte hervorragende Fotos von ihnen geschossen: jeder mit einem Fertiggericht in der Hand, beispielsweise eine Packung Miracoli oder eine Dose Krautrouladen. Die Fotos fanden sich allerdings nur auf den Außen- und Innenumschlagseiten des Buches, die Rezepte selbst waren nicht bebildert. Zweifelsohne aus kostentechnischen Gründen.

Und natürlich setzte bei ihm nun auch ein wenig die Eitelkeit ein. Während die anderen darüber diskutierten, in welcher Reihenfolge sie lesen und wie sie das Highlight das Abends ankündigen wollten, hörte er nicht zu, sondern blätterte verstohlen zu seinem Rezept. Und ja, da war es! Allerdings in der Version von Klaus, also mit Verschreibern und eigenmächtigen Ergänzungen.

Seifferheld hmpfte.

Liebe Kinder, gern nachmachen! Das ist *nicht* die Klaus-Version!

Spaghetti alla Siggi Seifferheldo
für 2 Personen (oder für 1 Person, die richtig hungrig ist)

Zutaten
3 Teelöffel feines Olivenöl extra virgine
500 g Tomaten, kleingehackt
1 Teelöffel Oregano
100 g schwarze Oliven ohne Kern
1 Glas *salsa diavola* von La Gallinara
250 g Spaghetti
Parmesankäse, gerieben (Menge nach Wunsch)

Zubereitung
Die Spaghetti in Salzwasser mit einem Teelöffel Olivenöl kochen (mehr als al dente, richtig schön weich). Das restliche Olivenöl langsam in einer Pfanne erwärmen, die Tomaten und den Oregano reinwerfen und abdecken. Wenn die Spaghetti fertiggekocht sind, das Wasser abgießen und sie in die Pfanne geben und dann noch die Oliven dazu. Kräftig miteinander vermischen. Zum Schluss den Inhalt des Glases *salsa diavola* unterrühren – Achtung: scharf! – und auf zwei Teller verteilen. Mit geriebenem Parmesan bestreuen. Fertig! Sofort servieren und genießen.

Buon appetito!

Seifferheld las sein Rezept, das Klaus eigenmächtig in Spaghetti Seifferheldo umbenannt hatte und in dem er von jungfräulichem Olivenöl sprach und dazu riet, das ganze Glas Teufelssoße auf die fertigen Spaghetti zu kippen.

Jungfräuliches Olivenöl? Seifferheldo? Ein ganzes Glas Teufelssoße?

Seifferheld schüttelte den Kopf. Aber für Einwände war es jetzt zu spät.

Die anderen tranken sich mittlerweile mit Löwenbräubier Mut an.

»Und wie habt ihr euch das Vorlesen gedacht?«, fragte Seifferheld.

»Siggi, du 'ast ja schon wieder nischt zuge'ört!«, schimpfte Bocuse.

Stimmt, hatte er nicht.

Klempner Arndt bekam Mitleid mit seinem unaufmerksamen Kochbruder. »Wir lesen nicht vor – jeder erzählt eine Anekdote rund um sein Lieblingsgericht.«

Großer Gott, woher sollte er jetzt so schnell eine Anekdote hernehmen? Es gab keine! Er aß einfach gern Nudeln ... äh ... Pasta. Basta!

»Ein Gast, ein Gast«, raunte Horst, und alle warfen sich in Positur, Bauch rein, Brust raus, aber es war dann doch nicht der erste Gast, es war Fela Nneka.

»Hallo, mein Junge, wie geht's dir?«, erkundigte sich Seifferheld.

Fela, ein riesiger Kerl, starrte ihn nur aus seinen großen, braunen Dackelaugen an. Warum?, stand darin zu lesen. Karinas zarte Frauenhand hatte den Saft aus Felas mächtigem Männerherz gepresst. Er war nur noch ein Schatten seiner selbst.

Dass diese Bären mit den durchtrainierten Muskelpaketen und den rasierten Schädeln immer so sensibel sein mussten, dachte Seifferheld.

»Frauen sind eben schwierig«, tröstete er den Freund seiner Nichte. »Ein Bier für unseren Fotografen«, bestellte er bei Guido Schmälzle, der offenbar den Mundschenk gab. Oder einfach nur zufällig direkt neben den Gläsern und dem Flaschenöffner und der Kiste mit dem Bier stand. Selber schuld.

»Danke, geht aber nicht, bin offiziell hier«, lehnte Fela ab. »Ich soll ein Foto fürs *Haller Tagblatt* schießen und ein paar Zeilen schreiben.«

Nur noch fünf Minuten bis zum offiziellen Lesungsbeginn, und noch kein Gast anwesend. Fela bat die Hobbyköche, sich zum Gruppenfoto unter *Das große Fressen*-Hauptplakat zu versammeln, was sie brav taten, mit Bocuse in der Mitte, der stolz ihr gemeinsames Kochbuch an seine weiße Brust presste.

Dann trudelten auf einen Schlag doch noch Gäste ein, wenn man sie denn so bezeichnen konnte: die niedliche Freundin von Arndt, dem Klempner, die völlig unniedliche Ehefrau von Eduard, dem Buchhändler, und die Mutter von Horst, dem Mathelehrer. Zusammen mit Marianne setzten sie sich in die erste Reihe.

Es wurde neunzehn Uhr, aber sonst kam keiner mehr.

Seifferheld setzte sich, weil seine Hüfte schmerzte, vorn neben seine Marianne.

Und dann, als das Licht schon gedimmt worden war, wurde die Tür aufgerissen. Alle schauten freudig hin, die Kochkursmänner, weil sie hofften, dass eine Busladung mit Kaufwilligen sich in die Scheuer ergösse, ihre Begleiterinnen, weil sie ihren Männern Publikumserfolge wünschten, aber es kam dann nur ein einziger Mann, wenn auch ein stattlicher.

Er blieb im Türrahmen stehen, warf mit lässiger Kopfbewegung seine Fönwelle nach hinten, wie es Kenneth Mars in *Is' was, Doc?* zu tun pflegte, lächelte breit und rief mit sonorer Stimme »Guten Abend allerseits«, als hätten alle nur darauf gewartet, dass er käme und man nun anfangen könne.

Seifferheld glaubte seinen Augen nicht. Möglicherweise klappte ihm sogar der Mund auf.

»Ah, darf ich mich neben die Schönste aller Schönen setzen«, gurrte der Neuankömmling mittlerweile und stellte einen Stuhl neben Marianne. Sie legte keinen Protest ein. Seifferheld wollte protestieren, wurde aber durch eine Krallenhand mit rot lackierten Nägeln, die sich schmerzhaft in sein Knie bohrten, daran gehindert. Die Hand gehörte seiner Marianne.

»Herr Siegmann, welche Freude«, gurrte sie dem Stricker entgegen. »Hier bitte, neben mir ist noch Platz.«

»Ich muss doch sehen, was mein Handarbeitsbruder noch alles draufhat, nicht wahr?« Siegmann zwinkerte ihr zu und nahm ihre Hand, die er – mit Hautkontakt! – so lange an seine Lippen presste, als wollte er sich mit den

Zähnen bis auf ihre Knochen durchknabbern. Dann sah er auf und wandte den Blick Seifferheld zu. »Siggi, altes Haus, geben Sie alles!«, feuerte er ihn an, Mariannes Hand immer noch dicht vor seinem Mund. Er sah nicht so aus, als wollte er ihre Hand in absehbarer Zeit loslassen. Und Marianne ließ es kichernd geschehen.

Seifferheld starrte nach vorn und guckte finster. Die Knöchel der Hand, mit der er seine Gehhilfe umklammerte, wurden weiß und weißer.

Auf kleinen, weißen Kuben zwischen den Stühlen standen die Schalen mit Knabbereien. Die Jungs bedienten sich. Seifferheld sorgte sich um Guido, Bocuse und Klaus, die niemand an ihrer Seite hatten. Es gab Situationen im Leben, da sollte der Mensch nicht allein sein. Buchpremieren gehörten dazu.

»Dass keiner aus deinem Kegelverein gekommen ist«, raunte er Klaus zu. »Niemand sollte bei einer Lesung auftreten, ohne dass nicht jemand ganz Besonderes im Publikum sitzt und ihm zujubelt.«

»Ich bin nicht allein«, erklärte Klaus und warf sich eine Handvoll Goldfischli in den Mund. »Mimi ist da.«

Und tatsächlich. Als Seifferheld in die hintere rechte Ecke blickte, saß dort Klaus' aufblasbare Gummipuppe in einem geschmackvollen Twinset mit Perlenkette. Er sollte Klaus dringend zum Psychiater schicken. Das war doch nicht mehr normal …

Bocuse, der kurz mal nach draußen verschwunden war – entweder um zu pinkeln oder um sich meditativ Om chantend auf seine Moderation einzustimmen –, kam wieder herein und baute sich vorn auf.

»*Attention, Mesdames et Messieurs,* isch darf Sie 'erzlich zu unsere Kochbüchpräsentation begrüßen!«, rief er und breitete beide Arme aus, als wollte er sämtliche Anwesenden damit umfangen. Eine große Geste für einen kleinen Mann. »Sie werden erleben eine großartige Abend. Meine wünderbare Schüler werden präsentieren ihre Liebe zum Essen und zur feinen Küche!« Applaus brandete auf, wenn man es denn so bezeichnen konnte, denn nur Marianne klatschte, Arndt pfiff und küsste laut schmatzend seine Freundin, die Mutter von Horst brummte skeptisch, und Fela schoss klickend eine Reihe von Fotos.

»Und so, wie wird unsere Kochbüch werden ein Klassikér« – Bocuse redete sich immer mehr in Fahrt –, »so wir 'aben eine Klassikér als müsikalische Abrundung unserer Büchpräsentation. *Mesdames et Messieurs, cette soir, pour vous* ... Elvis, se King!«

Die Eingangstür wurde aufgestoßen, und ein Mann im weißen Ganzkörperglitzerstrampler mit Gitarre lief in den Raum.

Er zupfte ein paar Akkorde und sang dazu *Jailhouse Rock*. Und das nicht mal schlecht. Die Pailletten auf seinem Anzug glitzerten, seine Hüften rotierten.

Zu Seifferhelds grenzenloser Konsternation sprang seine Marianne auf und ließ ihre Hüften ebenfalls kreisen.

Arno Siegmann tat es ihr gleich und rotierte sich mit seinen Hüften an ihre Hüften heran.

Die junge Freundin von Arndt war offenbar eingeweiht gewesen und vorbereitet gekommen, denn sie warf dem Elvis-Imitator Stringtangas zu. Oder aber sie hatte immer

Ersatzhöschen in der Handtasche, darüber wollte Seifferheld jetzt nicht so genau nachdenken.

Seine Kochkursjungs sangen beim Refrain aus voller Kehle mit. Kevin Hauber klatschte im Takt. Die Mutter von Horst klopfte mit ihrem Stock rhythmisch auf den Boden.

Nur die Ehefrau von Eduard guckte pikiert. Unter einer Kochbuchpräsentation hatte sie sichtlich etwas Seriöseres erwartet.

Elvis sang noch genauso fetzig *Viva Las Vegas,* bevor er dann – das Licht wurde von unsichtbarer Hand noch weiter gedimmt – schmachtend *Are You Lonesome Tonight* in das nicht vorhandene Mikro hauchte. Guido Schmälzle schwenkte die bedenklich hohe Stichflamme seines Feuerzeugs.

Nachdem der letzte Ton verklungen war, seufzten alle wehmütig, sogar Mathelehrer Horst, der statt eines Herzens einen Rechenschieber hatte, und Elvis lächelte breit, verbeugte sich mehrmals und verließ den Raum.

Seifferheld sprang auf und humpelte ihm hinterher.

Denn Elvis war natürlich nicht Elvis.

Elvis war Holger Breiteich!

Seifferheld und der Mann,
der Elvis inkorporierte

**Ich habe keine Leibwächter, aber ich habe
zwei echt durchtrainierte Steuerberater.**
Elvis Presley

»Hab ich Sie!«, rief Seifferheld im Foyer der *Hirtenscheuer* und zeigte mit seiner Gehhilfe auf Elvis.

Elvis wurde bleich, wich rückwärts zum Ausgang.

»Stehen bleiben!«, befahl Seifferheld.

Das ist für jeden echten Kriminellen natürlich die Aufforderung, genau das nicht zu tun, sondern das Weite zu suchen. Das weiß doch jeder! Seifferheld wusste das natürlich auch, aber manche Dinge passieren automatisch, ohne bewusste Steuerung.

Breiteich, der nach kurzer Einschätzung – ein alter Sack mit Stock – zu dem Schluss kam, dass sein Heil in der Flucht liegen würde, und das mühelos, nahm seinen Gitarrenkoffer und machte sich vom Acker.

»Halt!«, gellte Seifferheld noch, aber natürlich pellte sich »Elvis« Breiteich ein Ei darauf.

Hinter Seifferheld tauchte Klaus in der Tür auf. »Pscht, Siggi, du störst.«

Seifferheld humpelte zum Ausgang und die wenigen Stufen hinunter. Elvis alias Breiteich hatte seinen Gitarrenkoffer geschultert und setzte sich gerade breit auf eine Harley Davidson, die gleich darauf laut röhrend zum Leben erwachte.

Seifferheld dachte blitzschnell nach. Wenn er Breiteich entkommen ließ, sah er ihn nie wieder. Dem Mann war eine gewisse Genialität nicht abzusprechen – den versoffenen Messie hatte er perfekt gespielt, eine exzellente Tarnung. Inklusive Gestank.

Die Harley röhrte ein wenig altersschwach. Verdammt, der musste doch einzuholen sein!

»Mein lieber Herr Seifferheld, Sie werden gebraucht!«, tönte es da hinter Klaus.

Arno Siegmann, der Idiot!, dachte Seifferheld. Und gleich darauf: Arno Siegmann, Retter in der Not!

»Wir müssen Elvis erwischen!«, donnerte Siggi. Für Erklärungen war später noch Zeit.

»Eine Verfolgungsjagd?«, freute sich Siegmann und bot eilfertig an: »Wir können meinen Wagen nehmen!«

Er kam bereits die wenigen Stufen heruntergaloppiert und lief auf einen vorschriftswidrig geparkten, silbernen Porsche 911 zu. Baujahr 1976, wenn Seifferhelds scharfes Auge ihn nicht trog.

Elvis und die Harley nahmen knatternd Fahrt auf.

»Hinterher!«, rief Seifferheld.

»Den kriegen wir!«, versprach Siegmann.

Seifferheld seufzte nur kurz und auch nur innerlich. Wenn Siegmann seine einzige Möglichkeit war, Breiteich dingfest zu machen, dann sollte es eben so sein. Er fragte sich auch nicht, warum einer, der keine hundert Schritte entfernt von der *Hirtenscheuer* wohnte, mit dem Wagen zur Buchpräsentation gefahren kam. Um mit seinem silbernen Geschoss anzugeben? Egal.

Die beiden Männer quetschten sich stöhnend in den von Natur aus niedriggelegten Porsche, und los ging die wilde Fahrt.

Hätte es an diesem leicht nieseligen Abend Touristen oder wenigstens Passanten gegeben, sie hätten nicht schlecht gestaunt. Elvis in voller Bühnenmontur auf einer Harley, verfolgt von einem quasi silberpfeiligen Porsche Oldtimer. Einen solchen Anblick gab es nicht alle Tage. Handykameras hätten klickend geblitzt. Aber so stoben nur ein paar Tauben auf.

Zu Seifferhelds Erstaunen bog die Harley dreimal links ab und landete somit auf der Stuttgarter Straße in Richtung Stuttgart. Das war ja nun genau entgegengesetzt von Crailsheim und Breiteichs Wohnung. Oder war die ganze heruntergekommene Wohnung nur eine Tarnung? Residierte der falsche Elvis in einem *Graceland*-Anwesen irgendwo im Hohenlohischen?

»Schneller«, raunte Siggi Arno Siegmann zu. Der trat aufs Gas.

»Gott, ist das aufregend«, freute sich Siegmann. Er überholte einen fetten Audi in einem gewagten Manöver. Wildes Hupen von hinten.

»Ein ziemlich nobler Schlitten für einen Künstler.« Seifferheld konnte nicht anders, er musste einfach lästern.

»Ja, nicht wahr? Ich liebe meinen Porsche. Natürlich der Horror im Unterhalt, aber eine verdammt elegante Art, zum Sozialfall zu werden. Hören Sie, wie der Motor schnurrt? Mein Kätzchen!« Siegmann tätschelte das Armaturenbrett mit liebevoller Geste.

Seifferheld wusste nur, dass die Motoren bei diesen alten Porsche-Modellen schwer zugänglich waren und somit jede Inspektion teuer und zeitaufwendig war. Wie kam es, dass Siegmann sich einen solchen Wagen leisten konnte? War stricken so viel lukrativer als sticken? Hm.

Siegmann behielt die Harley, der ein gewisser Vorsprung nicht abzusprechen war, fest im Blick. »Wieso verfolgen wir Elvis?«, wollte er wissen. »Hat er sich mit den Abendeinnahmen aus dem Staub gemacht?«

Er beugte sich weit über das Lenkrad, seine Nase wurde beinahe eins mit der Windschutzscheibe. Der Mann war hoffentlich nicht nachtblind.

»Es gab keine Kasse, der Eintritt war frei«, brummte

Seifferheld. Er hasste sich dafür, aber er war wütend, weil er sich von einem wie Siegmann – einem Stricker! – helfen lassen musste. »Vorsicht, er biegt rechts ab.«

Mit quietschenden Reifen bog Siegmann hinterher. Seifferheld krallte sich so gut es ging in den Sitz. Sie waren jetzt auf der 2576, in Richtung Wackershofen, aber bis Wackershofen kamen sie nicht. Irgendwann in dunkler Nacht, noch dunkler, weil sie sich mitten im Wald befanden, wurde die Harley vor ihnen langsamer und immer langsamer und blieb schließlich tuckernd stehen.

»Eine Falle!«, warnte Seifferheld und langte in seine Jackeninnentasche. Selbstverständlich zückte er keine Waffe. Er zückte eine Visitenkarte. »Sie bleiben im Wagen! Rufen Sie diese Nummer hier an, und geben Sie unsere Position durch. Sagen Sie, dass ich Verstärkung brauche. Rasch!«

So schnell Seifferheld konnte, schälte er sich aus dem Porsche, holte tief Luft – für Angst war keine Zeit – und humpelte auf Breiteich zu, der vergeblich versuchte, die Harley wieder anzuwerfen. »Geben Sie auf, Mann! Es hat doch keinen Zweck!«, herrschte Seifferheld selbstbewusst.

Einer, der seine wehrlose Frau blutergussblau prügelte und sie am Ende mit einem Gürtel erdrosselte, der zog nicht plötzlich eine Knarre aus seinem Elvis-Kostüm. Der war mehr ein Handarbeiter. Seifferheld war wirklich völlig unbesorgt. Er fürchtete allenfalls, dass Breiteich zu Fuß in die Wälder laufen könnte. Mit seiner Gehhilfe wäre ihm eine Verfolgung unmöglich.

Aber Breiteich rührte sich nicht. Eingefallen kauerte er auf seiner Harley und … schluchzte. Ja, der Mann heulte leise in sich hinein.

Das war ganz oft so bei Leuten, bei denen es sich nicht um Profi-Verbrecher handelte, sondern die aus psychologischen Gründen, die ihnen selbst oft nicht klar waren, zum Mörder mutierten. Eine Mischung aus Angst vor Freiheitsentzug und Erleichterung, dass endlich alles vorbei war.

Seifferheld legte dem Mann die Hand auf die Schulter.

»Nicht«, sagte der, »das gibt Flecken!«

Breiteich strich sich besorgt über die pailletenbestickten Schulterpolster, die nach der Verfolgungsjagd im Regen klatschnass waren. Er schlotterte vor Kälte.

Aus reiner Gewohnheit erklärte Seifferheld wuchtig: »Holger Breiteich, ich verhafte Sie hiermit wegen Mordes an Ihrer Frau Britt.«

»Wie bitte?« Breiteich sah verständnislos zu ihm auf.

Das *verständnislos* interpretierte Seifferheld in den Blick hinein, denn es war zappenduster im Wald, und im Licht der Porsche-Scheinwerfer, die Breiteich von hinten anstrahlten, sah er nur eine männliche Silhouette und etwas vom Weiß der Augen.

»Sie haben Ihre Frau Britt mit einem Ihrer Elvis-Gürtel erdrosselt und sich dann die Baugrube in der Bausparkasse zunutze gemacht und ihre Leiche dort verbuddelt.«

»O mein Gott, das hat er also getan«, hauchte Breiteich.

Aha, dachte Seifferheld, der Mann will sich auf eine multiple Persönlichkeitsstörung herausreden. Sein anderes, böses Ich hat die Tat begangen, und er wusste von nichts. Strafminderung aufgrund verminderter Schuldfähigkeit, und anstatt Knast Therapie.

»Das wird Ihnen auch nichts nützen«, erklärte Seifferheld streng. »Mord ist Mord. Mit Bewährung kommen Sie da nicht davon.«

»Aber … Sie verwechseln mich!«, rief Breiteich.

»Wohl kaum!«

Die schwarzen Haare waren zwar zur Tolle frisiert, der Geruch war nicht der von Hochprozentigem und Müll, sondern *Zino Davidoff* von Davidoff, aber die markanten Gesichtszüge, die abstehenden Ohren – das war definitiv Holger Breiteich.

»Ich bin nicht Holger Breiteich. Ich bin nicht Britts Mann. Ich bin Rüdiger Breiteich. Holger ist mein Zwillingsbruder! Eineiig. Hier, mein Personalausweis.«

Rüdiger Breiteich hielt Seifferheld genau in dem Moment einen Personalausweis entgegen, in dem ein Zivilfahrzeug mit Blaulicht und Sirene aus Richtung Schwäbisch Hall in Warp-Geschwindigkeit angerast kam.

Mit seinen Ex-Kollegen Wurster und van der Weyden darin, vermutete Seifferheld, denn deren Visitenkarte hatte er Siegmann vorhin in die Hand gedrückt und ihn gebeten, die beiden zu alarmieren.

Seifferheld seufzte.

> **Nur weil etwas sehr beliebt ist,
> muss es ja nicht schlecht sein:
> Man denke nur an Shakespeare oder
> die Beatles oder Erdnussbutter.**
>
> *Matt Haig*

»Siggi, alles in Ordnung?« Van der Weyden hechtete aus dem Fahrzeug, das mit quietschenden Reifen neben der Harley zum Stehen kam.

»Boar, wie aufregend«, hörten sie Siegmann weiter hinten aus der offenen Porsche-Tür rufen.

»Runter von der Harley«, rief van der Weyden, »und immer schön langsam!« Im Gegensatz zu allen anderen Anwesenden war van der Weyden bewaffnet und zeigte das auch.

Breiteich riss die Arme nach oben – genauer gesagt streckte er sie so weit in die Höhe, dass er an den Wolken hätte kratzen können und man seinen weißen Glitzerstrampler einreißen hörte – und stieg von seinem Motorrad. »Ich habe nichts getan!«

»Das sagen sie alle! Runter auf den Boden!«, befahl van der Weyden. Er schaute eindeutig zu viele amerikanische Polizeiserien.

»Nein, das geht nicht, die Flecken krieg ich nie wieder aus dem Anzug raus!« Breiteich klang, als würde er sich lieber erschießen lassen, als sein Elvis-Kostüm einzuschmutzen.

Seifferheld hielt immer noch seinen Personalausweis in der Hand. Durch die zusätzlichen Scheinwerfer des Audis war die Schrift nun deutlich zu lesen:

Bundesrepublik Deutschland
Personalausweis 37 373
BREITEICH
Rüdiger Daniel Berthold
5. 5. 1965 Schwäbisch Hall
Deutsch / Gültig bis 22. 2. 2020

Seifferheld stach ins Auge, dass der Mann einen Tag nach ihm Geburtstag hatte, wenn auch in einem völlig anderen Jahr. Sein Alter fiel ihm wieder ein. Ob es damit zu tun hatte, dass er in letzter Zeit öfter mit seinen Vermutungen danebenlag? Galoppierende Vergreisung?

»Schon gut, Kollegen, das ist Rüdiger Breiteich. Der Bruder des verdächtigen Ehemannes. Das Gefahrenpotenzial ist gering.«

»Gering? *Gering?* Ich bin absolut harmlos!«, echauffierte sich Breiteich.

»Er ist ein Elvis-Imitator«, rief Siegmann aus dem Porsche.

Man musste van der Weyden zugutehalten, dass er Siegmann angesichts dieser impliziten Unterstellung, die Beamten hätten das Offensichtliche vielleicht übersehen, nicht auf der Stelle erschoss.

»Siggi, was ist hier los?«, wollte Wurster wissen. »Wir sind so schnell gekommen, wie wir konnten.«

Seifferheld räusperte sich.

Breiteich sprang ein. »Er hält mich für meinen Zwillingsbruder Holger. Und er glaubt, Holger hätte seine Frau ermordet.«

»Sie wurde mit einem Elvis-Gürtel erdrosselt. Da lag die Vermutung nahe …«, brummte Seifferheld halbherzig.

Breiteich stöhnte auf. »Nein! Nicht mit meinem Original US-Buckle? Ich dachte, den hätte damals die Putzfrau mitgehen lassen. Ich hab sie deswegen sogar gefeuert. Wie sah der Gürtel aus?«

»Wie eine Wolke mit Schnörkeln, und in der Mitte stand

Elvis«, beschrieb van der Weyden und verstaute seine Dienstwaffe.

»Farbig emailliert auf Silber?«, hakte Breiteich nach.

Van der Weyden zuckte mit den Schultern. »Rot«, sagte er nur.

Breiteich rollte mit den Augen.

Seifferheld wollte sich so schnell aber nicht geschlagen geben. »Lenken Sie den Verdacht jetzt absichtlich auf Ihren Bruder?«, fragte er mit leichtem Hohn in der Stimme. »Liegt aufgrund des Gürtels nicht die Vermutung nahe, dass Sie es waren? Haben Sie Ihre Schwägerin geliebt und erdrosselt, als sie sich weigerte, Sie zu erhören? Hat sich Ihr Bruder deshalb dem Suff ergeben, weil er ahnte, welch ein Familiendrama sich abgespielt hatte, er aber seinen eineiigen Zwilling nicht ans Messer der Justiz liefern wollte?«

Breiteich starrte ihn eine Weile an, wandte sich dann an van der Weyden und fragte: »Was ist denn mit dem? Liest der heimlich Heftchenromane und schaut Pilcher im ZDF?«

Van der Weyden wollte das nicht zur Gänze ausschließen und hüllte sich deshalb in Schweigen. Zumal beides auch auf ihn zutraf.

Da keiner etwas sagte, ergriff Breiteich wieder das Wort. »Nein! Ich war nicht scharf auf Britt, und ich habe sie definitiv nicht ermordet, und wenn ich sie doch ermordet hätte, dann ganz sicher nicht mit einem Elvis-Gürtel. Einen deutlicheren Fingerzeig auf mich als Mörder gibt es doch gar nicht. Für wie blöd halten Sie mich! Noch dazu mit meinem allerbesten Gürtel! Das war eine Originalanfertigung aus Memphis! Ein unbezahlbares Sammler-stück! Unersetzlich!« Jetzt heulte er beinahe.

Einleuchtend, fanden van der Weyden und Wurster und nickten, der eine immer vor der Harley, der andere im Auto sitzend und den Namen *Rüdiger Breiteich* in den Polizeicomputer eingebend.

»Wollen Sie leugnen, dass eineiige Zwillinge nicht oft eine ähnliche Präferenz in der Auswahl ihrer Partnerinnen haben?«, insistierte Seifferheld. »Fanden Sie Ihre Schwäge-rin tatsächlich nicht attraktiv?«

»Doch, klar«, räumte Breiteich ein. »Ich finde alle Frau-en, die als Model durchgehen können, tendenziell geil. Aber he, ich spielte doch in einer völlig anderen Liga als Britt.« Er strich sich süffisant grinsend über die schwarze Haartolle. »Wenn man mit Haien schwimmt, springt man doch nicht zu einem Goldfisch ins Glas. Was hatte mir so ein Kleinstadtmädel schon zu bieten? Ich war damals Steward bei der Lufthansa. Übrigens der einzige nicht schwule Steward. Das wusste ich auszunutzen. Allein we-gen mir kursierte damals das Bonmot von der *Lust*hansa!« Breiteich lächelte stolz. »Ich hatte sie alle. Und wenn ich alle sage, dann meine ich auch alle. Ich wurde das jüngste und erfolgreichste Mitglied im Mile High Club!«

»Im was?«, wollte Wurster, aus dem Auto rufend, wissen.

»Ein Club von Leuten, die in zehn Kilometern Höhe Sex hatten«, erläuterte van der Weyden, eingeschriebenes Mitglied im Club seit 1994 im Flieger nach Ibiza.

»Echt? Den gibt's wirklich?«, rief Siegmann aus dem Porsche voller Neid. In Gedanken plante der doch schon seine nächste Flugreise.

»Sie streiten also jedwedes Wissen um den Mord ab?«
Seifferheld ließ nicht locker. Wenn er sich einmal in einen
Verdacht verbissen hatte, hing er daran wie ein Pitbull an
einer Wade.

»Bis gerade eben wusste ich ja nicht einmal, dass Britt
ermordet worden ist. Ich dachte, sie ist einfach abgehauen,
weil sie es mit Holger nicht länger ausgehalten hat«, protestierte Breiteich.

»Wenn Ihr Gewissen so blütenrein ist, warum sind Sie
dann vor mir geflohen?« Das war Seifferhelds Trumpfkarte.

Alle sahen Breiteich an. Breiteich sah zu Boden.

Irgendwo im Wald schrie ein Käuzchen.

»Also ... äh ... möglicherweise habe ich meine Einnahmen als Elvis-Darsteller nicht immer ganz korrekt dem
Finanzamt gemeldet.«

»Ein Steuersünder? Wir sind eben mit zweihundert Sachen in den Wald gebrettert, weil wir um das Leben eines
Freundes fürchteten, und was haben wir davon? Einen
mickrigen, kleinen Steuersünderfisch?« Van der Weyden
spuckte auf den Waldboden. Es war ein enttäuschtes Spu-
cken.

Breiteich schmollte. »He, ich bin kein kleiner Fisch. Ich
bin einer der gefragtesten Elvisse in Nordost-Baden-Würt-
temberg!«

»Und ein Zollbetrüger!«, verkündete Wurster und stieg
aus dem Zivilfahrzeug. »Sie haben letzten Sommer am
Flughafen Frankfurt versucht, bei der Rückkehr aus Süd-
afrika Cowboystiefel aus Nashornleder einzuschmuggeln.
Das gegen Sie ergangene Bußgeld haben Sie immer noch
nicht beglichen.«

Rogier van der Weyden, Tierfreund aus Überzeugung, schüttelte den Kopf und spuckte erneut aus. Diesmal verächtlich.

Rüdiger Breiteich schluckte. »Muss ich jetzt in den Knast?«

Seifferheld schwieg.

Er dachte an seine Kochkurskumpels in der *Hirtenscheuer*. Ob die wohl sauer waren?

> **Man sollte stets trunken sein – vor Dichtkunst,**
> **Wein oder Tugend, ganz wie es beliebt.**
> **Doch trunken sollte man sein!**
> *Charles Baudelaire*

Wurster und van der Weyden fuhren mit Breiteich zum Revier. Breiteich wollte Selbstanzeige wegen Steuerhinterziehung und Bußgeldnichtbegleichung stellen. Dann würden die Richter Milde walten lassen, versicherten ihm die Beamten.

Trotz seiner Proteste blieb seine Harley – ihm war der Sprit ausgegangen – erst einmal allein im Wald zurück. Bis morgen früh würde schon kein dreister Harley-Dieb vorbeikommen, und selbst wenn, sie hatten das Teil hinter Büschen versteckt, und so war es von der Straße aus nicht mehr zu sehen. Die größte Gefahr drohte nur noch von Füchsen und Dachsen, die sich pinkelnd an dem Motorrad vergehen und es somit zum Rosten bringen könnten.

Siegmann chauffierte Seifferheld in seinem Porsche zurück zur *Hirtenscheuer*. »Das war vielleicht aufregend!

Meine erste Verfolgungsjagd! Was für eine Inspiration! Ich muss das gleich in meine Kunst einfließen lassen«, plapperte er.

Wie denn, bitte schön?

Wollte er einen Spielzeug-Porsche und eine Spielzeug-Harley mit nachtschwarzer Wolle umstricken? Seifferheld war misstrauisch. Er war weiß Gott kein Freund zeitgenössischer Kunst mit ihrer erzwungenen Symbolträchtigkeit. Er mochte Landschaften und Porträtbilder, die nichts rüberbringen wollten, sondern einfach nur eine Augenweide waren und das Herz erfreuten.

Das alles hatte Seifferheld nur denken wollen, aber die Worte purzelten nur so aus ihm heraus.

»Wie meinen?«, fragte Siegmann.

Seifferheld räusperte sich. »Ich meine, dass eine Geschichte stickend erzählt werden kann – man könnte eine Art Teppich von Bayeux sticken, mitsamt Harley, Porsche, Audi, Wald und wackeren Helden –, aber strickend?«

Was hatte ein Stricker der Welt schon zu sagen außer: Norwegerpulli?

Siegmann zeigte sich davon völlig unberührt. »Ich werde die Strecke abmessen, die wir gefahren sind, und dann einen Schal in exakt dieser Länge stricken und um die Wände meines Ateliers drapieren. Eine Strick-Installation mit aktueller Aussage. Wahnsinn!«

Da brannte einer für seine Kunst. Eigentlich lobenswert.

Siegmann wollte sich sofort an die Arbeit machen und ließ Seifferheld deshalb einfach nur vor dem Eingang der *Hirtenscheuer* aussteigen.

Seifferheld ging auf den Eingang zu, holte tief Luft und wappnete sich. Er hatte sich nicht nur während ihrer gemeinsamen Buchpräsentation, auf die die anderen so ungeheuer stolz waren, aus dem Staub gemacht, er hatte auch noch die musikalische Umrahmung mitgenommen. Gewissermaßen.

Doch als er in den Saal schaute, sah er nur gähnende Leere.

»Die sind alle schon weg«, erklärte Klaus, der als Einziger noch da war und aufräumte. Es sah ein bisschen aus wie nach der Schlacht von Trafalgar: Alles war nass, und vereinzelt dümpelten zerknüllte Papierfetzen in Weinlachen. Darauf wollte Seifferheld jetzt aber nicht eingehen.

»Ich hielt den Elvis-Imitator für einen Verdächtigen«, erläuterte er stattdessen etwas unvermittelt. »War's sehr schlimm, dass wir beide die Veranstaltung geschwänzt haben?«

Klaus schürzte die Lippen. »Das fiel nach dem Eklat kaum auf.«

»Ja, tut mir auch echt leid, dass ich für einen Eklat gesorgt habe, ich mach's wieder gut …«

»Du doch nicht«, unterbrach ihn Klaus. »Das haben wir doch gar nicht richtig mitbekommen, dass du verschwunden bist. Und den Elvis haben wir in all dem Durcheinander auch nicht mehr vermisst.«

Das schmerzte. Die anderen hatten gar nicht bemerkt, dass er fehlte?

Seine Neugier siegte allerdings über seine verletzte Eitelkeit. »Was war denn los? Es ist doch hoffentlich nichts Schlimmes passiert, oder?«

Seifferheld versuchte, sich vorzustellen, was geschehen

sein könnte. War das Publikum ausgerastet und hatte das Kochlöffelgeschwader mit faulem Obst beworfen? Hatten Medienvertreter mit investigativ-provokanten Fragen die Tauglichkeit der Rezepte in Frage gestellt? Falls ja, völlig zu Recht. Aber es waren ja ausschließlich Freunde und Verwandte anwesend gewesen, auch was die Presse anging, und das schloss derlei monströse Vorfälle eigentlich aus.

»Echt ein Eklat?«, wiederholte er.

Klaus hob den Blick zur Decke, wie er es immer tat, wenn er reminiszierte. Als ob die Erinnerung von unsichtbarer Hand in den Deckenputz gekritzelt würde, wenn er nur lang genug nach oben schaute. Die Sekunden verstrichen, Klaus setzte eine Bierflasche an die Lippen und trank und starrte die ganze Zeit, ohne auch nur zu blinzeln, zur Decke. War er im Stehen eingeschlafen?

»Klaus!«, herrschte Seifferheld ihn nicht böse, aber nachdrücklich an. Klaus war manchmal wie ein konzentrationsschwaches Kleinkind – Knirpse verstanden oft auch nur eindeutig gebellte Anweisungen.

»Elvis war verschwunden, mit dir im Schlepptau, und Bocuse hat erzählt, wie ihm damals die Idee zu unserem Kochbuch kam, da wurde plötzlich die Tür aufgerissen und so eine Verrückte stürmte herein und schrie, dass alles Betrug sei, und sie würde unser Machwerk verbieten lassen, und wir seien allesamt verkommene Subjekte. Vor allem du seist der Teufel, Beelzebub und Herr der Unterwelt in Personalunion, und daraufhin hat deine Marianne widersprochen, ziemlich energisch sogar. Sie schien diese Wahnsinnige zu kennen. Und dann haben sich die Mädels geprügelt.«

Wie bitte? Frauen-Catchen? Er musste sich verhört haben?

»Deine Marianne war natürlich die Stärkere und hat die andere ordentlich verdroschen.« Klaus musste lächeln. »Im Gerangel haben sie mehrere von den Hockern gerempelt. Die Fischli waren Gott sei Dank schon aufgegessen, aber die Gläser auf den Hockern kippten um und ergossen sich auf die beiden, und ihre Blusen wurden nass ...« Klaus führte das nicht näher aus, aber sein Lächeln und sein verträumter Blick ließen Seifferheld Schlimmes ahnen. »Klaus!«, mahnte er.

Klaus' verträumter Blick wich einem konzentrierten. »Also ... Fela wollte die beiden Frauen trennen und bekam ganz böse einen Ellbogen ins Gesicht. Es ist nicht klar, welchen, aber er hat ihm die Nase gebrochen. Arndt und seine Maus haben ihn ins Krankenhaus gefahren. Die Frau von Eduard und die Mutter von Horst haben dann die Wrestlerinnen getrennt, aber diese fremde Furie riss sich los und hat sich unsere Bücher vom Büchertisch gekrallt und Seiten herausgerissen und die ganze Zeit irgendetwas von Unmoral und verlorener Ehre oder so geschrien.«

Seifferheld nickte. Er durfte Klaus nicht unterbrechen, auch wenn er es sich noch so sehr wünschte, denn wenn der erst mal den Faden verloren hatte, fand er ihn niemals wieder.

»Sie hat auch immer wieder nach dir gerufen«, fiel Klaus jetzt wieder ein und senkte den Blick von der Decke auf Seifferheld. »Nach Siegfried Seifferheld, der Ausgeburt der Hölle.«

»Wie bitte?« Seifferheld staunte nicht schlecht. »Wieso ruft sie nach mir? Wer ist die Frau?«

Klaus zuckte mit den Schultern.

»Hat sie denn nicht gesagt, wer sie ist?«

Klaus zuckte neuerlich mit den Schultern. »War in dem ganzen Geschrei nicht auszumachen. Ich hab auch nicht wirklich zugehört.«

Ruhe bewahren, an Kleinkinder denken, Geduld aufbringen, Interesse zeigen, mahnte sich Seifferheld. »Wie sah sie aus? Beschreibe sie mir.«

»Muss ich nicht.« Jetzt schaute Klaus verschmitzt. »Ich hab ein Handyfoto geschossen.«

Seifferheld stöhnte auf, als er das Foto sah. Es war erstaunlich scharf und zeigte eine grazile Frau, von Kopf bis Fuß in Rosa gehüllt, die sich auf Mariannes doch erklecklich breiteren Rücken geworfen und sich in ihre dunklen Locken verkrallt hatte. Ursula Meck, die Besitzerin der – wie Seifferheld annahm – frisch geschwängerten Berner Sennenhündin Lady, die wieder einmal für die lukrative Zucht ausfiel, weil sie von seinem Onis gezeugte Bastardwelpen austragen musste.

Seifferheld seufzte.

Klaus sah wieder hoch zur Decke. »Eduards Frau wurde in dem Gemenge auch eingenässt und hat darauf bestanden, dass sie nach Hause gebracht wird. Da sie mit Horsts Auto da waren, ist der mit seiner Mutter dann auch gegangen. Marianne ist nach Hause, um sich trockene Sachen anzuziehen. Bocuse war völlig fertig, der ist wortlos auf und davon. Der Schmälzle hat die ganze Zeit Fotos geschossen und ist los mit den Worten, dass er die Fotos auf Facebook einstellt, das wäre super Werbung für unser Kochbuch. Der Günther hat den Mädels auf die durchnässten Oberkörper gestarrt und sich irgendwann diskret zurückgezogen. Hm. Da fehlt jetzt doch noch einer, oder?«

Klaus starrte Seifferheld fragend an. »Warte … Bocuse, Arndt, Fela …« Er zählte an den Fingern ab.

»Klaus!« Seifferheld ließ seine Blicke schweifen. Mein Gott, da war er einmal kurz weg und dann das. Hatte es denn wirklich keiner geschafft, Herr der Lage zu werden? Überall zerbrochene Gläser und Flaschen, dazwischen Kartoffelchips, zwei von den Wänden gerissene Filmplakate, Dutzende zerrissener Kochbücher.

Klaus strahlte auf. »Ah, ich weiß, unser Verleger! Wo ist der denn abgeblieben?« Klaus sah sich suchend um.

Sie entdeckten ihn hinter der Theke. In äußerst derangiertem Zustand, sichtlich betrunken, mit Klaus' Gummipuppe im Arm. Die Situation war eindeutig, auch wenn beide noch voll bekleidet waren. Aber die Umarmung sprach Bände. Ein fremder Mann – na ja, eher Jüngling – hatte seine Arme um Mimi geschlungen, und sie lächelte dennoch ihr permanentes Gummipuppenlächeln.

Klaus starrte seine Mimi fassungslos an. Niemand außer ihm hatte Mimi jemals angefasst. Und er hatte es immer nur mit dem größten Respekt und in aller Unschuld getan. Aber jetzt …

»Mimi?«, krächzte er, sichtlich enttäuscht. »Mimi, wie konntest du …«

Dann brach er hemmungslos heulend zusammen.

> **Wir hatten neulich schwule Einbrecher.**
> **Sie haben nichts mitgehen lassen,**
> **nur die Möbel neu arrangiert.**
>
> *Robin Williams*

Finstere Nacht.

Das Kino in der Zollhüttengasse hatte längst seine Pforten geschlossen, die Anwohner lagen in seligem Schlummer, nur oben an der Ecke, in der *Ampulle,* stand noch eine Handvoll Unverdrossener am Kickertisch und kickerte.

Siggi Seifferheld schlug sich den Kragen hoch, sah nach links, sah nach rechts, bog in den Hinterhof, ging zu der Holztür mit dem altmodischen Schloss, beugte sich vor und öffnete mit einem Dietrich die Eingangstür zu Arno Siegmanns Atelier.

Nur der Mond schaute ihm dabei zu. Und Onis. Beide zeigten keinerlei moralische Bedenken angesichts dieser schnöden Tat.

So lautlos wie möglich öffnete Seifferheld die Tür und trat mit Onis zusammen ein. Jetzt erst schaltete er seine Taschenlampe ein. Das Atelier sah unverändert aus, wie am Nachmittag – Regale voller Wolle, zwanzig Klappstühle, jetzt zusammengeklappt und an der Wand lehnend, ein Vorhang.

Hinter diesem Vorhang stand sie, die Gipsstatue.

Seifferheld umklammerte seine Taschenlampe. Der Moment der Wahrheit war gekommen.

Onis legte sich schnaufend ab. Er hasste Veränderungen. Um diese Zeit lag er sonst schon immer auf dem Flokati vor Seifferhelds Bett und schlief den Schlaf der

Gerechten. Was sollte er hier? Noch dazu, da die Aktentasche mit der Wurstsemmel nicht mehr da war, wie ihm seine scharfe Hundenase verriet. Onis seufzte.

»Pst!«, raunte Seifferheld.

Er trat einen Schritt vor, und es ertönte ein lauter Knirscher. Seifferheld schreckte entsetzt zurück, aber da war es schon zu spät: Er hatte mit seinen Wanderstiefeln (ach, wie er seine geliebten Tchibo-Treter vermisste!) offenbar ein Glas zertreten. Im Zurückschrecken prallte Seifferheld mit etwas zu viel Schwung gegen eines der Regale, das unter atonalem Ächzen in sich zusammenbrach. Die Regalbretter senkten sich nach unten, und die Wollknäuel rollten der Schwerkraft folgend auf den Steinboden. Seifferheld wich zur Seite aus, suchte tastend Halt, fand aber nur die Lehne eines zusammengeklappten Stuhls, der ihm keinen Halt gab, sondern wegrutschte, und im Wegrutschen kippten auch alle anderen Klappstühle, Dominosteinen gleich, klappernd um. Eine infernalische Kakophonie. Hoffentlich war das nicht bis oben in die Wohnungen über dem Atelier zu hören gewesen.

Seifferheld stöhnte enerviert.

»Onis, bleib!«, befahl er aus Angst, sein Hund könne panisch aufspringen und sich auf der Flucht eine Scherbe eintreten. Aber Onis war weder geräuschempfindlich noch eine Katze und somit auch nicht dazu verdammt, aufgrund von Krach Panik zu schieben oder Wollknäuel als unwiderstehliches Spielzeug zu betrachten. Er öffnete nur schnaufend ein Augenlid und schloss es gleich darauf wieder. Sein Nickerchen war ihm heilig.

»Mist!«, fluchte Seifferheld leise. Ursprünglich hatte er

nur ein bisschen an der Gipsfigur kratzen wollen, um herauszufinden, was sich unter der äußeren Gipsschicht verbarg, jetzt konnte er ihr mit der Taschenlampe eins überbraten und somit viel müheloser nachsehen, ob sich eine Leiche darin versteckte. Der Einbruch würde komasaufenden Teenagern zugeschrieben, die Unfug treiben wollten, da war sich Seifferheld sicher.

Er umrundete die Scherben und ging zum Vorhang, den er mit einem Ruck aufriss.

Es heißt immer, Gottes Mühlen mahlen langsam. Aber, meine Güte, in dieser Nacht mahlten sie zackig. Seifferheld hätte nicht gegen das Gebot »Du sollst nicht einbrechen« verstoßen sollen. Die Strafe folgte auf dem Fuß.

Seifferheld stockte der Atem, als er sah, dass hinter dem Vorhang nicht einfach nur eine Arbeitskammer mit diversen Gerätschaften und ausgedienten Kunstwerken lag, sondern die komplette Wohnung von Arno Siegmann, der schnarchend auf einem Feldbett lag, direkt hinter der Gipsstatue. Er konnte den Lärm doch unmöglich verschlafen haben? Seifferhelds Trommelfell vibrierte immer noch. Tat Siegmann nur so, als würde er schlafen, um sich urplötzlich das Überraschungsmoment zunutze zu machen und sich mit einem Küchenmesser auf Seifferheld zu stürzen?

Die Wohnung war mehr als überschaubar. Links befanden sich Herd und Kühlschrank, rechts eine improvisierte Dusche. Dazu ein Tisch, eine Kommode, eine Glühbirne an der Decke – mehr besaß Siegmann offensichtlich nicht.

Seifferheld schluckte schwer. Wie kam er aus dieser Nummer nur wieder heraus?

Siegmann schien allerdings tatsächlich nichts bemerkt zu haben. Sein Brustkorb hob und senkte sich regelmäßig, und aus seinem weit geöffneten Mund kamen Röchelgeräusche, die eines Grizzlys würdig gewesen wären. Er hatte die Klappstuhlkakophonie und das Regaldesaster wirklich verpennt. Der tiefe Schlaf eines Mannes, dessen Gewissen rein war? Seifferheld sah zum Tisch, auf dem eine halbvolle Whiskyflasche stand. Wohl der Ausnüchterungsschlummer eines Mannes, dessen bester Freund ein Single Malt war.

Seifferheld überlegte kurz, ob er sich zurückziehen sollte, aber nun war er so weit gekommen, da brachte er es nicht über sich, unverrichteter Dinge wieder abzuziehen. Er leuchtete die Gipsfigur an. Sie war einfach grässlich. Wer je den Louis-de-Funès-Film *Hasch mich, ich bin der Mörder* gesehen hatte, der wusste, wie eine unfachmännisch eingegipste Leiche aussah. Nämlich genauso. Wie ein Körper, auf den jemand ungelenk Gips geklatscht hatte. Schauderhaft.

Seifferheld beugte sich vor. Wenn er vorsichtig und leise auf die Zehen klopfte, dann entstand vielleicht ein Riss, und in dem Riss könnte man einen Knochen erkennen?

Er hob die Taschenlampe …

… und Onis lief an ihm vorbei und auf Siegmann zu.

»Onis! Hierher!«, befahl Seifferheld flüsternd.

Onis bekümmerte das nicht weiter. Die einzelne wackere Gehirnzelle, die in seinem ausnehmend hübschen Hovawart-Schädel allein fürs Denken zuständig war, hatte jetzt erst realisiert, dass der Duft, der in der Luft lag, nicht vom Nachmittag stammen konnte, sondern frisch war.

Auch wenn es nur nach Mensch und nicht nach Wurstsemmel roch, weckte das seine Neugierde. Folglich hatte er seinen Halbschlaf abgeschüttelt und wollte nachsehen, ob der Mann vielleicht etwas anderes Fressbares in seinem Bett versteckt hatte. Onis schnupperte an Siegmanns Hand, die unter der Schweizer Armeedecke hervorlugte, unter der sich der stattliche Körper Siegmanns wie das Gotthardmassiv ausnahm.

»Onis!« Seifferheld schlich humpelnd auf das Feldbett zu. Er packte seinen Hund, der nicht verstand, warum er einem befreundeten Schnarcher nicht das Gesicht abschlecken durfte, am Halsband und wollte ihn Richtung Ausgang ziehen. Und als er sich umdrehte, entdeckte er, dass die Gipsfigur nur vorn Figur war, hinten war sie hohl. Es handelte sich gewissermaßen um eine Reliefplastik. Und in der Aushöhlung der Figur versteckte sich mithin auch keine Leiche, sondern nur Luft.

Seifferheld seufzte.

Siegmann hörte auf zu schnarchen.

Verdammt!

Herr und Hund erstarrten.

Siegmanns Lippen flatterten, er drehte sich im Schlaf um und schnarchte weiter.

Seifferheld war sich sicher, dass er in dieser Nacht um eine Dekade gealtert war. Mindestens.

Rückzug!

Seifferheld und der Seelenflüsterer mit dem Klemmbrett

Aus dem Polizeibericht

Im Chemiesaal eines Haller Gymnasiums nahm vorgestern gegen 10 Uhr ein Chemielehrer einen Geruch wahr. Er stellte fest, dass hochgiftiges Brom aus einem Behälter ausgetreten war, und löste Alarm aus. Feuerwehren, Rettungsdienst und Polizei waren mit 101 Einsatzkräften vor Ort. Etwa 500 Schüler mussten das Schulgebäude verlassen. Fachkräfte der Feuerwehr sicherten das defekte Behältnis. Da vermutet wird, dass das Brom bereits am Wochenende ausgetreten ist, wurden Leerkräfte, die seit Montag im Chemie-Vorbereitungsraum getagt hatten, zur Untersuchung ins Diak einbestellt …

Mehr als die Hälfte aller Menschen hat einen Menstruationshintergrund. Es gibt also noch Hoffnung für die Menschheit.

Am nächsten Morgen um sechs Uhr neunundzwanzig und dreißig Sekunden … läuteten nicht die Glocken von St. Michael, das heißt, sie läuteten dreißig Sekunden später, wie jeden Morgen, aber darauf hörte Seifferheld ausnahms-

172

weise nicht, sondern es klingelte das Telefon. Seifferheld, der um diese Uhrzeit – aus reiner Gewohnheit – immer schon wach war, auch wenn er sich die halbe Nacht mit einem fehlgeschlagenen Einbruch um die Ohren geschlagen hatte, nahm ab.

»Hier Bauer«, meldete sich die Polizeichefin und kam ohne Umschweife auf den Punkt. »Ich weiß, Sie schreiben um diese Uhrzeit immer schon den Polizeibericht, deswegen entschuldige ich mich auch nicht für die frühe Störung. Ich lese gerade Ihren Polizeibericht von gestern in der Zeitung von heute. Herr Seifferheld, manchmal glaube ich wirklich, Sie geben sich nicht so viel Mühe, wie Sie könnten! Was soll denn das? Ich kann nicht glauben, dass es sich um reine Nachlässigkeit handelt. Das war doch Absicht!«

Seifferheld versuchte, sich zu erinnern, welchen Klops er gestern eingebaut hatte, der sich heute gedruckt in der Zeitung wiederfand und der Polizeichefin das Frühstück versaute, aber es waren im Lauf der Zeit so viele Klöpse geworden, er konnte sich beim besten Willen nicht erinnern.

»Lehrkräfte, Herr Seifferheld, schreibt man mit h, nicht mit Doppel-e!«

Mit Müh und Not konnte Seifferheld ein Kichern unterdrücken. »Hoppla«, sagte er, »das tut mir jetzt aber leid. Da müssen sich ungute Erinnerungen an meine Schulzeit eingeschlichen haben.« Er fand, dass es so, wie er es sagte, durchaus glaubwürdig klang.

Aber die Polizeichefin führte er nicht so leicht hinters Licht.

»Herr Seifferheld, wenn Sie während Ihrer aktiven Zeit

so unsauber in den Details gearbeitet hätten wie in diesem Polizeibericht, hätten Sie sich das niemals verziehen. Ich hoffe doch sehr, diese Einstellung ist Ihnen immer noch zu eigen!«

Jetzt hätte er die Hacken zusammenschlagen können, wenn er denn Stiefel und nicht seine Hausschuhe getragen hätte, aber sie hatte ohnehin bereits aufgelegt. Gesine Bauer war keine Frau großer Abschiedsfloskeln.

Seifferheld grinste – nicht mehr lange, dann hatte er sie weichgekocht und würde diese lästigen Berichte nicht länger schreiben müssen. Er ging zum Geschirrspüler, wo er die erwachsene Version von Tetris spielte: das hocheffiziente Einräumen von Geschirr in die Spülmaschine.

Wenn seine Frauen längere Zeit aus dem Haus waren, passierte es ihm bisweilen, dass ihm Teller und Besteck ausgingen. Er schaltete die Maschine ein. Für sein Frühstück benötigte er Gott sei Dank nur Apfelmost, den er aus der Flasche trank, und eine Serviette, auf die er seine Brezel legen konnte. Notfalls ging es auch ohne Serviette, dann krümelte er auf die nackte Tischplatte und fegte die Krümel am Schluss mit dem Handrücken auf den Küchenboden, wo die »Feudelzunge« von Onis zum Einsatz kam.

Hovawart Onis lag unter dem Küchentisch und seufzte. Er bekam immer erst nach dem Alpha-Rüden sein Fressen. Das war die natürliche Ordnung in der Hundewelt, aber es war doch jeden Morgen wieder eine Enttäuschung.

Seifferheld krümelte gerade die Serviette voll, als Klaus hereinkam. Dunkle Ringe unter den Augen, zerzauste Kopf- und Barthaare, zerknittertes Hemd. Er sah aus wie jemand, der in seinen Kleidern gepennt und sich in den

Schlaf geheult hatte. Und exakt das hatte er ja auch getan. Schwer ließ er sich auf einen der Thonet-Stühle am Küchentisch fallen.

»Kaffee?«, fragte Seifferheld.

Klaus schnaufte nur schwer. »Ich hätte nie gedacht, dass sie das tun würde.«

»Hm?«, fragte Seifferheld.

»Ich habe ihr alles gegeben, echt. Ohne Vorbehalte. Mein Heim, meine Jugend, meine Zuneigung.«

»Reden wir hier etwa von Mimi?« Seifferheld versuchte, mitfühlend dreinzuschauen, was ihm nicht leichtfiel.

Klaus guckte trotzig. Er war gestern Abend emotional so erregt gewesen, dass er Mimi am liebsten in der *Hirtenscheuer* liegen gelassen hätte, aber da hatte Seifferheld eingegriffen. Sie hatten Mimi also ebenso mitgenommen wie den völlig weggetretenen Kevin Hauber, den sie in einem der zahlreichen Gästezimmer des Hauses deponiert hatten, damit er dort seinen Rausch ausschlief, was Seifferheld und Klaus – und natürlich Mimi – gleich darauf schon wieder vollkommen vergessen hatten.

Und das Intervenieren war noch längst nicht vorüber. Seifferheld spürte deutlich, dass sein alter Freund Klaus Hilfe brauchte, professionelle Hilfe. Er hatte auch schon einen Plan.

»Klaus, ich bringe dich nachher zu jemand, der dir helfen kann.«

Keine Reaktion. Im Treibsandsumpf der bitteren Enttäuschung hörte man schlecht. Aber Klaus hatte ohnehin kein Mitspracherecht. Seifferheld würde die Sache jetzt in die Hand nehmen, bevor sie aus dem Ruder lief.

Zuvor musste er allerdings noch ein dringendes Telefonat mit einem Stammtischbruder führen.

Um sieben Uhr fünfzig verließen sie zu dritt das Haus – ein Herr, ein Hund, ein Haltloser. Seifferheld, der aus einer Familie kam, in der man keine Gefühle zeigte, war ratlos, wie er mit Klaus umgehen sollte, der lautlos vor sich hin weinte. Die Menschen, die auf dem Weg zur Arbeit an ihnen vorbeikamen, schauten neugierig und/oder besorgt, und Seifferheld rückte unwillkürlich etwas von Klaus ab, als ob er nicht zu diesem heulenden Elend gehörte. Nur hin und wieder streckte er die Gehhilfe aus und versetzte Klaus damit einen Schubs in die richtige Richtung.

Klaus ließ mechanisch alles mit sich machen.

Onis, der ein großes Herz besaß und normalerweise immer eine mitfühlend schleckende Zunge für Menschen in Not hatte, war vor seiner ersten Runde im Park nie ganz er selbst. Bevor er nicht seine Stammbäume eingenässt und im Kocher mit seinen Erpel-Freunden herumgetollt hatte, konnte er sich unmöglich um andere kümmern. Schwanzwedelnd lief er die Untere Herrngasse voraus.

Hin und wieder riskierte Seifferheld einen Seitenblick auf seinen Freund. Klaus war doch sonst immer gut drauf. Ausnahmslos immer. Egal ob sein Lieblingsfußballclub verlor, ob es in seiner Küche einen Wasserrohrbruch gab oder ihm die einmillionste (buchstäblich) Frau abblitzen ließ, er lächelte es weg. Warum dieser völlige nervliche Zusammenbruch, nur weil ein pickeliger Jüngling im Suff Hand an seine Mimi gelegt hatte? Und die Tatsache, dass Twinset und Perlenkette von Mimi noch perfekt saßen und man den pubertären Hauber quasi komatös in ihrer

Armbeuge vorgefunden hatte, legte die Vermutung nahe, dass es zu keinen obszönen Handlungen gekommen war. Warum also diese plötzliche Verzweiflung? Seifferheld war das schleierhaft. Aber er wusste, wer da den Durchblick haben würde. Vor der Brücke, die zur Unterlimpurger Straße führte, bog er links ab in die Obere Herrngasse. Onis bellte einmal laut und vernehmlich auf. Das war nicht der Weg zum Stadtpark!

Seifferheld rief »Bei Fuß!« und humpelte zielstrebig weiter. Onis und Klaus folgten. Onis mit enttäuscht hängendem Hundeschädel, Klaus mit hängenden Schultern und teilnahmslos stierem Blick.

Die Hilfe war nicht mehr weit entfernt. Sie war männlich.

Ein Mann, der in seiner Unscheinbarkeit mit den Wänden zu verschmelzen schien. Ein Mann, für den Seelenqual kein Fremdwort war, sondern ein guter Freund. Gewissermaßen ein Seelenflüsterer.

Um Punkt eine Minute vor acht standen sie zu dritt vor der Tür seiner Praxis in der Oberen Herrngasse.

Kühn drückte Seifferheld auf den Klingelknopf, direkt neben dem Messingschild mit der Aufschrift:

SPRECHSTUNDE MONTAG BIS FREITAG 10–19 UHR

Klaus starrte ins Leere, und Onis scharrte auf den Pflastersteinen mit den Pfoten. Er sehnte sich nach seinem morgendlichen Pinkelmarathon und vier Riesensaitenwürsten frisch vom Markt. Was wollten sie hier? Er schleckte seinem Alpha-Rüden die Hand, aber der reagierte nicht.

Seifferheld klingelte erneut. Und ließ den Finger vorsichtshalber gleich auf der Klingel. Er wusste, dass der Mann seine Praxis in seiner Wohnung hatte, er musste folglich anwesend sein. Vielleicht noch nicht wach, aber anwesend.

Kurz darauf wurde die Tür von einem unscheinbaren Männchen mittlerer Größe mit schütterem, zerzaustem Haar im beigefarbenen Morgenmantel geöffnet, der – tatsächlich – ein Klemmbrett in der Hand hielt. Ging er damit wohl zu Bett?

Egal.

»Ja, bitte ...«, sagte der Mann. Erkennen dämmerte gleich darauf in ihm auf. Aber keine Freude. Mit dieser Familie hatte er so seine einschlägigen Erfahrungen gemacht. »Herr Seifferheld?«

»Ein Notfall«, erklärte Seifferheld. »Wir brauchen sofort ein Beratungsgespräch. Geld spielt keine Rolle.«

Das behauptete er einfach, weil Klaus ein reicher Erbe war.

»Es ist noch nicht einmal acht Uhr in der Früh!«, empörte sich der nur halb Wache, den noch sichtlich Knautschfalten im Gesicht zierten. »Kommen Sie um elf Uhr dreißig wieder, da habe ich noch was frei.«

»So lange können wir nicht warten, es pressiert!«, erklärte Seifferheld.

Das Männchen sah zu Onis. »Der Hund wirkt doch glücklich, satt und zufrieden. Müsste vielleicht nur mal das Bein an einem Baum heben.«

Onis bellte dreimal kurz. Das war sein Morsezeichen für »stimmt haargenau«.

»Ich sage doch, es ist ein Notfall!«, insistierte Seifferheld.

»Was für ein Notfall soll das denn sein?«, hakte der kleine Mann nach, den die Welt unter dem Namen Dr. Honeff kannte.

Seifferheld schob den lautlos heulenden Klaus dem Arzt entgegen. »Hier. Tun Sie für ihn, was Sie können.«

»Herr Seifferheld!«, empörte sich Dr. Honeff. »Ich bin Hundepsychiater, das wissen Sie. Hundepsychiater! Ich mache keine Menschen!«

Seifferheld schnippte mit den Fingern, und Onis folgte ihm zu der schmalen Treppe gegenüber des Reformhauses Mohring, die hinunter in die Untere Herrngasse führte. Runter ging's, hoch liefen Herr und Hund vorzugsweise außen herum.

»Herr Seifferheld, kommen Sie zurück! Ich mache keine Menschen! Ich mache nur Hunde! Das mit Ihrer Tochter seinerzeit war die absolute Ausnahme!«

Aber da waren Seifferheld und Onis schon halb die schmale Treppe zur Pfarrgasse hochgestiegen.

Honeff sah Klaus an, Klaus sah Honeff an.

Der Beginn einer wunderbaren Freundschaft?

Ich ironisiere, bis ich zum Sarkasmus komme. Manchmal rutsche ich allerdings aus und lande in ätzendem Zynismus.

Der typische Schwabe gilt als geiziger, kehrwochenbesessener Häuslebauer. Falsch, nur bedingt richtig und Treffer! Auch wenn Schwäbisch Hall 1806 von den Schwaben annektiert wurde und man sich als Haller fühlte und nicht als Schwabe, ließ sich nicht abstreiten, dass der Haller an sich – ebenso wie der Schwabe – selbstbewusst, fleißig, erfinderisch, gründlich, schlitzohrig, Maultaschen-affin und ordentlich war. Nur sprach man in Schwäbisch Hall kein Schwäbisch, sondern Hohenlohisch. Also, Metropolen-Hohenlohisch. Die Bauern der Umgegend konnten darüber nur lächeln.

Dass die ehemalige freie Reichsstadt immer auch schon reich gewesen war, hatte mit dem Arbeitseifer der Haller zu tun. Die aber andererseits kein bisschen pietistisch waren und es sich daher durchaus auch gutgehen ließen. Disziplinierte Genussmenschen eben. Und wo konnte man besser genießen als im eigenen Garten, während die Wurst vom glücklichen Schwäbisch-Hällischen Landschwein auf dem Grill brutzelte, die zweieinhalb Durchschnittskinder durchs Haus tollten und die drei, vier besten Freunde den Kühlschrank plünderten? Kurzum: im eigenen Heim! Es war daher nur folgerichtig, dass die erfolgreichste Bausparkasse ihren Sitz in Schwäbisch Hall hatte. Da gehörte sie einfach hin.

Seifferheld marschierte heftig atmend die Crailsheimer Straße hoch. Was er in letzter Zeit erstaunlich häufig tat, wie ihm dämmerte. Nun, es ließ sich nicht vermeiden. Der Fall um das rätselhafte Skelett wurde von Stunde zu Stunde kälter. Ermittlungserfolge, die ein Kommissar nicht gleich hatte, hatte er später so gut wie nie mehr. Seifferheld humpelte schneller.

Der Hauptsitz der Bausparkasse schmiegte sich beeindruckend, aber nicht protzig in die Hanglage. Immer wieder leicht verändert, war es doch ein Anblick, den Seifferheld seit seinen Kindertagen kannte und schätzte. Gab es eine alteingesessene Familie in der Stadt, die nicht jemand in der »Büchs« hatte? Er bezweifelte es. Kam aber in diesem Zusammenhang zu dem Schluss, dass er doch ein tierfreundliches Taxi hätte nehmen sollen. Bergaufgehen war nichts für seine Hüfte.

Dann hatte er es aber geschafft, und gleich darauf war Onis – zweifellos vorschriftswidrig – an die Skulptur von Werner Pokorny auf dem Vorplatz des Haupteingangs geleint.

Seifferheld ging durch die Drehtür, und da stand er schon: Ex-Kollege Dombrowski von der Sitte.

Nachdem Seifferheld sich vor Wurster und van der Weyden gestern Abend so blamiert hatte und er Bauer zwo, den Assistenten der Polizeichefin, nicht fragen konnte, weil der es sofort brühwarm weitererzählen würde, blieb Dombrowski Seifferhelds einziges Verbindungsglied zu den offiziellen Ermittlungen.

Dombrowski, der Mitglied ihres wöchentlichen Mord-zwo-Stammtisches im *Löwen* war, gehörte – wie gesagt – nicht zur Mordkommission, sondern zur Sitte, hatte sich aber so oft selbst zum Stammtisch eingeladen, dass die Grenzen schließlich verschwammen und er doch dazugehörte. Dennoch hatte Dombrowski ständig das Gefühl, dass er seine Zugehörigkeit irgendwie beweisen musste. Leichte Beute für einen wie Seifferheld.

»Hast du die Informationen?«, fragte er konspirativ.

Dombrowski nickte und tätschelte die Brusttasche seines C&A-Jacketts.

»Her damit.«

»Nicht so schnell. Wasch ich dir die Hand, wäschst du mir die Hand.« Dombrowski wandte sich wachsam um, als hätten überall feindliche Agenten in Trenchcoats mit Richtmikrofonen und Hochleistungskameras Stellung bezogen.

Es handelte sich bei den Verdächtigen aber nur um ganz gewöhnliche Mitarbeiter und Mitarbeiterinnen der Bausparkasse auf dem Weg zu ihren Schreibtischen sowie um einen verschwitzten FedEx-Boten, der ein längliches Paket am Empfangstresen abgab.

»Lass uns in der Cafeteria einen Kaffee trinken.«

Sie durchquerten das Foyer, in dem erstaunlicherweise nicht zum Unternehmen gehörende Menschen vor den Stricksskulpturen von Arno Siegmann standen und sie kunstsinnig anstarrten. Seifferheld spürte, dass er nicht ganz neidfrei war. Er musste sich erkundigen, wer hier im Haus für die Ausstellungen zuständig war, und dann Marianne vorschicken, die ihm eine Ausstellung organisieren sollte.

Hm. Marianne. Er hatte sie gestern nicht mehr angerufen. Ab einem gewissen Alter war man reif und weise genug, um zu wissen, dass man über gewisse Dinge eine Nacht schlafen muss, dass nicht alles stante pede und sofort beredet werden muss. Er hatte ihr diese Zeit gelassen. Außerdem hatte er nicht die leiseste Ahnung, welche Strategie er fahren sollte. Er hätte ihr von der neuerlichen Begegnung mit Usch Meck erzählen sollen, dann wäre sie vorgewarnt gewesen. Dafür war es nun zu spät. Was also tun?

Unkenntnis vortäuschen? Ihr nachträglich die Wahrheit sagen? Aber würde ihm seine leidenschaftliche, südländische Geliebte glauben, dass er Usch Meck rein zufällig wiedergetroffen hatte? Und wie sollte er ihr erklären, dass er sie bei der Buchpräsentation ganz allein ihrem Schicksal überlassen hatte?

Seifferheld wusste es nicht. Er musste sich etwas ausdenken, was ritterlich und weltrettend zugleich klang. Er brauchte definitiv mehr Zeit.

In der Cafeteria bezahlte er bei der jungen Servicefrau mit dem kecken Nasenring zwei Latte macchiato und zwei Brezeln. Dombrowski und er setzten sich an die Fensterfront. Der Zugang zum Innenhof war noch mit rot-weißen Tatortbändern und einem notariellen Siegel tabuisiert. Genussraucher mussten sich die Kippe verkneifen, Suchtraucher mussten nach draußen vors Firmengebäude.

»Erst ich!«, verlangte Seifferheld. »Was hast du für mich?«

Dombrowski zog einen Umschlag aus seiner Jackentasche. »Du weißt schon, dass ich für dich das Unmögliche möglich gemacht habe, oder? Noch dazu binnen kürzester Zeit und gewissermaßen im Morgengrauen?«

»Ja, ja. Her damit.«

»Hier bitte, die Kopien.«

Während Dombrowski sich über seine Brezel hermachte, las Seifferheld, dass es sich bei der skelettierten Toten um eine Frau Ende zwanzig handelte. Ihr Genick war gebrochen, höchstwahrscheinlich die Folge der Erdrosselung mit dem am Opfer aufgefundenen Gürtel. Die Genanalyse stand noch aus, ebenso wie der Zahnabgleich mit den Unterlagen des Zahnarztes von Britt Breiteich, der zwischenzeitlich seine Praxis krankheitshalber aufgegeben hatte. Die Rechtsmedizinerin hatte allerdings notiert, dass ihr die vorgenommenen Zahnkorrekturen ungewöhnlich erschienen. Der Todeszeitpunkt lag im Zeitraum von Britt Breiteichs Verschwinden. Einzige Unstimmigkeit war die Größe – laut Personalausweis wäre Britt Breiteich einen Tick größer als die Tote, aber eine Rückfrage beim Ordnungsamt hatte ergeben, dass zum Ausstellungszeitpunkt des Ausweises von Britt Breiteich noch die Devise gegolten hatte: Der Passinhaber sagt selbst, wie groß er ist. Man hatte nicht nachgemessen. Da konnte sich eine junge Frau, die auf einen Modeljob spekuliert hatte, unauffällig größer machen, als die Natur es in realiter umgesetzt hatte.

Hm, Moment mal, hatte Frau Kant nicht gesagt, Britt Breiteich habe nicht die richtige Größe für den Laufsteg gehabt? Sie sei zu groß gewesen? Wieso sollte sie sich dann noch größer machen, als sie in Wirklichkeit war? Da schwindelte man doch als Betroffene eher in die andere Richtung? Seifferheld stutzte aber nur kurz. Das war doch alles Pippikram.

Die Indizien sprachen eine eindeutige Sprache.

»Dann ist die Tote also wirklich und wahrhaftig Britt Breiteich. Verdammt!« Seifferheld faltete die Kopien und steckte sie in seine Jackentasche.

»Nicht mit letzter Sicherheit«, hielt Dombrowski dagegen, aber der Mann war ja auch von der Sitte.

»Die Wahrscheinlichkeit ist hoch. Was hast du über mögliche Verdächtige gehört?« Seifferheld gab sich absichtlich neutral.

Dombrowski schluckte schwer. »Na ja, die Woge der

Spekulationen schwappt hoch. Manche meinen, es könne sich um einen gezielten Akt gegen eine Bausparkassenmitarbeiterin handeln! Sie war in der Zuteilung tätig. Vielleicht gab es da einen Entscheid, mit dem ein betroffener Bausparer nicht einverstanden war? Oder es war jemand, der grundsätzlich gegen das Bausparen eingestellt war? Ein Anarchist!«

Seifferheld leerte sein Macchiato-Glas. »Was soll das? Hat die SoKo irgendetwas eingeworfen? Spekulieren die jetzt wild in der Gegend herum oder was? Wer kann denn schon gegen das Bausparen sein? Es ist unabhängig von der Wirtschaftslage die Anlageform mit den besten Renditen, der Bausparer bekommt vermögenswirksame Leistungen sowie Arbeitnehmer-Sparzulage und Wohnungsbauprämie obendrauf, und es gibt keinen besseren ersten Schritt zum eigenen Heim.« Seifferheld fand die These, es könne sich beim Täter um einen Bausparer handeln, absurd. »Oder meint ihr, ein militanter Mutti-Wohner wollte ein Zeichen setzen? Quark!«

Dombrowski starrte auf seinen Milchschaum. »Ich meine gar nichts, ich bin bei der Sitte«, brummte er.

Seifferheld wurde misstrauisch. »Dir brennt doch was unter den Fingernägeln, oder? Spuck's aus!«

Dombrowski sah ihn waidwund an. »Wegen des Gürtels soll es jetzt einer von uns sein.«

Seifferheld war kurz sprachlos. Aber nur kurz. »Wer schließt denn von einem Elvis-Gürtel auf einen Polizisten von der Abteilung für Verbrechen gegen die Sittlichkeit?«

»Siggi, stell dich doch nicht dümmer, als du bist! Du kennst doch meine Krawattennadel!«

Seifferhelds Blick wanderte zu Dombrowskis Krawatte, die er nicht trug. Hatte er Dombrowski überhaupt jemals mit Krawatte gesehen? Der favorisierte doch den Schimanski-Schrägstrich-Matula-Stil: Jeans und Lederjacke.

Dombrowski folgte seinem Blick, deutete den ungläubigen Blick und gab ein Schnauben von sich. »Ich trage die Krawattennadel natürlich nie an einer Krawatte, bin ja kein Spießbürger. Ich schiebe sie immer in ein Hemdknopfloch. Sie ist rot. Mit den Initialen EC.« Er schwieg bedeutsam und wackelte mit den Augenbrauen. »So, jetzt weißt du's.«

Ja, jetzt wusste Seifferheld es. Dass er auf diesem weiten Erdenrund der einzig vernünftige Mann war. Sein bester Freund wurde gerade wegen Gummipuppenliebeskummer von einem Hundepsychiater therapiert, und sein Ex-Kollege faselte in kryptischen Andeutungen. »Dombrowski, sprich deutlich!«, verlangte Seifferheld. »Was hat es mit dieser Krawattennadel auf sich? Ich habe nicht die leiseste Ahnung, wovon du sprichst.«

»EC, Siggi, EC – noch deutlicher geht es doch wohl kaum!«

Seifferheld überlegte fieberhaft. Eurocity? Europa-Cup? Ethylencarbonat?

Dombrowski rollte nicht nur mit den Augen, sondern gleich mit dem ganzen Kopf. »Elvis Club! EC steht für Elvis Club! Die Kollegen von Mord zwo weiten ihre Ermittlungen auf den Schwäbisch Haller Elvis Club aus!«

»Es gibt einen Elvis Club in Schwäbisch Hall?« Seifferheld schürzte die Lippen. Er staunte nicht schlecht.

»Dreißig eingetragene Mitglieder. Du würdest staunen, wer alles dazugehört!«

»Wir kennen uns jetzt wie lange? Und du hast nie etwas erwähnt?« Seifferheld wollte es nicht glauben.

»Das Leben ist wie eine Kommode«, dozierte Dombrowski und zitierte entweder seine Großmutter oder den Dalai Lama oder Forrest Gump. »Alles hat seine passende Schublade, und was in die Schublade oben links gehört, legt man nicht unten rechts ab.«

»Aha.« Was sollte Seifferheld darauf sonst auch sagen. »Ich liege also nicht in der Schublade für alles rund um Elvis.«

Dombrowski nickte.

Seifferheld zuckte mit den Schultern. »Ich verstehe nicht, warum du nie was erwähnt hast. Jeder mag doch Elvis, wenn schon nicht den Mann oder die Legende, dann doch zumindest den einen oder anderen Song, oder etwa nicht?«

Dombrowski strahlte. »Eben! Elvis ist der große, einigende Faktor der Menschheit. Das sieht man immer auf den Gedenkmärschen am 16. August oder bei den Pilgerreisen nach Memphis.«

Memphis statt Mekka, aber dasselbe Strahlen in den Augen. Der Mensch musste offenbar an etwas glauben, das größer war als er selbst, und sei es an die verbindende Kraft von Rock 'n' Roll.

»Fehlt denn einem von euch ein Gürtel? So etwa seit zwanzig Jahren?«, wollte Seifferheld wissen, weil es ja theoretisch sein konnte, dass noch ein anderer Elvis-Jünger außer Breiteich irgendwann einmal gürtellos war und somit in den engeren Kreis der Verdächtigen rutschte. Seifferheld ließ bei seinen Ermittlungen nie einen Stein unumgedreht.

Dombrowski guckte schlagartig misstrauisch. »Machst du dich lustig?«, wollte er wissen.

»Nein. Ich überlege nur, warum die Kollegen die Angel so weit auswerfen.«

Dombrowski wackelte mit dem Kopf.

Seifferheld bemühte sich, nicht auf die Ohren seines Ex-Kollegen zu starren. Dombrowski hatte unter den Kollegen auch den Spitznamen *Dombo* – wie Dumbo, der Disney-Elefant mit den riesigen Ohren. Und gerade jetzt fiel Seifferheld erschreckend deutlich auf, wie heftig Dombrowskis Ohrläppchen beim Kopfwackeln flatterten, Elefantenohren nicht unähnlich. Nur ein wenig mehr zielgerichtet koordiniertes Ohrenflattern, und er würde zweifelsohne vom Stuhl abheben und schweben. Ganz wie Dumbo. Das Leben imitiert die Kunst.

»Fünf aus unserem Club arbeiten hier in der Büchs. Aber das ist völlig normal! Die Bausparkasse Schwäbisch Hall ist einer der größten Arbeitgeber der Region.« Dombrowski schaute finster. »Die Polizeichefin findet in ihrer unergründlichen Weisheit, dass der Ehemann zwar nicht auszuschließen sei, aber nicht wirklich gut Zugang zum Haus und zur damaligen Baustelle hatte. Es sei viel wahrscheinlicher, dass ein Kollege von Britt Breiteich sich an ihr vergangen hat.«

»Sie wurde missbraucht?« Seifferheld staunte. Konnte man das an einem Skelett ablesen?

»Keine Ahnung, aber darum geht es hier nicht. Es ist einfach ein Sakrileg, einen Menschen mit einem Elvis-Gürtel zu erdrosseln. Das muss ein ganz abgefeimter Gefühlsrohling gewesen sein!«

Seifferheld nickte mechanisch.

»Der Bruder von Holger Breitcich, dieser Rüdiger Breiteich, ist der bei euch auch Mitglied?«, wollte er wissen.

»Dieser Möchtegern-Imitator? Nee, der hält sich für was Besseres. Wir seien alle nur Konsumenten, die sich wie die Geier mit dem Vermächtnis des King verlustieren, sagt er, er aber sei Produzent, und nur dank ihm könne auch die Nachwelt sagen: Elvis lebt!« Dombrowski trank seinen Latte aus. »Idiot!«

Seifferheld sah auf die Uhr. Es ging auf zehn. Um elf musste er im Aufnahmestudio des SWR sein. Er stand auf.

»Siggi, du hältst doch deine schützende Hand ein wenig über uns, oder?«

Es rührte Seifferheld, dass Dombrowski zu glauben schien, er, der Vorruheständler, könne noch irgendetwas bewirken. Auf eine solch hoffnungsvoll-sehnsüchtige Anfrage konnte es nur eine einzige Reaktion geben. Lügen!

»Ja klar«, versicherte Seifferheld und humpelte durch die Ausstellung in der Lobby, vorbei am Empfang in Richtung Ausgang und ... direkt in die Arme eines Mannes, der ihm vage bekannt vorkam. Mayr? Mauler? Müllerschön?

»Hallo, Herr Seifferheld«, begrüßte der ihn und fügte, als er den leeren Blick seines Gegenübers sah, hinzu: »Maurer. Wir haben uns bei der Vernissage kennengelernt, als wir die ...«

»... die Leiche fanden, ja, ich erinnere mich. Wir saßen auch im Park beisammen. Ich hatte nur kurz einen Blackout.« Er sah über seine Schulter nach hinten zum Innenhof. »Ich hoffe, Sie haben das alles hier gut verkraftet und leiden jetzt nicht unter Alpträumen? Zumal Sie jeden Tag hier vorbeikommen.« Bei Laien wusste man nie. Die glaubten zwar, sie wären abgebrüht, weil sie selbst gruseligste, mitternächtliche Massenschlachtungsmetzelszenen in Horrorfilmen ohne mit der Wimper zu zucken anschauen und dabei noch lässig Popcorn einwerfen konnten, aber kaum standen sie vor einem echten Skelett, war es vorbei mit der Contenance.

»Ich schlafe ohnehin schlecht«, meinte Herr Maurer und verzog seine Lippen zu etwas, das wohl ein Lächeln sein sollte.

»Und Sie wollten hier jetzt …?« Seifferheld sprach es nicht aus.

»Ich arbeite hier!« Zum einen war Herrn Maurer offenbar sehr daran gelegen, nicht für einen Katastrophentouristen gehalten zu werden, den es an den Ort scheußlicher Skelettfunde trieb, um Handyfotos zu schießen. Zum anderen klang er leicht genervt, wie man eben klang, wenn man einem Vergessheimer etwas zum hundertsten Mal erklären musste.

»Natürlich. Das wusste ich. Selbstverständlich. Ja, dann noch einen guten Tag.« Seifferheld war beruhigt. Zumindest war der Mann nicht wegen der Strickkunstwerke von Siegmann gekommen, das musste er ihm definitiv zugutehalten. Er wollte schon weitergehen, doch dann blieb er abrupt stehen. Wie Columbo fiel ihm im Gehen immer noch etwas ein. »Sind Sie Mitglied im Elvis Club, Herr Maurer?«

»Wie bitte?« Maurer zog fragend eine Augenbraue hoch.

»EC. Elvis Club Schwäbisch Hall. Sie wissen schon … *It's now or never …*«, sang Seifferheld.

Maurer guckte konsterniert. Oder versteinert. Oder düpiert. Jedenfalls nicht wie einer, der gleich in Begeisterungsstürme ausbrechen würde.

»Ich bevorzuge die Klänge unserer Heimat«, erwiderte er und, als Seifferheld ihn nur ausdruckslos anschaute: »Marianne und Michael, Margot und Maria Hellwig, den frühen Heino. *Schwarzbraun ist die Haselnuss, schwarzbraun bin auch ich ...*«, sang er nun seinerseits.

»Aha. Danke schön«, unterbrach Seifferheld. »Dann noch einen schönen Tag.«

»Ich werde Ihnen nachher wieder zuhören. Um elf sind Sie ja live auf Sticksendung!«, rief Maurer ihm nach.

Seifferheld winkte mit seiner Gehhilfe und humpelte schneller.

**Tanztheater =
Menschen, die sich nicht richtig gut bewegen
können, es aber trotzig dennoch tun.**

Das kleine, schallisolierte Aufnahmestudio des SWR in der Gelbinger Gasse wirkte an diesem Vormittag noch kleiner als sonst. Das lag hauptsächlich daran, dass die wuchtige Gestalt von Arno Siegmann es fast zur Gänze ausfüllte.

»Was machen Sie denn hier?«, entfuhr es Seifferheld. Er fürchtete nicht zuletzt, dass Siegmann von seinem nächtlichen Besuch doch etwas mitbekommen haben könnte. Unterbewusst. Als Alptraum.

Onis, der Verräter, lief zu Siegmann, der auf dem schwarzen Drehstuhl vor Mikro eins saß, und rammte ihm den Schädel in den Schritt.

»Mein lieber Siegfried, schön, Sie zu sehen!«

Siegmann trug an diesem Vormittag einen hellen Leinenanzug, der unedel knitterte, ihn aber dennoch elegant aussehen ließ. Zu diesem Eindruck trug auch die Schweizer Präzisionsuhr an seinem linken Handgelenk bei. Seifferheld machte sich die mentale Notiz, die finanziellen Verhältnisse von Siegmann gründlich auszubaldowern. Vom Stricken wurde doch keiner reich!

»Bei Ihnen alles in Ordnung?«, erkundigte er sich vorsichtig.

Siegmann strahlte. »Aber ja, ich habe gleich gestern Abend mit dem Verfolgungsjagdschal angefangen. Danke noch mal, dass Sie mich an diesem Abenteuer haben teilnehmen lassen.«

War das jetzt ironisch gemeint?

»Und abgesehen von der Arbeit …?« Seifferheld setzte sein Smalltalk-Gesicht auf. Es war ein sträflich vernachlässigter Gesichtsausdruck, folglich bekam er auch gleich darauf schon Wangenmuskelkater.

»Bestens, alles bestens! Ich freue mich ungeheuer, heute hier zu sein!«, dröhnte Siegmann.

Offenbar glaubte er, die Dübel des Regals wären von allein aus der Wand gesprungen und die herniederfallenden Regalbretter hätten die Klappstühle zum Umfallen gebracht, die wiederum das Glas zertrümmert hätten. Bei genauerer Überlegung war das sogar eine geniale Erklärung. Seifferheld merkte sie sich, falls ihn jemals jemand zu den Ereignissen der Nacht befragen würde.

»Herr Seifferheld, sind Sie das? Sie sind spät dran!«, hörte er die körperlose Stimme von Frau Söback, die aus dem Studio in Heilbronn zugeschaltet war und die Gesamtleitung über die Sendung hatte. »Ich wollte Sie noch kurz informieren, dass ich mir Ihre heutige Sendung als Gespräch zwischen strickendem und stickendem Handarbeiter gedacht habe.«

Sie hätte ihn wirklich gestern zu Hause anrufen können, anstatt ihn fünf Minuten vor Sendungsbeginn zu informieren. Kühlte die Beziehung zwischen ihnen etwa ab? Nicht dass es je mehr gewesen wäre als gegenseitige Sympathie. Aber offenbar hatte sich jetzt ein stattlicher Stricker ihre Gunst erschlichen.

»Ich habe Sie gestern Nachmittag mehrmals zu Hause angerufen, aber Sie waren nicht da«, erläuterte Frau Söback.

Seifferheld brummte. Er hatte nicht vergessen, den Anrufbeantworter einzuschalten. Er hatte ihn absichtlich ausgeschaltet gelassen. Reine Selbstschutzmaßnahme. Damit seine aushäusigen Frauen ihm telefonisch keine Haushaltsführungsanweisungen geben konnten.

»Sie brauchen dringend ein Smartphone, damit Sie jederzeit per Mail oder SMS erreichbar sind!«, verlangte Frau Söback.

Seifferheld brummte neuerlich.

»Herr Seifferheld hatte gestern die Buchpräsentation seines neuen Kochbuchs«, warf Siegmann – der Beschützer der Alten und Schwachen und Handylosen – mannhaft ein.

»Nein, wie wunderbar, kochen können Sie auch?«, jubilierte Frau Söback. »Da machen wir mal was draus. Aber jetzt geht es gleich los. Ich stelle mir eine zwanglose

Unterhaltung über die Meriten der unterschiedlichen Handarbeitsarten vor. Sie können das, meine Herren. Viel Glück!«

Der anwesende Techniker reichte Seifferheld einen Gästekopfhörer und wies ihn an, sich vor das zweite Mikrofon zu setzen. Es war keine Zeit mehr, Onis in die Küche zu sperren. Sie konnten nur hoffen, dass er nicht wieder sein Sangestalent unter Beweis stellen würde.

Der Techniker startete den Countdown, und dann lief auch schon die Erkennungsmelodie.

Seifferheld wollte zu seiner gewohnt jovialen Begrüßung ansetzen, als der letzte Ton verklang, aber Siegmann war schneller.

»Guten Morgen, meine Herren, und willkommen zu den neuesten Nachrichten aus dem Wollkorb«, rief er einen Tick zu laut. Der Techniker zuckte zusammen und gab beschwichtigende Handzeichen. Siegmann nickte, fuhr aber unvermindert lautstark fort: »Ab heute werde ich mich mit Siegfried Seifferheld auf diesem Sendeplatz abwechseln. Mein Name ist Arno Siegmann, und ich bin Stricker. Ja genau, ich strrrrricke.« Er rollte das r genüsslich. »Stricken für Männer – oder maleknitting, wie ich es zu nennen pflege, um die Globalität der Bewegung zu unterstreichen – ist DAS neue Trendhobby. Die Dunkelziffer ist hoch, aber Männer, ich rufe euch zu: Outet euch! Berühmte Zeitgenossen tun es auch, Ryan Gosling beispielsweise.«

»Wer ist Ryan Gosling?«, entfuhr es Seifferheld.

Siegmann und der Techniker starrten ihn an, als hätte er gefragt, wer Angela Merkel ist. Rasch korrigierte er sich.

Im Notfall konnte er nämlich durchaus auch schlagfertig sein. »Ich wollte sagen, wer ist schon Ryan Gosling? Wir hier in Schwäbisch Hall und Umgebung brauchen keinen Pseudo-Prominenten, um mutig unseren Platz an der Nadel einzunehmen!« Na also, mit Bravour aus der Affäre gerettet. »Egal, ob Strick- oder Sticknadel, wir leben unseren Traum!« Okay, das war vielleicht etwas zu dick aufgetragen, aber ...

»Wobei es natürlich schon einen Größenunterschied zwischen Strick- und Sticknadeln gibt.« Siegmann kicherte albern ob seiner zweideutigen Andeutung.

Der Moment war also gekommen, in dem er Seifferheld den Fehdehandschuh hinwarf. Der Kampf um Platz eins im Studio. Der alte Wolf wurde vom jungen herausgefordert, Spannung lag in der Luft. Selbst Onis schnaufte und hob den Hundeschädel. Wenn schon sonst niemand, so musste Seifferheld doch zumindest Onis zeigen, dass er der unangefochtene Alpha-Rüde war.

»Auf die Größe kommt es bekanntermaßen nicht an, sondern auf die Technik«, hielt er süffisant dagegen. »Als Sticker hat man eine viel feinere Hand und erspürt feinste Nuancen ...«

Na, dem hatte er aber Paroli geboten!

Ein Lämpchen blinkte auf, und der Techniker gab das Zeichen, dass ein Anrufer freigeschaltet werden wollte. Es gab natürlich kein Call Screening, wenn einer anrief, wurde er auch durchgeschaltet. Seifferheld war sehr stolz auf diese Volksnähe. Interaktiv bedeutete in diesem Fall, jeder darf mal.

Gleich darauf erklang eine Frauenstimme: »Siegfried

Seifferheld, Sie Schuft, dass Sie sich nicht schämen! Ihr Lustmolch von einem Hund hat meine Lady geschwängert! Schon wieder! Erklären Sie sich, Herr Seifferheld, erklären Sie sich!«

Es war natürlich Ursula Meck. Wer auch sonst.

Siegmann lächelte überbreit. Er verschränkte seine Finger über seinem ausladenden Bauch und wartete sichtlich gespannt auf Seifferhelds Erklärungsversuche. Wie auch Hunderte von Hörern draußen vor den Radiogeräten. Unter anderem auch sein treuer Fan Herr Mauser. Mauler? Maurer!

Seifferheld überlegte fieberhaft, was er darauf antworten sollte.

Aber da im Hintergrund das Fiepen von Lady zu hören war, sprang Onis auf die Beine, spitzte die Ohren, hob anmutig den Kopf und jaulte, was das Zeug hielt.

Seifferheld konnte es natürlich nicht beschwören, aber es klang ein wenig wie Elvis. Wie der sehnsuchtsvoll schmachtende Elvis.

Are you lonesome tonight …

Frau Söback in Heilbronn raufte sich die frisch ondulierten Haare.

Der Wert mancher Dinge wird einem erst bewusst, wenn sie nicht mehr da sind. Das beste Beispiel dafür? Klopapier!

Als Seifferheld und Onis nach Hause kamen, wurden sie bereits von Klaus und Marianne in der Küche erwartet.

Klaus wirkte wieder ganz wie er selbst. Aber etwas war anders.

»Dieser Honeff ist ein echt guter Mann!«, verkündete Klaus strahlend.

Seifferheld bezweifelte das. Und zwar sehr. Hundepsychiater waren für ihn Hochstapler erster Ordnung. Er hatte Klaus nur bei jemand abladen wollen, der mit ihm reden konnte. Reden half. Oder schweigen und angeln. Aber einen Angler hatte er so schnell nicht zur Hand gehabt.

»Und was hat er dir geraten?« Seifferheld konnte es nicht benennen, aber etwas war doch anders an Klaus?

»Wir haben nur so allgemein geplaudert. Über meine schwierige Mutterbeziehung und dass ich meinen Schmerz verdränge und dass ich immer zu viel mit mir machen lasse, ohne mich zu wehren. Ich muss lernen, auch mal nein zu sagen.«

In Seifferheld stieg die Besorgnis auf, Klaus könne sich weigern, Honeff zu bezahlen. Als Akt der Befreiung, sozusagen. Aber Klaus war mit seinen Gedanken schon ganz woanders.

»Honeff findet, ich brauchte eine reale Bezugsperson. Also, das mit Mimi … er findet, unsere Beziehung hat ihren Zenit überschritten, und ich solle mir überlegen, ob ich nicht mal … beispielsweise …«

Mit einer echten Frau aus Fleisch und Blut?

Klaus konnte es nicht einmal aussprechen. Der Mann war noch lange nicht bereit für eine reale Beziehung.

Wenn er nur wüsste, was an Klaus anders war, grübelte Seifferheld.

»Ich glaube, es würde dir guttun, wenn du etwas Lebendiges hättest, um das du dich kümmern könntest«, warf Marianne ein. Sie hatte indischen Kräutertee gebraut, und in der Küche roch es wie in einem Ashram.

Etwas Lebendiges? Über Seifferhelds Kopf glomm eine Glühbirne alten Schlages auf. Da gab es doch demnächst ein paar illegal gezeugte Hova-Senner-Welpen ...

»Da weiß ich was für dich«, fing er an.

Klaus winkte mit der Linken ab und presste sich die Rechte auf den Bauch. »Ich glaube, der Kräutertee rumort in meinen Eingeweiden«, sagte er und stand auf. »Entschuldigt mich mal kurz.«

Leise stöhnend verschwand er in Richtung Toilette.

In der Küche breitete sich Stille aus.

Man hörte, wie Marianne mit einem Löffel die Milch in ihrem Tee verteilte. Onis legte sich unter den Küchentisch zu seinem rosa Teddy und schnaufte.

Seifferheld sammelte sich. Er hatte noch keine Gelegenheit gehabt, die Ereignisse des gestrigen Abends schlüssig zu einer Ausrede zu verarbeiten. Und er konnte nur hoffen, dass Marianne vorhin nicht seiner Live-Radiosendung gelauscht hatte.

Marianne sah ihn nicht an. Sie war stark geschminkt, wäre man eine böse Zunge, könnte man sogar behaupten, sie sei in einen Farbtopf gefallen. Immer ein Zeichen tiefen emotionalen Aufruhrs.

Seifferheld räusperte sich.

»Was?«, fauchte sie ihren Siggi an.

»Ich will nicht sagen, dass du stark geschminkt bist, aber wenn ein Chamäleon über dein Gesicht laufen müsste, würde es ein Burnout erleiden.«

Er hatte das noch nicht gänzlich ausgesprochen, da war ihm schon klar, was für einen bösen Patzer er sich damit geleistet hatte.

»Entschuldige, Liebes, ich bin nicht ganz ich selbst. Eben im Studio ...«

Wider besseres Wissen musste Marianne lächeln. »Ich hab's mitbekommen. Onis hat wieder gesungen.«

»Hast du auch Elvis rausgehört?«, wollte Seifferheld wissen.

»Nein!« Ihr Gesichtsausdruck mutierte zurück zu eisiger Gletscherkälte. »Du hast sicher schon mitbekommen, dass deine Ursula Meck gestern bei der Buchpremiere aufgetaucht ist und randaliert hat«, fing sie an.

»Sie ist nicht *meine* Meck!«, widersprach er. Einer Frau, die in Rage war, mit Gegenargumenten zu kommen, war in etwa so sinnvoll wie der Versuch, den Bodensee mit einem Sandkasteneimerchen leer zu schaufeln.

»Warum hat sie dann andauernd deinen Namen gerufen?!« Marianne pustete sich erbost eine Locke aus dem Gesicht. Die Locke vollführte einen doppelten Rittberger und fiel wieder an ihren angestammten Platz zurück.

Seifferheld hob beide Hände, wie sein Schwager Hölderlein, wenn der zu seinen Predigten mit dem Standardgruss »Liebe Gemeinde« ansetzte. »Schatz, ich kann alles erklären ...«

Nein, das war auch nicht besser. Weil er zwar die Vorfälle an sich erklären konnte, nicht aber, warum er Marianne nicht direkt im Anschluss an die Geschehnisse davon erzählt hatte. Besser noch davor …

Aus Mariannes bunt ummalten Augen schossen wütende Blitze.

Ihm blieb nichts anderes übrig als die Wahrheit. Also, die punktuelle Wahrheit mit Schwerpunkt auf den gestrigen Abend. Gewürzt mit ein paar Appetithappen, die ihre journalistische Neugier entfachten.

»Schatz, hör zu, die Tote aus der Bausparkasse, die wurde doch mit einem sehr seltenen, teuren Elvis-Gürtel erdrosselt. Als ich gestern den Elvis-Imitator sah und in ihm das Ebenbild ihres Ehemannes erkannte, musste ich die Verfolgung aufnehmen, das verstehst du doch, oder?« Flehend sah er ihr in die Augen. »Wie sich zeigte, handelte es sich um den eineiigen Zwillingsbruder des Ehemannes, also um den Schwager der Toten. Er behauptet, zur Tatzeit vor zwanzig Jahren gar nicht in Hall gewesen zu sein. Aber sein Bruder hätte sich seinen Gürtel mühelos aneignen können. Andererseits hat mir Dombrowski gerade erzählt, dass es einen Elvis-Club in der Stadt gibt. Die Zahl derer, die so einen besonderen Gürtel in ihrem Besitz gehabt haben könnten, hat sich also schlagartig vervielfacht.« Wenn er sich verteidigte, geriet er immer ins Plappern. »Einige der Clubmitglieder arbeiten bei der Bausparkasse. Sie hatten also das Mordwerkzeug und waren vor Ort. Natürlich ist die Motivlage noch völlig unklar. Verstehst du, ich bin gerade mitten in einer brandheißen Phase der Ermittlungen. Natürlich hätte ich an deiner Seite sein sollen, als sich diese durchgeknallte Meck auf dich stürzte, aber ganz ehrlich, mein Schatz, dieser Hungerhaken hat gegen dich doch nicht die leiseste Chance!«

Marianne wollte nicht geschmeichelt gucken, aber sie tat es doch. Seine Worte gingen ihr runter wie Öl. »Keine fünf Minuten, und sie war platt wie eine Flunder«, konstatierte sie stolz. »Dieser lächerliche, rosa Giftzwerg.«

Seifferheld wagte es, einen Thonet-Stuhl heranzuziehen, sich neben sie zu setzen und sie auf die Schulter zu küssen. Eine freigelegte Schulter, denn an diesem Tag trug sie ein gewagt gemustertes Sommerkleid mit Spaghettiträgern.

Mariannes Schultern waren sommersprossengesprenkelt. Seifferheld küsste sich von einer Sprosse zur nächsten. Sie ließ es geschehen. Seifferheld wertete das als gutes Zeichen.

»Ein Elvis-Fan hat sie also ermordet«, sinnierte Marianne und zog ihre hübsche, ebenfalls sommersprossige Nase kraus.

»Rüdiger Breiteich meinte, ein echter Elvis-Fan hätte keinen so einzigartigen Gürtel verwendet und dann auch noch mit der Leiche begraben. Zu wertvoll. Ein Sammlerstück. Hätte kein wirklicher Fan übers Herz gebracht«, erläuterte Seifferheld zwischen den Küssen.

»Das erinnert mich an …« Marianne ließ ihn gewähren, während sie in ihrem Gedächtnispalast auf Wanderschaft ging. »Da war doch vor langer Zeit irgendetwas mit Elvis. Ich komme gerade nicht drauf, aber …«

Wenn sie intensiv nachdachte, wirkte sie zuckersüß, auch mit Kriegsbemalung.

Seine Küsse wurden wagemutiger. Marianne hatte schon

seit zwei Nächten nicht mehr bei ihm geschlafen, und sie hatten das Haus für sich …

»Machst du dir keine Sorgen um Klaus?«, fragte sie abrupt.

»Klaus?« Welcher Klaus?

Seifferheld, der wusste, welche Körperstellen von Marianne mit Sommersprossen überzogen waren, sah sich innerlich schon auf Rundreise.

»Klaus, dein bester Freund!« Marianne musste lächeln. Sie kannte ihren Siggi gut und wusste, wo er mit seinen Gedanken gerade war.

»Klaus, ja klar. Irgendwann schicke ich ihn zu einem richtigen Psychiater, aber für den Moment …« Er hatte sich schon über den Spaghettiträger hinweg in Richtung Dekolleté vorgearbeitet.

»Das meine ich doch nicht.« Marianne stieß ihn – sanft – von sich. »Klaus sitzt schon ewig auf der Toilette. Vielleicht hatte er einen Kollaps.«

Mist, er hatte Klaus vergessen!

»Oder du hast aus Versehen Abführtee genommen?«, neckte Seifferheld sie.

Marianne knuffte ihn in die Seite. Ein gutes Zeichen. »Habe ich nicht, du Spinner.« Sie stand auf und küsste ihn auf die Stirn. »Ich gehe jetzt in die Redaktion. Ich muss was herausfinden. Hat mit Elvis zu tun. Bestimmt werde ich im Archiv fündig. Ich melde mich, sobald ich mehr weiß.«

In einer Wolke aus Chanel No. 5 rauschte sie davon.

Seifferheld blieb noch eine Weile auf dem Thonet-Stuhl sitzen und überlegte sich, wie er Marianne heute Abend in sein Liebesnest locken könnte. Er brauchte auch noch

Duftkerzen und musste seine alte Marvin-Gaye-CD finden.

Onis fing an zu fiepen.

»Was hast du, mein Alter?« Seifferheld schaute unter den Tisch.

Onis hatte den Kopf gehoben und schräg gelegt, als ob er auf etwas lauschte.

Seifferheld lauschte mit und tatsächlich: Er hörte jemand rufen.

Er ging in den Flur, und dort hörte er es ganz deutlich. Klaus.

Seifferheld klopfte an die Tür der Gästetoilette. »Alles in Ordnung mit dir da drin?«

»Mensch, Siggi«, beschwerte sich Klaus hinter der geschlossenen Toilettentür. »Wenn deine Frauen aus dem Haus sind, tobt bei dir die Lotterwirtschaft!«

»Und zu dieser Erkenntnis kommst du weshalb genau?«, wollte Seifferheld wissen.

»Weil hier das Toilettenpapier ausgegangen ist. Deshalb!«

Ja, das war ein schlagendes Argument. Eins zu null für Klaus.

Seifferheld suchte im ganzen Haus hektisch nach Toilettenpapier, fand aber keines – auf der Rolle in seinem eigenen Bad befand sich nur noch ein einziges Blatt – und musste sich deshalb etwas einfallen lassen, um Klaus aus seiner Not zu erlösen. Küchenkrepp! Wenn der mal nicht im Abflussrohr stecken blieb. Egal, dann musste eben Klempner Arndt aus der Kochkurstruppe ran. Bei dem gab es Kochkumpelrabatt.

Seifferheld klopfte an die Tür zur Toilette. »Klaus, bist du noch da?«

»Kann hier ja wohl kaum weg.« Der Riegel wurde umgelegt, und Klaus lugte um die Ecke. »Was ist das?«, fragte er streng.

»Küchenkrepp. Aber das besonders Weiche. Für dich nur das Beste«, lästerte Seifferheld und stutzte. Endlich merkte er, was an Klaus anders war. »Dein Vollbart ist ja weg!«

Klaus grinste. »Hat Dr. Honeff mir geraten. Er sagt, ohne Bart stünden meine Chancen beim schwachen Geschlecht höher. Die Friseuse hat auch gleich mit mir geflirtet. Ich sag doch, der Mann ist genial!« Klaus strahlte und zeigte Gebiss. »Und? Wie findest du es?«

Seifferheld schürzte die Lippen. »Du siehst aus wie eine Nacktschnecke.«

Woraufhin er sich rasch duckte, weil Klaus nämlich die leere Rolle Klopapier nach ihm warf …

Ich werde nie ein alter Mann sein.
Alte Männer sind grundsätzlich
immer 15 Jahre älter als ich.
Francis Bacon

Es gab viel zu tun!

Die Devise müsste nun lauten: Packen wir's an! Aber das Schicksal hatte anderes mit Siegfried Seifferheld vor. Statt dass es ihn ermitteln ließ – es galt, die Mitglieder des Elvis Clubs zu durchleuchten und diesem Unsympathen

Arno Siegmann auf den Zahn zu fühlen –, schreckte es ihn am frühen Nachmittag mit dem Läuten der Türglocke aus seinen Planungen.

Klaus war längst in sein Bistro entschwunden. Mit den Abschiedsworten: »Ich weiß, was ich dir zum Geburtstag schenken werde: Klorollen!«

Onis lief wie immer, wenn es klingelte, zur Haustür und nahm Stellung ein. Er bellte nie, lautes Anschlagen war weit unter seiner Würde, aber natürlich wusste er um seine Pflicht, als Haus- und Hofhund Präsenz zu zeigen.

Seifferheld humpelte hinter Onis zur Tür und öffnete sie.

»Ich hoffe, Sie haben Torte gekauft. Oder weichen Kuchen. Mit meinen dritten Zähnen will ich mich nicht durch Nussiges oder Hartes beißen, dass das klar ist!«

Frau Hoppe, seine greise Nachbarin, marschierte an ihm vorbei in den Hausflur.

Was zum …

»Zur Küche geht's links, richtig? Ihre paranoide Schwester muss ja zwanghaft Vorhänge anbringen, damit man nichts sieht. Hat sie was zu verbergen? Na, wenn sie Fenster putzt, sieht man ja trotzdem rein. Könnte sie übrigens ruhig öfter machen. Unsere Gasse hat einen gewissen Standard zu halten!«

Onis und Seifferheld sahen sich an.

Frau Hoppe rief aus der Küche. »Ja wie? Der Kaffee ist ja noch gar nicht fertig!«

Seifferheld humpelte hinterher. »Frau Hoppe …«, fing er an.

»Sie werden doch wohl nicht vergessen haben, dass Sie mich zu Kaffee und Kuchen eingeladen haben?«

Es lag eine deutliche Drohung in ihrer Frage.

Und natürlich hatte er es vergessen.

»Frau Hoppe, wie schön, dass Sie es einrichten konnten! Ich freue mich sehr. Nur hatte ich noch nicht so früh mit Ihnen gerechnet …«

Frau Hoppe musterte ihn kritisch. »Quark mit Soße. Sie haben es vergessen! Aber nun bin ich da. Setzen Sie Kaffee auf! Holen Sie Kuchen!«

Seifferheld lächelte. Gequält.

Onis tastete sich mutig voran. Er lebte vornehmlich über seine Nase, nicht über die Augen, und wenn die Hoppe von hoch oben aus ihrem Fenster schaute, war das für ihn unten in der Gasse quasi nicht existent. Er hatte sie noch nie von nahem erlebt. Folglich wollte er nun an ihr schnuppern. Ihr Wesen mittels seines Riechorgans erfassen.

»Der beißt doch hoffentlich nicht?«, fragte die Hoppe barsch.

Seifferheld, der die Kaffeemaschine mit Wasser und dem guten Hochland-Kaffee füllte, schüttelte energisch den Kopf. »Onis ist ein ganz Lieber, Sie dürfen beruhigt sein.«

»Ich warne Sie. Wenn Ihr Hund mir komisch kommt, beiße ich zurück!«

Seifferheld fürchtete schon, sie würde zu Demonstrationszwecken ihr Gebiss herausnehmen und damit klappern, aber das tat sie natürlich nicht.

Sie setzte sich auf einen – seinen! – Stuhl und trommelte mit den Fingern auf die nackte Tischplatte.

»Keine Tischdecke! Sehr neumodisch. Das hätte es zu unserer Zeit nicht gegeben.«

Da sie noch lebte und quicklebendig war und in seiner Küche herumnölte, war es im Grunde immer noch ihre Zeit, aber darauf wies Seifferheld nicht hin.

»Während der Kaffee durchläuft, hole ich uns schnell einen Kuchen aus dem Café. Fühlen Sie sich solange wie zu Hause. Sie möchten Torte?«

»Schwarzwälder Kirschtorte«, sagte sie.

Seifferheld drehte sich um und wollte los.

»Nein, besser Mandarinenrolle.«

Er nickte.

»Nein, Moment, Mandarinensahnetorte!«

Er blieb stehen und wartete.

»Nein, ich hab's mir überlegt. Tiramisutorte. Und wenn es die heute nicht gibt, dann Eierlikörsahne. Und jetzt los, ich habe nicht den ganzen Tag Zeit.« Sie winkte ihn fort.

Seifferheld war sich sicher, dass Frau Hoppe – kaum, dass er das Haus verlassen hatte – in allen Schränken und Kommoden wühlen und mit dem Finger über alle Oberflächen fahren würde, um den Staubtest zu machen. Gut, dass er rechtzeitig Toilettenpapier besorgt hatte!

Onis, der mit ihm kommen wollte, scheuchte er wieder zurück. Leise flüsterte er: »Pass gut auf sie auf. Nicht dass sie hier was anstellt. Ja?«

Seifferheld beeilte sich. Zum Café Ableitner, bei Touristen wegen der sehr schönen Aussicht auf die Skyline von Schwäbisch Hall und auf das Globe Theater beliebt, war es nicht weit. Aber als Seifferheld vor Ort ankam, wurde ihm bewusst, dass er besser die Tortenwünsche von Frau Hoppe schriftlich hätte festhalten sollen, denn im Kopf hatte er sie jetzt nicht mehr. Er starrte auf die große Auswahl an

Torten und Kuchen und sagte dann resignierend: »Ich nehme von jeder der Torten ein Stück. Aber nur die ohne Nüsse!«

Zehn Tortenstücke später humpelte er wieder nach Hause.

Er ging stark davon aus, Frau Hoppe in flagranti zu erwischen. In seinem Schlafzimmer, beim Versuch, seine verschlossene Truhe mit den Stickarbeiten zu knacken, oder beim Wühlen im Badezimmerschrank auf der Suche nach Drogen oder Potenzsteigerungsmitteln, aber sie saß brav in der guten Stube auf dem Sofa und … lächelte.

Was er auf den ersten Blick nicht sah, er sah nur Rauch.

Um Gottes willen! Feuer?

Seifferheld wollte ein Fenster öffnen, hatte auch schon das Handy in der Hand, um die Feuerwehr zu verständigen, da rief Frau Hoppe: »Finger weg von den Fenstern. Er verträgt keine Zugluft!«

»*Da*, Herr Seifferheld, nicht öffnen Fenster«, rief Olga, die kasachische Nicht-Putzfrau. »Er sich sonst holen Lungenentzündung.«

Seifferheld fuchtelte mit der Hand durch den Rauch. »Wer?«

Jetzt, wo sich seine Augen an den beinahe blickdichten Rauch von Olgas *Black Vanilla*-Zigarillos gewöhnt hatten, erschloss sich ihm, dass aus dem trauten Beisammensein mit seiner bärbeißigen Nachbarin eine Spontanparty geworden war.

Zu viert saßen sie auf dem Sofa: Frau Hoppe, Onis, Olga und Kevin Hauber.

Seifferheld schüttelte den Kopf. Meine Güte, den Jungverleger Kevin hatte er völlig vergessen. Na, wenigstens war er nicht allein zu Haus. Ob er seine Eltern verständigen müsste?

»Schauen Sie, was ich habe gefunden in Gästezimmer. Junge Mann!«, freute sich Olga und krallte sich mit ihrer freien Hand in seinen Oberschenkel.

»Guten Tag, Herr Seifferheld«, sagte Hauber, der sehr gut erzogen war und die Schmerzen – und die Peinlichkeit – von Olgas Nägeln in seinem Fleisch mannhaft weglächelte.

Okay, jetzt keine Panik, dachte Seifferheld. Zumindest gibt es genug Torte für alle …

Seifferheld und die Bruderschaft der barbrüstigen Mitternachtstrommler

---

Stick-Tipp

Wer beim Sticken schlampt, muss »fröscheln«, das heißt alles falsch Gestickte wieder auftrennen. Fröscheln stammt aus dem Amerikanischen. Offenbar gibt es dort einen Frosch (frog), dessen Ruf wie »rip it off« klingt, was »auftrennen« bedeutet. Fröscheln ist nicht lustig und kann einem den Spaß am Sticken verleiden. Also gehen Sie von Anfang an sorgsam und konzentriert vor, dann kommen Sie erst gar nicht in die Lage, fröscheln zu müssen.

Man braucht keinen Fallschirm, um aus einem Flugzeug zu springen. Nur, wenn man plant, es ein zweites Mal zu tun …

Als Seifferheld am Spätnachmittag zusammen mit Onis das Haus verließ, war kein einziges Stück Torte mehr übrig, und Frau Hoppes blassblaue Kittelschürze spannte. Die beiden Eierlikörflaschen aus der Seifferheldschen Hausbar waren leer. Olga sang mit schwerer Zunge, aber erstaunlich textsicher *Sehnsucht – Das Lied der Taiga* von der lange verstorbenen Alexandra. Kevin Hauber tanzte dazu selbstvergessen auf dem Wohnzimmertisch. Der Junge vertrug echt keinen Alkohol. Wobei sich aber im Laufe des Kuchenplausches herausgestellt hatte, dass Hauber nur so aussah, als sei er eben erst in den Stimmbruch gekommen. In Wirklichkeit war er schon dreißig, verheiratet und hatte zwei Kinder.

Seifferheld hatte aber Dringlicheres zu tun, als zwei alte Frauen und einen Mann, der keinen Alkohol vertrug, zu beaufsichtigen. Es galt, einen zwanzig Jahre alten Mordfall zu lösen!

Ermittlungstechnisch wollte er doch noch einmal bei Siegmann ansetzen.

»Habe mich lange nicht mehr so köstlich amüsiert«, hatte der im SWR-Studio getönt und ihm auf die Schulter geklopft. »Ich freue mich schon auf das nächste Mal!«

Berühmte letzte Worte ...

Siegmann war das rote Tuch, und Seifferheld war der Stier. Zwischen ihnen stimmte die Chemie nicht. Sticker und Stricker konnten keine Freunde sein. Er sah auch keine kollegiale Zukunft für Siegmann und sich als Stricker-Sticker-Team auf SWR4.

Seifferheld führte die Antipathie aber nicht auf die unterschiedliche Handarbeitsliebe zurück, sondern auf den Umstand, dass er in Arno Siegmann den Mörder von Britt Breiteich vermutete. Als alter Kämpe hatte er so ein Bauchgefühl. Bauchgefühle trogen nicht!

Nachdem er an diesem Nachmittag den kleinen Mini seiner Nichte Karina zur Tankstelle gefahren hatte, um vollzutanken – wenn er ihr Auto schon, ohne zu fragen, requirierte, dann sollte wenigstens etwas für sie dabei herausspringen –, lenkte der den kleinen Flitzer auf dem Rückweg zu Karinas Stellplatz im Parkhaus Schiedgraben durch die Zollhüttengasse. Das lag nicht auf dem Weg, nicht einmal annähernd, im Gegenteil, das war ein satter Umweg, aber er wollte einen Blick auf seinen Hauptverdächtigen werfen.

Der Mann war nicht nur ein Unsympath, der trug auch alte Elvis-Platten in seiner Aktentasche mit sich. Noch deutlicher konnten die Hinweise auf ihn als Täter doch kaum ausfallen.

Als er in die Gasse einbog, stieß er vor sich auf eine Autoschlange. In der Zollhüttengasse befand sich auch das Lichtspielhaus, eines der drei Innenstadtkinos von Schwäbisch Hall. An diesem Nachmittag lief dort offenbar ein neuer Kinderfilm – ein Pixar-Animationsfilm in 3-D oder Harry Potter Teil 33 oder was auch immer, Seifferheld hatte keine Ahnung –, jedenfalls luden Mütter ihren Nachwuchs dort in Scharen ab. Dadurch kam man nur im Schneckentempo voran. Gut für Seifferheld, denn als er auf der Höhe des Innenhofes war, in dem Siegmanns Atelier lag, konnte er in aller Ruhe einen Blick riskieren.

Und sah Siegmann.

Nicht einfach nur Siegmann per se, wie er gerade vor der Ateliertür eine Zigarette rauchte oder in einen Plausch mit der Nachbarin vertieft war, nein, Siegmann, wie er eine übergroße, längliche Reisetasche in Bayern-München-Rot auf den Beifahrersitz seines Porsches wuchtete und anschnallte.

Unwillkürlich stockte Seifferheld der Atem.

Seine Kollegen hatten unter den Fliesen im Innenhof der Bausparkassencafeteria den Fundort gewissermaßen mit einem Kamm durchsucht und absolut nichts gefunden, was Anhaltspunkte auf die Tote oder den Mörder gegeben hätte. Der Täter musste sie erdrosselt und dann entkleidet haben. Oder sie hatte ihm gerade nackt als Modell posiert, als ihn der Drang überkam, ihr die Atemluft abzuschnüren. Jedenfalls musste er als Mörder noch in Besitz all dessen sein, was sie an ihrem letzten Lebenstag bei sich getragen hatte.

Was hatte er mit den Kleidungsstücken, ihrem Schmuck, ihren Schuhen gemacht? Eben! Er hatte sie zwanzig Jahre lang als Beutestücke aufbewahrt, wahrscheinlich in einer Art Schrein, aber nun wurde ihm die ganze Sache zu heiß, und er wollte die Sachen dringend loswerden. Sie befanden sich in eben dieser Reisetasche, und jetzt wollte er sie entsorgen!

Die Zollhüttengasse war eine Einbahnstraße. Seifferheld parkte den Mini in der Auffahrt zum ehemaligen China-Restaurant, das schon seit ewigen Zeiten leer stand, und wartete. Lange musste er sich nicht in Geduld hüllen. Allerdings lange aus Hundesicht: Onis rollte sich – so gut es in dem Kleinwagen für ihn als Großhund ging – zusammen und guckte gequält. Wenn jetzt jemand vom Tierschutz vorbeikam, würde es bestimmt Vorwürfe gegen ihn als Halter regnen. Nicht artgerechter Tiertransport oder etwas in der Art.

Kurz plagten Seifferheld Gewissensbisse. Er hoffte, die Psyche – und die Blase – seines vierbeinigen Freundes würde es noch eine Weile aushalten.

Draußen lud eine Mutter nach der anderen ihre Bälger ab, mehrheitlich weibliche Bälger, das mezzosopranige Gekreische war ohrenbetäubend. Von seinem Platz im Auto aus sah Seifferheld das Filmplakat, von dem ihn ein Junge ansah. Justin und irgendeinen Tiernamen las er. Bieber?

Doch da rollte auch schon der Porsche langsam an ihm vorbei.

Seifferheld ließ einen Wagen zwischen sich und Siegmann, dann fuhr er los, bog nach rechts, vorbei an der Agentur für Arbeit und dem Finanzamt, dann an der Hauptstraße nach links in Richtung Steinbach.

Sie zuckelten in gemächlich zu nennendem Tempo voran. Gewissermaßen eine Sightseeingtour. Der Feierabendverkehr hatte eingesetzt, und schneller kam man nicht voran. Vor dem Porsche fuhr ein Stadtbus der Linie 4, zwischen Porsche und Mini tuckerte ein feuerroter Alfa Romeo, und hinter Seifferheld fuhr ein grüner VW Golf. Seifferheld registrierte unbewusst die Orte, an denen sie vorüberfuhren.

Das neue Gebäude der Stadtwerke zur Linken, vor ihnen die majestätische Comburg, vor fast tausend Jahren als Kloster gegründet, jetzt eine Lehrerfortbildungsstätte, durch den Stadtteil Steinbach hindurch und vorbei am ehemaligen Steinbruch in Richtung des nächsten Stadtteils. Wo wollte sich Siegmann der Beweisstücke entledigen? Wollte er sie im Wald vergraben? Besser noch verbrennen und dann vergraben?

Am Kreisverkehr bog Siegmann weiter in Richtung Einkorn ab, der höchsten Erhebung vor den Toren der Stadt, ein fünfhundertzehn Meter hoher Bergsporn, der nordöstlichste Ausläufer der fast vollständig bewaldeten Limpurger Berge.

Ha, dachte Seifferheld, ich wusste es. Er fährt in den Wald!

Blöderweise nahm ihm in diesem Moment ein BMW-Fahrer die Vorfahrt. Beinahe wäre der hinter Seifferheld fahrende, grüne VW Golf mit dem Kennzeichen KÜN auf ihn aufgefahren. Seifferheld zeigte dem BMW den inneren Stinkefinger. Dem Golf hinter ihm, der nicht genug Abstand gehalten hatte, aber auch. Typisch! KÜN stand zwar offiziell für Künzelsau, aber die Haller wussten, dass es die Abkürzung für **K**raftfahrer **ü**bt **n**och symbolisierte.

Onis war durch das Bremsmanöver aufgewacht und gähnte.

Seifferheld schüttelte den Ärger ab und fuhr so schnell er konnte auf die Einkornstraße, aber der Porsche war nicht mehr zu sehen. Mist!

Hier, hinter dem Bahnhof Hessental, befanden sich auch diverse Spielcasinos und der örtliche Puff. Suchte Siegmann nur Entspannung, und in der Reisetasche befanden sich gar keine Beweisstücke, sondern Sextoys? Halt, da vorn … auf der Einkornstraße, der K 2599 Hessental-Herlebach, die sich als einzige Fahrstraße den Berg hinaufschlängelte, entdeckte er in Halbhöhenlage den Porsche. Nichts wie hinterher!

Im Sommer war hier auf dem Berg immer viel los, vor allem am Wochenende. Auf dem Einkorn befanden sich öffentliche Grillplätze, es gab eine Wirtschaft zum Einkehren, man konnte auf dem Parkplatz sein Auto abstellen und oben auf der bewaldeten Hügelkette einen Spaziergang unternehmen oder den Turm neben der Ruine der barocken Wallfahrtskirche *Zu den Vierzehn Nothelfern* erklimmen, und sehr viele Drachen- und Gleitschirmflieger nutzten die günstigen Winde. Aber an diesem Spätnachmittag gab es so gut wie keinen Verkehr.

Als Seifferheld mit dem Mini auf dem Einkorn ankam, lag der Parkplatz verlassen da. Weit und breit kein Porsche. Verdammt und zugenäht! Er wendete und fuhr die Straße entlang, die in entlegene Regionen seiner Heimat führte. Hier oben kannte er sich nicht aus. Wenn man der Beschilderung glauben durfte, kam man auf diesem Weg nach Oberfischach.

Leicht gefrustet, wie er war, schlug er mit den Handflächen auf das Lenkrad ein. Das Lenkrad, das für Seifferhelds Situation nichts konnte und das auch wusste, verzog sich, und eine Schrecksekunde lang fürchtete er, gegen einen Baum im Einkornwald zu prallen. Doch der Bleifuß auf der Bremse brachte den Mini zum Stehen.

»Alles in Ordnung, Hund? Nichts passiert, alles noch dran?«, erkundigte sich Seifferheld bei seinem Vierbeiner.

Der brummte nur.

Und da sah Seifferheld vor sich, zwischen den Bäumen im Licht der untergehenden Sonne funkelnd, den Porsche von Arno Siegmann.

Triumph des Zufalls über die Planlosigkeit!

Seifferheld parkte Karinas Mini gut fünfzig Meter weiter am Straßenrand, packte seine Gehhilfe, zog den widerspenstigen Onis aus dem Wagen und leinte ihn ausnahmsweise an. Onis war der Wald unheimlich! Besonders am späten Nachmittag, wenn die Dämmerung schon in der

Luft lag und die Tiere des Waldes fremdartige Geräusche von sich gaben. Onis wäre sehr viel lieber im Auto geblieben, aber das war keine Option.

Seifferheld humpelte erst die Straße entlang und dann auf dem Waldweg zu dem kleinen Wanderparkplatz. Neben Siegmanns Porsche befanden sich dort noch ein roter Renault Mégane Coach mit dem Aufkleber *Bissiges Baby an Bord,* ein weißer Suzuki Grand Vitara, ein schwarzer Fiat Punto und ein völlig verdreckter Ford Fiesta, dessen Lackierung nicht zweifelsfrei auszumachen war, vermutlich aber ein Grünton. Erstaunlich viele Fahrzeuge für einen Werktag. Hundebesitzer, die ihre kleinen Lieblinge ausführten? Wie wollte Siegmann bei diesem Trubel die Reisetasche verbrennen?

Seifferhelds eigener Liebling musste quasi mit Gewalt durch den Matsch gezogen werden. Es gab regelrechte Schleifspuren. Onis liebte Bäume, wenn sie denn einzeln standen. Aber in der Masse machten sie ihm Angst. Wahrscheinlich fühlte er sich überfordert, weil er nicht jeden Baum »gießen« konnte, dafür reichte seine Blase definitiv nicht aus.

Der Wanderweg mäanderte zwischen den Bäumen hindurch. Seifferheld humpelte zügig und mit wachem Blick nach links und rechts und murmelte hin und wieder: »Alles gut, Onis, komm, sei ein braver Hund.«

Siegmann musste sich irgendwann in die Büsche schlagen, um sein teuflisches Werk zu vollenden. Und es musste bald sein, bevor die Dämmerung anbrach.

Seifferheld war nicht viel wohler zumute als seinem Hund. Er begriff sich als Stadtmenschen. Er fühlte sich, umgeben von nichts als Natur, nicht besonders wohl. Und schon gar nicht sicher. Wenn in der Neuen Straße von Schwäbisch Hall nachts um zwei fünf betrunkene Skinheads auf ihn zukamen, wusste er, was er zu tun hatte. Hier im Wald roch es anders, und die Geräusche waren fremdartig und … besorgniserregend. Und sein Hund würde ihm keine Hilfe sein, im Gegenteil: Onis zitterte noch mehr als er.

Da plötzlich …

Was war das für ein Ton? Wie das Summen eines Hornissenschwarms. Südamerikanische Killerwespen im Angriffsmodus?

Seifferheld sah sich hektisch um. Doch das Summen kam von weiter vorn. Und loderte da nicht auch ein offenes Feuer? Ein Buschbrand?

Seifferheld zückte sein Handy und humpelte schneller.

Und dann sah er sie: sechs Männer mit entblößten Oberkörpern, die um eine offene Feuerstelle saßen.

Aha! Siegmann hatte also Komplizen, und gemeinsam wollten sie nun die Beweise vernichten.

Aber sie hatten die Rechnung ohne den Wirt gemacht! Ohne den Kommissar im Unruhezustand!

»Halt!«, rief Seifferheld und trat aus dem Dickicht heraus ans Feuer. »Was immer Sie hier tun, hören Sie sofort damit auf!«

»Siegfried?«, fragte Arno Siegmann erstaunt.

Wie alle anderen Männer auch, war er bis zur Taille entblößt. Und – ja, kein Zweifel möglich! – alle waren haarlos-epiliert.

Dunkle Schlieren zogen sich über ihre Gesichter und Oberkörper.

Das Summen war verstummt. Man hörte nichts außer dem Knistern des Feuers. Onis machte sich hinter Seifferheld ganz klein.

»Wo ist die Reisetasche!«, verlangte Seifferheld mit der ganzen Autorität seiner ein Meter achtundsiebzig zu wissen.

Er war unbewaffnet, und sie waren zu sechst, aber jetzt hatte er keine Angst mehr. Das waren keine Waldgeister, das waren ganz normale Menschen und zudem noch potenzielle Verdächtige. Mit denen kannte er sich aus. Vierzig Jahre im Polizeidienst machten einen Mann kernig und selbstbewusst.

»Kennst du den?«, fragte einer der anderen Männer, deren Gesichter Seifferheld nicht vertraut waren.

»Das ist Siegfried Seifferheld, der berühmte Kommissar und Handarbeiter!« Es klang fast ehrfürchtig, wie Arno Siegmann es in die Runde hauchte.

»Will er mit uns trommeln? Das hätte vorher aber abgestimmt werden müssen, wir sind schließlich eine Basisdemokratie«, schimpfte ein anderer aus der Runde. In jeder Runde gab es einen, der vehement auf die Regeln pochte. Seifferheld erinnerte das an seine Jungs vom Volkshochschulmännerkochen.

»Trommeln?«, fragte er irritiert.

Jetzt erst fielen ihm die anderen fünf Reisetaschen auf, alle in den Farben irgendeines Bundesliga-Fußballclubs. Sie standen offen, und diverse Gerätschaften lugten heraus, hauptsächlich aber Trommeln. Das konnte er im zunehmend schwächer werdenden Licht der Dämmerung gerade noch ausmachen.

»Wir sind die Männertrommelgruppe Schwäbisch Hall

e. V.«, erläuterte Siegmann, als er Seifferhelds verdutzten Blick sah.

»Wie bitte?« Seifferheld meinte, sich verhört zu haben.

»Ich will den nicht in unserer Gruppe, das merkt man doch, dass der null spirituell drauf ist«, sagte der Trommler, der eben noch eine Abstimmung zur Aufnahme von Neumitgliedern gefordert hatte, was auch nicht gerade Ausdruck durchgeistigter Spiritualität war, sondern kleinbürgerlich-pingeliger Spießigkeit.

»Tobias, ich bitte dich, uns ist jeder Mann willkommen, der sein Mannsein trommelnd erfahren will«, beschwichtigte der Älteste der Gruppe. »Siegfried, zieh dich einfach aus und setz dich zu uns. Unsere Runde steht jedem ehrlichen Sucher offen.«

Seifferheld stockte. Von fern kam ihn eine Ahnung an, dass er mit seinem Verdacht falschgelegen haben könnte, dass Siegmann hier nicht den Beweis seiner Bluttat verschwinden lassen wollte, aber er wusste nicht, wie er sich ohne Gesichtsverlust aus der Affäre ziehen sollte.

Arno Siegmann sah Seifferheld in die Augen. Es war ein wissender Blick. Kein Wunder, war er doch am Vorabend schon Zeuge geworden, wie rasch sich sein Stickfreund in etwas verrennen konnte. »Haben Sie mich etwa verfolgt, Siegfried? Haben Sie geglaubt, ich würde etwas Illegales tun wollen? Noch eine weitere Frau erdrosseln oder etwas in der Art?«

Die Männer schnappten kollektiv nach Luft.

»Wie bitte?«, rief der Mann, der offenbar Tobias hieß. »Das sind jetzt aber total ungute Schwingungen, die da bei mir ankommen.«

Seifferheld spürte, dass er rasch etwas sagen musste. Bei Massenaufläufen gab es immer einen kritischen Moment, in dem das richtige Wort fallen musste, sonst gab es Ausschreitungen und Gewalttaten. Dies war so ein kritischer Moment. »Unsinn, Siegmann, ich führe nur meinen Hund Gassi.« Er sah zu Onis, der deutlich nicht so aussah, als wolle er Gassi geführt werden. Verängstigt und mit Blasensperre kauerte er hinter seinem Herrchen.

»Durch Trommeln zum Mannsein finden?«, lenkte Seifferheld rasch ab und versuchte, es aufrichtig interessiert klingen zu lassen. »Ich bin dabei!« Er zog seine Windjacke und sein Hemd aus und warf beide kühn ins Gebüsch. Für manche Dinge musste man Opfer bringen. Das eigene Überleben stand auf der Liste solcher Dinge ganz oben. Nicht auszudenken, was diese Urzeit-Trommler mit ihm anstellten, sollte die Stimmung kippen. Seifferheld wollte kannibalistische Grillakte nicht gänzlich ausschließen. Er nahm ächzend zwischen dem Gruppenältesten und Siegmann auf dem Waldboden Platz.

Die Nacht brach an.

Seifferheld sah sich um. Die schlammverschmierten Gesichter wirkten unheimlich im Dunkeln, nur erhellt durch das flackernde Feuer und sein eigenes, silbernes Brusthaar, welches das Licht des Feuers scheinwerferartig zu reflektieren schien.

»Sei uns herzlich willkommen«, sagte der Älteste, der sich als Erster wieder gefasst hatte. »Ich bin Reimer, das sind Tobias, Bernhard und Klaus. Arno kennst du ja schon. Bernhard, reich dem Siegfried doch mal meine Ersatz-Djembé. Danke.«

Seifferheld bekam eine Trommel in die Hand gedrückt. Onis robbte sich von hinten an ihn heran. Entschuldigend schaute Seifferheld zu seinem Hund. Da mussten sie jetzt gemeinsam durch.

»Reimer kommt aus der Uckermark«, raunte Siegmann ihm zu, »er wurde von Orlando Platzke persönlich initiiert!« So, wie er es sagte, war das was Besonderes. Wie die Seligsprechung durch den Papst oder das Vorwort in einer Autobiographie durch den Dalai Lama.

Seifferheld gab sich Mühe, beeindruckt zu schauen. Er würde Orlando Platzke bei Gelegenheit googeln.

Reimer lächelte ihm aufmunternd zu. »Also, Siegfried, es läuft wie folgt: Wir summen uns erst Kraft an, und auf ein Zeichen hin trommeln wir los. Open End. Und in freier Interpretation. Wir trommeln uns in Trance. Das ist eine unglaublich spirituelle, kraftvolle Erfahrung, gerade beim ersten Mal. Lass dich einfach in den Rhythmus fallen. Denke nicht lange darüber nach. Werde eins mit dem Akt des Trommelns. Trommle dich frei!«

Seifferheld nickte.

Die anderen fingen an zu summen. Er summte mit. Seine Lippen bitzelten. Aus halb geschlossenen Augen beobachtete er die Runde. Alle schienen tief in ihr Summen versunken.

Onis vergaß angesichts des vibrierenden Tones seine Waldangst. Er richtete sich auf und schaute ebenfalls interessiert die halbnackten Männer an. Zweibeiner, schräge Kreaturen!

Plötzlich ging Reimers Summen in tiefen Sprechgesang über, und wie auf ein geheimnisvolles Zeichen hin fingen alle an zu trommeln. Seifferheld und Onis zuckten kurz zusammen.

Seifferheld fasste sich aber rasch wieder.

Trommelnde Männer – er hielt Männerkochen schon für grenzwertig …

Aber es war dann doch nicht so schlimm, wie Seifferheld befürchtet hatte. Es war rhythmisch, der Rhythmus brachte auf geheimnisvolle Weise eine Saite in ihm zum Klingen, ließ seinen ganzen Körper vibrieren, und Seifferheld spürte etwas Tiefes – eine Verbundenheit mit Millionen von Männern, die nachts am Feuer saßen und trommelten, eine ununterbrochene Reihe von Geschlechtsgenossen, die jeden Tag aufs Neue ihr Bestes gaben. Das Trommeln einte sie und katapultierte sie über die Niederungen des Alltags hinaus, und gemeinsam waren sie stärker und größer als die Summe ihrer Teile, und ganz unwillkürlich hob er die Rechte und schlug versuchsweise auf seine Trommel ein.

Ein satter Ton entfloh ihr, leider so gar nicht im Rhythmus mit den anderen, die jetzt völlig synchron trommelten.

Seifferheld hob auch die Linke, und abwechselnd schlug er auf seine Trommel ein, und wie von selbst fiel er schließlich selbstverständlich in den Rhythmus der anderen Männer.

Jaaa!, hätte er am liebsten gerufen, jaaaaaa!!!

Und wozu er selbst noch nicht bereit war, das strömte aus seinem vierbeinigen Gefährten.

Onis hob den Kopf und … heulte. Nicht sein übliches Pavarotti-Elvis-Heulen, nein, im Takt zu den trommelnden Männern brach sich der Wolf in ihm Bahn!

Manche Menschen sind der lebende Beweis, dass Gehirnversagen nicht unmittelbar zum Tod führt.

Nacht.

Regen.

Irgendwo in der Uckermark.

Nein, nicht irgendwo, sondern auf der B 113, zwischen Penkun und Tantow, auf dem Weg nach Radekow, einer Ortschaft mit hundertfünfundvierzig noch ahnungslosen Einwohnern.

Ein klappriger Peugeot Kombi 308 SW mit vier Insassen tuckerte mit circa dreißig Stundenkilometern Spitzengeschwindigkeit durch den nächtlichen Niederschlag. Die meisten Autos überholten einfach, manche hupten dabei.

Die fetten Tropfen kamen von vorn, die Scheibenwischer hatten keine Chance, fand Pfarrer Ebert am Steuer.

Diakonisse Rosemarie auf dem Beifahrersitz gab ihm natürlich recht. Für sie kam Pfarrer Ebert gleich nach Gott. Manchmal war es auch andersherum.

Dachte Irmi, die auf dem Rücksitz saß und kochte. Nur innerlich, dafür aber auf Stufe drei. Alte Männer, dachte sie, kaum fällt ein Tropfen Wasser vom Himmel, rufen sie: *Sintflut, Weltenende, ich muss Schritttempo fahren oder wir werden alle sterben!*

Wie gern hätte sie darauf bestanden, mit Pfarrer Ebert den Platz zu tauschen und den Kombi selbst zu lenken. Aber ihr geliebter Gatte Helmerich, der neben ihr saß und das war, was er immer war, wenn er auf Reisen ging, nämlich reisekrank, hatte sie sehr darum gebeten, den lieben Frieden zu wahren. Wenn Pfarrer Ebert fahren wollte, sollte er das auch. Irmgard liebte ihren Mann, aber in diesem Fall war er ihr zu sehr Schaf und zu wenig Hirte.

Da.

Helmerich tat es schon wieder.

Er konnte nichts dafür. Die Ärzte waren machtlos, denn der Herr prüfte ihn mit diesem Leiden – ihn und alle, die sich auf Reisen in seiner Nähe befanden. Irmi hätte ihm gern – wie sie es zu Hause immer tat – liebevoll mit kreisrunden Bewegungen im Uhrzeigersinn den Bauch massiert: Das verschaffte ihm Linderung. Aber hier im Wagen gehörte sich das nicht.

Diakonisse Rosemarie rollte das Beifahrerfenster weiter nach unten. Das immerhin musste ihr hoch angerechnet werden, dass sie sich über die Flatulenz von Pfarrer Hölderlein nicht äußerte, weder despektierlich noch sonst wie.

Als Flatulenz – vom lateinischen *flatus,* Wind – bezeichnete man das vermehrte Abgehen von im Darm entstehenden oder transportierten Gasen wie Methan oder Schwefelwasserstoff, in aller Regel basierend auf Nahrungsbestandteilen, die in den unteren Darmabschnitt, den Dickdarm, gelangten und dort bakteriell zersetzt wurden, was zu Gasbildung führte. Theoretisch klang das alles harmlos, in der Praxis war es schlimmer als die vier apokalyptischen Reiter zusammen.

Diakonisse Rosemarie hielt die Luft an. Sie hatte als freiwillige Helferin für das Rote Kreuz in diversen Kriegsgebieten dieser Welt gearbeitet und war sich sicher, dass man Pfarrer Hölderlein unter Umgehung der Genfer Konvention problemlos als biologisches Kampfmittel einsetzen konnte.

Die christliche Nächstenliebe suchte man in dieser Nacht und in diesem Peugeot vergebens.

Irmi war wütend auf ihren Mann, hielt Pfarrer Ebert für einen Tattergreis und die Diakonisse für unterbelichtet.

Schwester Rosemarie wiederum fand Irmgard Seifferheld unerträglich und herrisch, und ihr Pupser von einem Mann war als Geistlicher völlig ungeeignet. Er war es nicht wert, den Boden zu beschreiten, den Pfarrer Ebert berührte, oder, anders ausgedrückt, dieselbe Luft zu atmen wie Pfarrer Ebert, dieser Heilige unter den Männern.

Helmerich Hölderlein verfluchte derweil den Herrn, seinen Gott, und fragte sich, warum ausgerechnet er, der seit über sechs Jahrzehnten ohne nennenswerte Ausrutscher bibeltreu gelebt hatte, mit diesem Furzfluch bestraft worden war.

Pfarrer Ebert am Steuer dachte nichts. Er war immer ganz eins im Hier und Jetzt. Künftiges sorgte ihn nicht, weil er es zur Gänze in die Hände des Allmächtigen legte, Vergangenes ging ihm nicht nach, weil er es mit seinen fünfundachtzig Jahren aufgegeben hatte, sich noch länger gegen die einsetzende Senilität zu wehren.

Die vier einte einzig und allein ihre Mission: den guten Menschen von Radekow die frohe Botschaft zu bringen. Sie hatten einen Klapptisch dabei, auf dem sie kostenlose Bibeln auslegen konnten, sowie einen Sonnenschirm, der angesichts der Wetterlage wohl Ersatzdienst als Regenschirm leisten musste. Morgen wollten sie den ganzen Tag in dem Örtchen Aufstellung nehmen.

»Lieber Pfarrer Ebert, ein wenig schneller dürfen Sie

schon fahren«, schlug Irmi vor, weil sie es nicht länger aushielt. »Was auch passiert, wir sind doch alle in Gottes Hand.«

»Man muss ja aber nicht mit Anlauf in Gottes Hand springen«, hielt Diakonisse Rosemarie dagegen. »Ich finde, der Herr Pfarrer fährt durchaus dem Wetter gemäß. Er lässt Vorsicht walten, wo andere unbedacht das Tempo wählen.«

Wie aufs Stichwort überholte sie ein weiterer Uckermarker. Auf einem Traktor. Kinder auf einem Dreirad könnten sie überholen, dachte Irmi, aber für die war es schon zu spät am Tag. Es war ja schon dunkel. Sie hatten sich mehrmals verfahren, denn der Peugeot hatte kein Navigationsgerät, und im Straßenatlas von Pfarrer Ebert hatte jemand die Seite mit Radekow herausgerissen. Dumpf meinte Pfarrer Ebert sich zu erinnern, dass er selbst derjenige gewesen war. Er hatte die einzelne Seite mitnehmen und den voluminösen Atlas zu Hause lassen wollen, aber offenbar war es nun andersherum gekommen. Einem Instinkt folgend bog er auf die L 271 nach Geesow. Sein Instinkt war noch nie in diesem Zipfel der Welt gewesen, folglich war das falsch.

Dass sie sich unterwegs mehrfach verfahren hatten, bekümmerte sie nicht weiter. Hin und wieder fragten sie an Tankstellen nach dem Weg und hinterließen den auskunftsfreudigen Tankstellenwärtern jedes Mal ein Besinnungsfaltblatt, und die freundliche Radekower Familie, in deren Kinderzimmer sie übernachten durften, weil deren vier Kinder auf einer Jugendfreizeit in Ostfriesland weilten, hatte ihnen beim letzten Anruf versichert, dass die

Haustür offen stand und sie auch zu jeder Nachtzeit problemlos hereinkommen könnten.

»Helmerich, sag du doch auch mal etwas!«, verlangte Irmi wider besseres Wissen.

Wenn man ihren Mann unter Druck setzte, verstärkte sich sein Reiseleiden. Und ja, da kam er auch schon. Ein langgezogener, geruchsintensiver Furz.

Schwester Rosemarie hielt den Kopf aus dem Fenster. Sie hatte einmal im *Spiegel* gelesen, dass Wiederkäuer wie Schafe und Rinder maßgeblich zur Erderwärmung beitrugen, weil sie durch ihre Fürze Methangas ausstießen, ein aggressives Treibhausgas, dreiundzwanzigmal erderwärmender als Kohlendioxid in selber Menge. Man sollte diesen friedlich grasenden Geschöpfen keinen Vorwurf machen, dachte sie, Pfarrer Helmerich Hölderlein war ein sehr viel größerer Klimakiller als alle Muh- und Mäh-Kreaturen dieser Erde.

Irmi fächelte derweil mit der flachen Hand, um die Duftstoffe in den vorderen Wagenteil umzulenken.

Helmerich schämte sich in Grund und Boden beziehungsweise ins hellgraue Peugeot-Polster.

Pfarrer Ebert rief fröhlich: »Ich habe mal einen Kunstfurzer erlebt. Das war in den achtziger Jahren in einem Vergnügungspark von André Heller. Phantastisch. Durch das rhythmische Anspannen und Relaxieren des äußeren Anus-Schließmuskels lassen sich Fürze nämlich modulieren, wissen Sie. Man kann regelrecht Melodien intonieren. Können Sie das auch, lieber Kollege Hölderlein?«

Helmerich sagte nichts, er wollte nur noch sterben. *Herr, nimm mich zu dir, hier und jetzt,* betete er.

»Nein, mein Mann kann das nicht. Das ist eines Geistlichen auch nicht würdig!«, erklärte Irmi mit schneidender Stimme.

»Wie sprechen Sie denn mit dem Herrn Pfarrer, liebe Irmgard? Etwas mehr Respekt würde Ihnen gut zu Gesichte stehen«, verteidigte Diakonisse Rosemarie Pfarrer Ebert, an dem das alles spurlos vorüberging, weil sein Gehör auch nicht mehr das beste war. Er rief: »Ich wette, mit etwas Übung könnten Sie das doch, lieber Kollege Hölderlein. Ich würde mir ja das Ave-Maria wünschen. Die Tonlage überlasse ich Ihnen.«

Irmi rollte mit den Augen.

Rosemarie nickte in Richtung Pfarrer Ebert: »O ja, ein wirklich sehr zu Herzen gehendes Lied, das Ave-Maria. Ich höre es zu gern in einer alten Aufnahme von Heino. Mir kommen jedes Mal die Tränen.«

»Die kommen mir auch gleich«, lästerte Irmi.

»Irmchen!«, mahnte Helmerich Hölderlein. In seiner Erregung passierte es schon wieder. Schwefelgeruch erfüllte den Innenraum, trotz heruntergerollter Fenster, und machte das Atmen zur Qual.

»Das ist der Geruch des Teufels!«, erklärte Schwester Rosemarie.

Irmgard Seifferheld konnte alles ertragen, nur nicht, wenn ihr Mann diffamiert wurde. Sie packte die Diakonisse am Ohrläppchen und bellte: »Sagen Sie das noch mal, Schwester Rosemarie, wenn Sie sich trauen.«

»Nehmen Sie Ihre Hände von mir, Sie Teufelsweib!«, schrie Diakonisse Rosemarie.

Vor Schreck trat Pfarrer Ebert wuchtig auf die Bremse.

Der Peugeot reagierte, wie ihm befohlen, und blieb stehen. Sofort. Auf der Stelle. Bei dreißig Stundenkilometern war der Bremsweg auch mehr oder weniger gleich null.

Dummerweise stimmte das nicht für den nachfolgenden VW Passat. Es gab ein knirschendes Geräusch, dann herrschte völlige Stille.

Nun ja, fast völlige Stille. Der Dickdarm von Pfarrer Hölderlein gab noch eine letzte Tonfolge von sich ...

**Jede Wahrheit braucht einen Betrunkenen,
der sie ausspricht.**

Nach Mitternacht in Schwäbisch Hall.

Früher wurden in der süddeutschen Kleinstadt um achtzehn Uhr die Bürgersteige hochgeklappt, jetzt erst um zweiundzwanzig Uhr. Aber wenn sie einmal oben waren, herrschte gepflegte Nachtruhe.

Ja gut, vor der Barfüßer Disco und der Kneipe Oli's standen noch ein paar Raucher, vor dem Kebap-Laden in der Schwatzbühlgasse zogen sich ein paar Late-Night-Imbisser Currywurst und Döner rein, aber sonst herrschte in den Straßen der Altstadt gähnende Menschenleere.

Nur in der Unteren Herrngasse nicht.

Da stand eine kleine, vermummte Gestalt mit einer Sprühdose in den behandschuhten Händen. Sie war von Kopf bis Fuß in rosa gekleidet und schwankte leicht, als habe sie zu viel Alkohol intus. Sie blickte nach links, sie sah nach rechts, und hätte sie nach hinten oben geschaut, hätte sie den alten Herrn Reuchle von schräg gegenüber gesehen, der nachts immer ein Kissen aufs Fensterbrett legte und sich für eine viertel oder halbe Stunde gemütlich hinauslehnte. Zu sehen gab es dann natürlich nichts mehr, aber er konnte in Ruhe seine Marihuana-Kippen rauchen. Er zog seinen Stoff selbst, in seinem kleinen, von außen nicht einsehbaren Innenhofgarten. Guter Stoff!

Natürlich rauchte er aus rein medizinischen Gründen – es half ihm gegen die Arthritis-Schmerzen. Er war kein Junkie.

Jedenfalls war Herr Reuchle in dieser Nacht Zeuge, wie die komplett in Rosa gekleidete Gestalt HUNDE-SCHÄNDER an die Wand neben die Eingangstür des Seifferheld-Hauses sprühte. Mit einem rosa Stiefel trat sie anschließend heftig gegen das Gemäuer. Man hörte einen piepsigen Schmerzensschrei, dann lief die Gestalt torkelnd davon.

Herr Reuchle grinste. Spannender als das Spätprogramm im Fernsehen, so viel stand fest.

Unter anderem auch deswegen, weil er in die Küche der Familie Seifferheld schauen konnte, in der bei nicht vorgezogenen Vorhängen noch Licht brannte. Er hätte noch besser sehen können, wenn die Fenster ordentlich geputzt wären, so musste er durch Schlieren gucken.

Es herrschte noch wildes Treiben in der Küche. Frau Hoppe von nebenan, die Kettenraucherin mit dem russischen Akzent, die angeblich bei Seifferhelds putzte, und ein sehr junger Mann, bestimmt noch nicht volljährig, feierten offenbar eine Party. Er konnte nichts hören, weil die Fenster geschlossen waren, aber er sah die drei in derangiertem Zustand durch den Raum toben, mit Likörflaschen in den Händen. Es war schon eine Weile her, seit Herr Reuchle wild gefeiert hatte, er ging schließlich auf die neunzig zu. Aber er erinnerte sich noch sehr deutlich, dass kein Kater schlimmer war als der Kater nach einem fetten Likörrausch. Reuchle grinste. Da würde es morgen in drei Köpfen heftig miauen. Und wie heftig.

Gar nicht so weit entfernt von der Unteren Herrngasse, den Likörtrinkern und dem Kiffer stopfte ein Mann ein kariertes Sommerkleid, hochhackige Ledersandalen in Größe achtunddreißig, pastellfarbene Unterwäsche und eine Damenhandtasche in Kroko-Optik in eine Eisentonne, goss Benzin darüber und ließ ein Streichholz hineinfallen …

Wenn Sie auf Mitgefühl aus sind, dann finden Sie es im Duden zwischen Gleichgültigkeit und Schadenfreude, aber ganz sicher nicht bei mir.

»O mein Gott, Neonazis!«, hauchte Schwester Rosemarie und wurde blass.

»Die sollen hier überall sein. Hier soll es wahre Nester von denen geben«, flüsterte Irmi und krallte sich in den Sitz.

Die beiden Frauen, eben noch Todfeindinnen, sahen sich in ihrer Angst vor einem gemeinsamen Aggressor vereint.

Der VW Passat, der auf ihren Peugeot aufgefahren war, beherbergte zwei junge Männer, die nun ausstiegen. Beide kahl geschoren und in Springerstiefeln.

»Wir wollen keine voreiligen Schlüsse ziehen«, mahnte Helmerich, obwohl auch er die beiden VWler beängstigend fand. Die jungen Männer verbrachten offenbar viel Zeit im Sportstudio – sie waren gebaut wie Kleiderschränke. Einer von ihnen hatte eine gebrochene Nase.

Sie konnten ihre Gesichtsausdrücke im blassroten Schein der Rücklichter nicht erkennen, aber ihre Umrisse verhießen nichts Gutes. Und ihre Körperhaltung sagte: *Wir machen euch jetzt platt. Platt wie Flundern.*

»Nun, wir sind brave, gottesfürchtige, deutsche Bürger, wir haben nichts von ihnen zu befürchten«, räsonierte Schwester Rosemarie mit besonderer Betonung auf *deutsche*.

»Liebe Schwester in Christo«, erklärte Pfarrer Ebert, der bisweilen noch sehr klare Momente hatte. »Jeder Mensch ist ein Kind Gottes. Wir sollten auch dann nichts zu befürchten haben, wenn wir dunkelhäutige Muselmanen wären.« Und um ein Zeichen zu setzen, streckte er seinen vollbärtigen Altmännerkopf mit der von ihm heiß geliebten, weißen Baskenmütze aus dem offenen Fenster auf der Fahrerseite und rief mit erstaunlich lauter Stimme: »Salam alaikum!« und »Inschallah!« Von weitem musste er wie ein gütiger Imam wirken.

Diakonisse Rosemarie schlug sich entsetzt die Hand vor den Mund.

Helmerich Hölderlein entwich eine ganze Wind-Kaskade.

Die jungen Männer blieben abrupt stehen. Sie riefen sich etwas zu, aber es ging in dem prasselnden Regen unter.

»Jetzt reicht's. Ich lasse mir doch von ein paar geistig

verwirrten Buben keine Angst einjagen!«, erklärte Irmi und riss die Wagentür auf. »Machen Sie sich ruhig in die Hose, Schwester Rosemarie, ich regele das.«

Das ließ sich eine gestandene Diakonisse nicht sagen. Nicht von einer alten Jungfer, die sich auf den letzten Drücker einen Pfarrer geangelt hatte und jetzt auf Kirchenchefin machte. Sie, Rosemarie, pflegte seit vierzig Jahren die Kranken und Siechenden, und das mit eiserner Hand. Sie hatte Generationen von Lernschwestern zum Heulen gebracht. Assistenzärzte hatten ihretwegen umgeschult und auf Zimmermann gelernt. Sie würde jetzt ganz gewiss nicht hinter dieser … dieser Irmi! … zurückstehen. Schwungvoll stieß auch sie die Tür auf.

Die Frauen hatten sich vorsichtshalber bewaffnet – Diakonisse Rosemarie mit ihrer Handtasche, in der sich ihre Überlebensausrüstung befand, von Halspastillen über Nagelschere bis hin zur Taschenlampe sowie natürlich ein komplettes Erste-Hilfe-Set und diverse Erbauungsbücher. Die Tasche lag dementsprechend schwer in ihrer Hand. Irmi hatte sich ihren schwarzen Stockschirm gekrallt, den sie gleich darauf vorwarnungslos wie Samurai-Nunchakus über ihren Kopf kreisen ließ, während Rosemarie mit ihrer Handtasche auf die jungen Männer einschlug.

»Was soll denn das?«, rief einer der beiden noch, aber da traf ihn schon wieder die tonnenschwere Handtasche der Diakonisse an der Schläfe.

Pfarrer Ebert rief: »Aber nicht doch, Schwester Rosemarie, halten Sie ein, liebe Frau Hölderlein!«, und Helmerich furzte.

Die zwei jungen Männer stießen Schmerzensschreie aus

und versuchten, auf ihrer zügig eingeleiteten Flucht ihre Köpfe mit den Händen vor den niederprasselnden Handtaschen- und Stockschirmschlägen ihrer Angreiferinnen zu schützen. Rosemarie und Irmi setzten ihnen jedoch unverdrossen nach.

In der Ferne hörte man eine Polizeisirene.

Zick nich'! Küss mich!

Mitternacht auf der spanischen Baleareninsel Ibiza.

Der Hotelverband war sehr zufrieden, die Frühjahrszahlen zeigten eine über neunzigprozentige Belegung der Betten. Das schlechte Wetter im Norden Europas ließ die Touristen, vor allem aus Schweden, nur so auf die Insel strömen.

Negativ war nur zu vermerken, dass ein Anwohner am Strand der Cala Bassa in der Gemeinde Sant Josep ein Exemplar der besonders giftigen Quallenart *Physalia physalis,* besser bekannt als *Portugiesische Galeere,* entdeckt hatte. Deren bis zu fünfzig Meter langen Tentakel konnten mit ihrem starken Nesselgift heftige Hautverbrennungen bis hin zum tödlichen allergischen Schock auslösen. Die Spezies war im Mittelmeer eigentlich nicht heimisch, aber in den letzten Jahren tauchten immer wieder vereinzelte Exemplare auf. Lästig! Das durfte sich nicht herumsprechen. Ibiza musste Traumstrandland bleiben!

Karina Seifferheld und ihre Mutter Marcella hatten den Tag damit verbracht, am Meer entlangzuspazieren, von der Cala Comte zur Cala Bassa und zurück. Trotz der warmen

Sonne kühlte ihnen unterwegs der Seewind die Haut. Sehr angenehm. Fela junior, den sich Karina auf den Rücken gewuchtet hatte, krähte die ganze Zeit vergnügt. Er liebte die Sonne.

Das Meer schimmerte von hellem Türkis bis hin zu tiefdunklem Blau. Auch die Pfeile, die ihnen den Weg wiesen, waren blau.

Schwimmen verbot Mama Marcella, wegen der portugiesischen Fregatte, wie sie standhaft behauptete, auch wenn es sich um eine Galeere handelte.

Angenehm erschöpft stieg Karina schon gegen zehn Uhr in ihr Hotelbett und schlief auch sofort ein.

Sie träumte von Fela.

Once you go black, you never go back, hieß es. Damit war zwar etwas anderes gemeint, etwas Habhafteres, aber für Karina traf das auch auf ihr Gefühlsleben zu. Sie konnte sich beim besten Willen nicht vorstellen, jemals mit einem anderen Mann als Fela zusammen zu sein. Völlig größenunabhängig. Allein vom Feeling. Es hatte ein wenig gedauert, bis ihr klar war, dass Fela ihr Traumprinz war.

Außerdem küsste keiner so wie er.

Im Traum spürte sie seine warmen, weichen Lippen auf ihrer Haut, seine starken Hände auf ihrem Körper. Sie konnte seinen Moschusgeruch riechen. Hmm …

Er knabberte an ihrem Ohrläppchen, pustete ihr eine Locke aus dem Gesicht, küsste sie leidenschaftlich auf den Mund …

Moment mal!

Karina schlug die Augen auf. Im Licht der Fisher-Price-Wunderwelt-Schlummerlicht-Spieluhr, die sie für Fela junior mitgebracht hatte, weil er ohne sie nicht einschlafen konnte, sah sie Fela senior. *Ihren* Fela. *The one and only.*

War das ein verdammt realistischer Traum? War sie durch ein Wurmloch in ein Paralleluniversum gefallen, in dem Fela sie auf die Insel begleitet hatte? Es war ihr egal, sie schlang die Arme um ihn und erwiderte seinen Kuss.

Kein langes Vorspiel, keine Raffinessen, pure Leidenschaft. Lautlose Leidenschaft, denn Fela junior lag im Gitterbett direkt neben Karinas Bett. Aber der Kleine schlief den Schlaf der Gerechten.

Hinterher lag Karina schwitzend in den Armen ihres Fela.

»Wie hast du mich gefunden?«, fragte sie flüsternd.

Er lächelte. Im schwachen Licht der Schlummerlampe blitzten seine weißen Zähne. »Olaf hat mir verraten, in welchem Hotel ihr untergekommen seid, und nach Übergabe meiner gesamten Ersparnisse hat der Hotelnachtportier mir deine Zimmernummer verraten.«

»Du kluger, gewiefter Mann, du«, freute sich Karina.

Jetzt erst fiel ihr auf, dass Fela anders aussah. Sie schaltete die Nachttischlampe ein.

»Großer Gott, Schatz, wie siehst du denn aus?« Ihr klappte vor Entsetzen der Unterkiefer runter.

Fela, dem nach der eben vollzogenen gymnastischen Hochleistung und durch den Nasenstützverband, den er im Diakoniekrankenhaus verpasst bekommen hatte, das Atmen schwerfiel, keuchte.

»Keine Sorge, es war kein schwerer Nasenbeinbruch. Stützverband, Nasentropfen und abschwellende Schmerzmittel genügen. Da muss nichts operiert werden.«

»Wie konntest du dir denn die Nase brechen?« Karina nahm seinen Kopf vorsichtig in beide Hände. »Oje, was ist denn das um deine Augen?«

»Brillenartige Hämatome, typische Begleiterscheinung. Ich habe auch eine kühlende Gelmaske für die Augen dabei. Gibt's in deinem Hotelzimmer eine Minibar, in der ich sie kühlen kann?«

Karina hauchte ihm einen Kuss auf die Lippen. »Was ist passiert? Ein Fahrradunfall?«

Fela liebte sein Mountainbike, fuhr damit aber wie ein Besessener.

»Nein, ein Ellbogen. Ich weiß nur nicht, von welcher der beiden Frauen.« Er hätte das anders formulieren sollen, aber dafür war es nun zu spät. »Ich wollte einen Streit schlichten«, setzte er rasch hinzu, aber Karina zog ihre Hände von seinem Gesicht, als wäre es eine heiße Herdplatte.

Karina fiel der Zeitungsartikel über den »begehrtesten Junggesellen von Schwäbisch Hall« wieder ein. Schlugen sich die Frauen jetzt schon um ihn? Und überhaupt, wenn Fela seinen Marktwert austestete, warum investierte er dann Geld in ein Flugticket, nur um mit ihr zu kuscheln? Das konnte er billiger haben. Weniger aufwendig. Offenbar standen die Frauen schon Schlange.

»Warum bist du denn hier?«, fragte sie und sah ihn nicht an, weil er vielleicht sagen würde, dass er hier einen Fotojob angenommen hatte und wenn er schon vor Ort war, könnte er ja auch gleich eine schnelle Nummer schieben.

Aber das sagte er nicht.

»Karina Seifferheld, du dummes Frauenzimmer, ich liebe dich!«, sagte er stattdessen. »Und die Streithennen, die ich trennen wollte, haben sich nicht wegen mir geprügelt. Dein Onkel hat wohl eine Verehrerin abblitzen lassen, und die hat sich mit Marianne gekloppt.«

»Echt?« Karina beäugte ihn zweifelnd.

»Echt!«

»Wer hat gewonnen?«, wollte Karina wissen.

»Marianne natürlich.« Er grinste.

Karina fühlte sich besänftigt. Sie kuschelte sich wieder eng an seine heiße, breite Brust und atmete tief ein.

Fela röchelatmete eine Weile glücklich vor sich hin, dann sagte er: »Solche Aktionen, wie einfach mit deiner Mutter abzuhauen, weil du glaubst, ich würde mich anderweitig umsehen, darf es nicht mehr geben, wenn wir erst verheiratet sind.«

»Wie bitte?« Karina hob den Kopf.

»Jawohl, verheiratet. Schluss mit dem Lotterleben. Wir werden ganz traditionell Mann und Frau sein. Und wenn ich mein Erspartes nicht dem Nachtportier übereignet hätte, dann hätte ich dir auch aus dem Kaugummiautomaten am Kiosk gegenüber vom Hotel einen Ring herausgelassen.«

Karina betrachtete ihn eingehend.

Sie war doch ein Freigeist, eine wilde, ungezähmte Amazone, eine Kämpferin. Oder nicht?

Fela zupfte sie am Ohrläppchen, wie sie es besonders gern hatte. »Ist mir völlig egal, was für Sperenzien du treibst. Kette dich nackt an Kirchentreppen, sprühe Parolen auf Bankpaläste, mir schnurz, solange du es nur als meine Frau tust.«

Karina schwieg.

»Ich finde, wir gehören zusammen. Ich kann mir beim besten Willen nicht vorstellen, mit einer anderen was zu haben. Außerdem will ich meinem Sohn ein guter Vater sein, an dem er sich abarbeiten kann, von dem er sich in zwanzig Jahren oder so losstrampeln kann. Und ich will, dass er meinen Namen trägt.«

»Er heißt doch schon Fela«, erwiderte Karina leise.

»Und ich gebe mein Seifferheld nicht auf. Ich bin stolz, eine Seifferheld zu sein.«

»Weiß ich doch. Da, wo meine Eltern herkommen, gibt es eine Million Nnekas. Da fällt es nicht weiter auf, wenn einer davon ein Seifferheld wird.«

»Echt? Du würdest meinen Namen annehmen, wenn wir heiraten?«

»Yep.« Fela wollte nicken, ließ es aber sofort wieder sein, weil die Schmerzmittel nachließen und sein Schädel pochte.

Er röchelatmete.

Karina schnurrte.

»Und? Was sagst du?«, wollte Fela nach einer Weile wissen.

Karina schnurrte neuerlich.

Sonst hörte man nur das regelmäßige Atmen von Fela junior. Und das Mittelmeer, das gegen den Strand brandete.

Und – vorwarnungslos, als körperlose Stimme aus dem für Notfälle eingeschalteten Babyfon – Marcella Seifferheld, Karinas Mutter, die aus dem Nebenzimmer rief: »Sag sofort ja, du undankbares Gör. Einen besseren Vater für dein Kind findest du nie wieder!«

**Man sollte niemals denken,
dass es nicht schlimmer kommen kann.
Die Schicksalsgöttinnen sehen
das als direkte Aufforderung, und
prompt kommt es schlimmer.**

Von Verhaftung spricht man, wenn bereits ein Haftbefehl vorliegt. Andernfalls handelt es sich um eine Festnahme. Letzteres hätte es in jener Nacht in der Uckermark nicht geben müssen. Mit etwas mehr Contenance und Kommunikation hätten alle Beteiligten hinterher darüber lachen können. Man beachte in diesem Zusammenhang jedoch den Konjunktiv.

Als Polizeiobermeister Lamprecht und Polizeiobermeister Gädecke in jener Nacht gemütlich Streife fuhren – während von fern die Sirenen der Bundesautobahnpolizei zu hören waren, vermutlich versuchten die Kollegen, irgendwelche Übeltäter noch vor der polnischen Grenze zu erwischen –, sahen sie plötzlich im Scheinwerferlicht vor sich mittig auf der Landstraße zwei verkehrswidrig zum Halten gebrachte Fahrzeuge. Zwei junge Männer, die Gädecke und Lamprecht nicht identifizieren konnten, da sie sich schützend die Arme vor den Kopf hielten, suchten gerade in einem der Wagen Deckung und Schutz.

Zwei Damen gesetzten Alters (das dachte Gädecke, der Ältere – Lamprecht, der Jüngere, bezeichnete die Frauen innerlich als »Omas«) schlugen mit Stockschirm beziehungsweise Handtasche auf die beiden ein.

Lamprecht und Gädecke sprangen aus ihrem Wagen und liefen auf die mitternächtliche Szene zu. Zuerst schlichten, dann herausfinden, was Sache war. Zwei besoffene Rotzlümmel, eben erst den Führerschein gemacht, die sich die Rente der Pensionärinnen, denen vermutlich der Sprit ausgegangen war, krallen wollten? Abwarten …

Allerdings war es, wie gesagt, stockfinstere Nacht am Ende der Welt, ohne Straßenbeleuchtung, nur mit ein wenig Scheinwerfergefunzel. Und es goss wie aus Kübeln.

Die zwei Damen gesetzten Alters (Irmi und die Diakonisse hätten *diese* Bezeichnung bevorzugt) bekamen nur mit, dass ein weiteres Fahrzeug in der Dunkelheit hielt, dessen Lichter sie blendeten und aus dem zwei männliche Gestalten ausstiegen.

»Großer Gott, Irmgard, da kommen noch mehr von denen!«

»Helmerich!«, gellte Irmgard. »Ruf die Polizei!«

Helmerich konnte nicht. Ihn schüttelten unerträgliche Darmkrämpfe. Wenn zu seiner Reiseflatulenz auch noch Angst kam, war Hopfen und Malz verloren.

Aber Pfarrer Ebert, der Gute, griff nach seinem Handy und wählte … die Rufnummer des Schwäbisch Haller Polizeireviers. Die Nummer hatte er auswendig gelernt, falls es einmal einen Überfall auf seine Kirchengemeinde geben sollte. Was machten da schon siebenhundertfünfzehn Kilometer Entfernung aus …

»Uns kriegt ihr nicht, ihr Schurken!«, schrie Irmi derweil und ließ den Stockschirm über ihrem Kopf rotieren.

Die Neuankömmlinge duckten sich und riefen etwas. Die jungen Männer, die sich mittlerweile in ihr Fahrzeug retten konnten, hörten ganz eindeutig: »Meine Damen, wir sind von der Polizei, bewahren Sie doch Ruhe!«

Irmi und Rosemarie hörten nur den Regen und das Rauschen des Adrenalins in ihren Ohren.

»Uns kriegt ihr niemals!«, rief Diakonisse Rosemarie und fällte mit ihrer Handtasche Polizeiobermeister Gädecke. Mit dem Fuß – im formschönen und praktischen Gesundheitsschuh – trat sie nach.

»Sofort aufhören!«, verlangte Lamprecht, was Irmi und Rosemarie jetzt auch akustisch deutlich verstanden, aber natürlich dachten sie keine Sekunde daran, sich diesem Gewaltmenschen zu beugen, der zweifelsohne Schreckliches mit ihnen vorhatte. Hörte man doch ständig aus dem Osten. Neonazis, die unschuldige Schwarze jagten und zu Tode prügelten. Denen musste jemand Einhalt gebieten. *Sie beide* waren dieser Jemand.

In Irmis und Rosemaries Augen funkelte der Blutrausch.

Lamprecht schluckte. Er könnte jetzt seine Dienstwaffe ziehen, aber könnte er diese wahnsinnigen Omas auch erschießen? Er stammte aus einer in dritter Generation vaterlosen Familie, aufgewachsen mit Schwestern, Tanten und Großtanten. Er besaß einen tief verwurzelten Respekt vor Frauen. Andererseits, sie sahen aus, als würden sie ihn bei lebendigem Leib häuten, wenn er jetzt nichts unternahm. Nein, das musste anders funktionieren. Ein Blick zu Gädecke, aber der kam gerade erst wieder stöhnend zu sich. Die beiden Männer hatten mittlerweile die automatische Türverriegelung betätigt. Plötzlich erkannte Lamprecht sie – zwei Nachwuchsfeuerwehrmänner, die letzten Monat beim Umzug des Altenheims kräftig mit angepackt hatten. In ihren Augen flackerte die pure Angst. Es waren ja fast noch Kinder.

Nein, das hier musste er allein durchziehen.

Mit einem wilden Kampfschrei stürzte sich Lamprecht auf Rosemarie – immer das schwächste Tier der Herde zuerst – und bekam auch ihre Handtasche zu fassen. Rosemarie erschrak und ließ die Tasche sofort los. Ein Lächeln umspielte die Mundwinkel von Lamprecht. Er schleuderte die Tasche weit von sich und wirbelte zu der anderen herum.

Doch in diesem Moment traf ihn auch schon der Stockschirm an der Schläfe.

Licht aus!

Man musste Irmi zugutehalten, dass sie ihren Fuß – ebenfalls in einem Gesundheitsschuh steckend – nicht wie ein Großwildjäger auf dem Brustkasten des ohnmächtigen Lamprecht abstützte, um sich dann von Rosemarie fotografisch ablichten zu lassen. Aber sie schaute durchaus triumphierend.

»Denen haben wir's aber gezeigt!«, verkündete sie stolz. »Die Stimme des Wutbürgers ist der Stockschirm!« Sie stützte sich auf ihrem Schirm ab.

Rosemarie betrachtete den am Boden liegenden Lamprecht. Schaute zu Gädecke, der sich ebenfalls stöhnend in der Horizontalen wälzte, dann wieder zu Lamprecht.

»Also … ich weiß ja nicht … aber … Irmgard, sieht das für Sie nicht auch wie eine Polizeiuniform aus?«

Pressemeldung Landespolizei Brandenburg Nr. PINB-2015

Am 2. Mai kam es gegen 0:35 Uhr zu einem Auffahrunfall zwischen einem Peugeot und einem VW.

Der 85-jährige Lenker des Peugeots kam aus noch ungeklärten Gründen abrupt zum Stehen, woraufhin auch der nachfolgende VW anhalten musste. Aus bislang ebenfalls noch ungeklärter Ursache gingen die weiblichen Insassen des Peugeots, der aus Baden-Württemberg stammte, vorwarnungslos auf die Insassen des VWs los, bei denen es sich um junge Feuerwehrmänner auf dem Heimweg von einem Brandschutzeinsatz handelte. Dabei setzten die Frauen rohe, körperliche Gewalt ein, auch gegen die zu Hilfe eilenden Polizeibeamten.

Dem greisen Halter des Unfallverursacherfahrzeugs wurde die Fahrerlaubnis entzogen. Die Polizei ermittelt nun wegen grober Körperverletzung. Sie bittet mögliche Zeugen um entsprechende Hinweise unter www.polizei.mvnet.de.

Seifferheld und der Hund, der eine Magermodelwade für einen Knochen hielt

Aus dem Polizeibericht

Beim Erkennen einer Polizeistreife rannte am Dienstag um 23 Uhr ein 20-Jähriger in der Seifferheldstraße davon. Die Beamten verfolgten ihn. Der junge Mann flüchtete in ein Haus. Die Streife fand den Mann wenig später in einem Bettkasten. Er hatte sich dort versteckt. Bei seiner Entdeckung schlug er auf die Beamten mit einem rosa Hartplastikgummizwerg ein. Der Täter wurde mit Haftbefehl zur Strafvollstreckung gesucht. Er ist wegen diverser Eigentumsdelikte verurteilt und muss zwei Jahre absitzen. Nun befindet sich der Mann in einer Strafvollzugsanstalt.

Ich verschiebe nicht nur auf den nächsten Tag, Monat oder das nächste Jahr. Ich verschiebe Dinge ins nächste Leben.

Seifferhelds perverse Phantasie an diesem Morgen: in allen Stellungen … ausschlafen!

Onis lag neben dem Bett, als lebender Bettvorleger,

wenn man so wollte, und schlief ebenfalls noch. Es war für beide eine intensive Nacht gewesen. Trommelnd und heulend hatten sie sich bis weit nach Mitternacht verausgabt. Das forderte jetzt seinen Tribut.

Seifferhelds Handy klingelte. Draußen lag die Stadt noch im Morgennebel. Er sah auf dem Display, dass Marianne ihn anrief, aber er war zu müde, um den Arm unter der Decke hervorzuschieben und nach dem Handy zu greifen. Wenn es wichtig wäre, würde sie das Anrufen aufgeben und vorbeikommen. Sie hatte ja einen Schlüssel.

Kurz darauf – keine zwei Sekunden später, wie es Seifferheld im Dämmerschlaf schien – klingelte es erneut. Eigentlich war es kein Klingeln, es war ein Nebelhorn. Den Ton hatte er extra für seine Schwester Irmgard aus dem Internet auf sein Handy geladen. Seifferheld schloss seine Augen sofort wieder. Wenn sie ihm erzählen wollte, dass sich die Ossis gegen ihre Missionierungsversuche als resistent erwiesen, dann sollte sie das nach ihrer Rückkehr tun. Ein Hoch auf jeden Bürger der Uckermark, der im Angesicht von Irmi standhaft Atheist blieb!

Seifferheld drehte sich um und zog sich das Kissen über den Kopf.

Als er das nächste Mal ein Auge öffnete, geschah das nicht freiwillig, sondern weil eine Frauenhand sein Lid nach oben schob.

»Lebst du noch?«, fragte seine Tochter Susanne, die auf seiner Bettkante saß, mit schneidend lauter Stimme.

Seifferheld schreckte hoch. Und ließ sich gleich darauf stöhnend wieder auf die Kissen sinken. Er hatte Muskelkater in den Armen. Und in den Pobacken, weil er es nicht gewohnt war, stundenlang mit einer Trommel zwischen den Beinen auf dem Boden zu kauern. Ihm tat einfach alles weh.

Aua! Er stöhnte.

»Was machst du denn hier?«, fragte er, sah an sich herab, realisierte, dass er nackt im Bett lag, und zog rasch seine Bettdecke bis unters Kinn.

»Papa, ist ja gut, ich habe nichts gesehen, was mich nichts angeht. Außer, dass du dir offenbar die Brust rasiert hast. Meine Güte, bist du prüde.« Susanne lächelte und erinnerte ihn in diesem Moment sehr an seine verstorbene Frau.

Langsam kehrte seine Erinnerung zurück. An die Lichtung, das Feuer und an Arno Siegmann, der ihn mit einem Einmalrasierer in die Bruderschaft der barbusigen Trommler initiiert hatte.

Susanne klopfte sein Kissen aus. »Was sind denn das für Schlieren auf deinem Gesicht? Du hast das ganze Bett dreckig gemacht!« Ihr Lächeln war verschwunden, und jetzt erinnerte sie ihn schlagartig an Irmi. »Und warum hat jemand *Hundeschänder* an die Hauswand gesprüht?« Sie stand auf und stemmte die Hände in die Hüften. »Ach Papa, du steckst doch schon wieder metertief in irgendetwas drin, oder?«

Seifferheld, der immer noch nicht ganz wach war, verstand von all dem nur die Hälfte. Er spürte aber, wie eingetrockneter Schlamm von seinen Wangen bröckelte, wenn er sein Gesicht verzog. Die Trommler hatten auf einer Kriegsbemalung aus Wasser und Einkornerde bestanden. Und ehrlich gesagt hatte es sich saugut angefühlt, eins zu werden mit Mutter Erde und sich vor dem heißen Feuer kühlenden Schlamm aufs Gesicht und auf den Oberkörper zu streichen. Aber ja, zugegeben, er hätte vielleicht vor dem Zubettgehen noch rasch duschen sollen ...

Onis stand auf, gähnte und streckte sich erst weit nach vorn, dann weit nach hinten, dann sah er seinen Oberhund auffordernd an. Meine Blase ist voll, sagte der Blick.

»Papa, du musst mich in die Bausparkasse begleiten. Da ist ... ich muss ... komm einfach mit, ich erklär's dir in meinem Büro. Es hat hiermit zu tun.«

Sie warf ihm die aktuelle Ausgabe des *Haller Tagblatts* aufs Bett. Mist, er sah auf den Wecker. Schon fast zwölf Uhr! Er hatte vergessen, den Polizeibericht zu schreiben und abzuliefern. »Hat wer aus der Redaktion angerufen und sich beschwert?«, fragte er, als ob Susanne immer noch bei ihm im Haus wohnen und seine Telefonate entgegennehmen würde.

»Beschwert? Worüber? Nein, es geht um den Leitartikel im Lokalteil.« Sie strich sich über den Rock ihres Chanel-Kostüms, weil sie fürchtete, ein paar der Schlammbrösel ihres Vaters könnten den Weg in den feinen Zwirn gefunden haben.

Onis legte seine rechte Vorderpfote aufs Bett. Die Geste war eindeutig und ließ keinen Millimeter Deutungsspielraum. Großer Gott, der arme Hund. Seit fünf Stunden überfällig. Das kam ja einem Rekord gleich, dass er nicht Seifferhelds Schlafzimmer unter Urin gesetzt, sondern sich mannhaft beherrscht hatte.

»Rasch«, rief Seifferheld, »geh mit Onis auf die Gasse. Er soll es einfach laufen lassen.«

»Aber …«, fing Susanne an.

»Sofort! Ich mach mich derweil fertig. Und jetzt hurtig, seine Blase platzt!« Onis und Susanne eilten nach draußen.

Seifferheld schlug den Lokalteil auf.

Ehemalige Miss Elvisella vermutlich tot!

(MaC) Bei der Toten, die zu Beginn der Woche im Hauptsitz der Bausparkasse Schwäbisch Hall gefunden wurde, handelt es sich mit hoher Wahrscheinlichkeit um Britt Breiteich, die im August 1992 auf dem Jakobimarkt zur Miss Elvisella gekürt wurde. In einem damals nicht unumstrittenen Wettbewerb zur besten Elvis-Imitatorin gewann Britt Breiteich nur knapp vor einer Konkurrentin aus Thailand. Jetzt wurden bei Umbauarbeiten im Innenhof der Cafeteria ihre Gebeine gefunden. Die Ermittlungen der Polizei dauern an.

Seifferheld las nicht weiter. Daran hatte sich Marianne also gestern früh erinnert. Britt Breiteich war selbst nicht nur Elvis-Fan gewesen, sondern hatte ihn auch imitiert. Langsam stieg auch in ihm die Erinnerung an diesen Wettbewerb wieder hoch. Sehr viele hatten seinerzeit moniert, dass es im Festzelt eine Show mit weiblichen Elvis-Imitatorinnen gegeben hatte. Elvis sei was für Männer, hatte es geheißen. Aber Anfang der neunziger Jahre des vorigen Jahrhunderts war die Frauenbewegung auch in Schwäbisch Hall angekommen. Die Machos hatten keine Chance gehabt. Und eine Frau hatte dann auch gewonnen. Offenbar war es Britt Breiteich gewesen.

Seifferheld hatte das damals nicht genau mitverfolgt. Zum einen hörte er gern alte Elvis-Songs, war aber kein Fan. Zum anderen hatte ihn zu jener Zeit der Fall eines perfiden Hammermörders umgetrieben.

Seifferheld sinnierte. Das hieß aber, dass der Gürtel, mit dem Britt Breiteich erdrosselt wurde, durchaus ihr selbst gehört haben konnte. Warum hatte das Rüdiger Breiteich nicht erwähnt? Die Antwort lag auf der Hand, oder nicht? Er hatte es verschwiegen, weil er Britt ermordet hatte, um eine Konkurrentin um die Position des heißesten Elvis-Imitators im Landkreis Hall auszuschalten! Seifferheld wollte das mit Wurster und van der Weyden am Telefon besprechen, aber da rief Susanne aus dem Flur: »Papa, Onis ist leergestrullert. Bist du so weit? Wir müssen los!«

»Bin schon so gut wie da!«, log er und sprang unter die Dusche.

Ich möchte kein Magermodel, sondern eine Frau, die sich morgens am Frühstückstisch mit mir ums Nutella kloppt.

Die Arbeiten am Haupteingang der Bausparkasse waren in vollem Gange. Laster und Kastenwägen diverser Baufirmen und Handwerksbetriebe nahmen den gesamten Vorplatz ein. Das sah Seifferheld, als er von seiner Tochter in ihrem BMW links am Haupteingang vorbei den Komberger Weg hinauf zu einer schmalen Zufahrt chauffiert wurde, die in eine Tiefgarage führte, die er bisher noch nicht kannte. Während sie darauf warteten, dass sich das Rolltor öffnete, meinte Seifferheld aus den Augenwinkeln ein Auto vorbeifahren zu sehen, das ihm bekannt vorkam. Aber es ging so schnell, und wegen der Gefällelage von Garageneinfahrt (tief) und Straße (hoch) bekam er nur eine vorbeiziehende Bewegung auf vier Rädern mit. Er konnte nicht einmal sagen, ob es sich bei dem Wagen um einen Golf oder einen Porsche handelte.

Sie fuhren in die Tiefgarage. Dort stand auch der beigefarbene Oldtimer-VW-Bus, den die vier roten Ziegelsteine, das Logo der Bausparkasse Schwäbisch Hall, zierten. Er hatte als junger Mann von so einer Liebesschaukel geträumt. Ohne Bausparkassenlogo, versteht sich. Rein zum Privatvergnügen.

»Ich wusste gar nicht, dass es diese Tiefgarage gibt«, sagte Seifferheld staunend und schaute sich um. Verblüffend viele Luxuslimousinen.

»Fürs Management«, erläuterte Susanne knapp. Sie parkte auf ihrem eigenen Stellplatz gleich neben dem Aufzug.

Auf dem Weg nach oben zu ihrem Büro räusperte sie sich. »Papa, du bist doch fit und in Form, oder? Wenn ich dir jetzt was total Überraschendes zeige, kippst du mir nicht aus deinen Tchibo-Schuhen, oder?«

Seit er auf der Flucht seine geliebten Tchibo-Treter zurücklassen musste, trug er alternativ seine Romika-Mokassins, aber das musste er Susanne nicht auf die Nase binden. Seifferheld war es ohnehin schleierhaft, warum immer alle auf seinem praktischen, vernünftigen Schuhwerk herumhackten. Ein super Preis-Leistungs-Verhältnis. Und noch dazu bequem!

»Ich bin in exzellenter Verfassung, mein Kind! Mich wirft so leicht nichts aus den Pantinen«, erklärte er von oben herab, obwohl Susanne ihn schon seit ihrem sechzehnten Lebensjahr um mehrere Zentimeter überragte.

Das war auch nicht gelogen. Er fühlte sich großartig. Lebendig, lebenslustig, leichtblütig. Besser denn je. Ob das mit dem Männertrommeln zusammenhing? Hatte er seine Virilität wachgetrommelt? Seine Jugendlichkeit rhythmisch schlagend zurückerobert?

Oder lag es einfach nur daran, dass er ausgeschlafen und anschließend ungewöhnlich ausdauernd heiß geduscht hatte, bis Susanne mit der Faust gegen die Milchglasscheibentür seiner Duschkabine gehämmert und streng »Auf jetzt! Trockenrubbeln, anziehen, los!« gebrüllt hatte?

Seine Tochter führte ihn durch scheinbar endlose Gänge. Alles schien lichtdurchflutet, hin und wieder stießen sie auf eine Kleinplastik, moderne Kunst hing an den Wänden, die Farbpsychologie war gut durchdacht und verbreitete gute Laune. Ihre Schritte wurden vom Teppichboden verschluckt. Hier, in der Beletage – nicht nur dort, aber dort besonders – ließ es sich zweifellos sehr angehm arbeiten. Die Schönheit der Umgebung würde auf Dauer dem Kleinkram des Arbeitsalltags zum Opfer fallen, aber unbewusst wirkte sie zweifellos unbemerkt weiter ihr kleines, tägliches Wunder der Inspiration und Motivation.

Der Hauptsitz der Bausparkasse war so enorm groß, dass Seifferheld fürchtete, wenn seine Tochter jetzt fortliefe und ihn allein zurückließe, würde er sich in den Gängen elend verirren und jämmerlich zugrunde gehen. Wobei sie natürlich nicht allein im Gebäude waren. Jetzt, zur Mittagszeit, begaben sich zahlreiche Mitarbeiterinnen und Mitarbeiter ins Betriebsrestaurant, und eine erstaunlich hohe Zahl von ihnen kannte Seifferheld, entweder persönlich oder zumindest vom Sehen, und so nickte er beim Gehen wie ein Wackeldackel im Fond eines Ford Taunus. Aber je beletagiger es wurde, desto weniger Menschen begegneten ihnen.

Schließlich standen sie vor einer hellgrauen Tür.

Susanne blieb stehen. »Papa, als ich heute um elf Uhr aus unserer Controlling-Runde kam, wartete sie schon auf mich. Keine Ahnung, warum sie das so durchziehen wollte, mit mir als Mittelsfrau. Aber sie ist unglaublich überzeugend und … ach, ich weiß auch nicht, sie hat wohl irgendeinen Nerv getroffen. Jedenfalls will sie mit dir reden, und sie hat mich dazu gebracht, dich zu holen.« Susanne sah ihn fest an. »Du musst jetzt ganz stark sein, ja?«

Susanne legte ihm ihre manikürte Rechte auf die Schulter.

Jetzt wurde ihm aber doch mulmig zumute. Wer wartete da drin auf ihn?

Wollte Marianne mit ihm Schluss machen und traute sich nicht, es zu Hause zu tun? Hatte sie deshalb seine Tochter vorgeschickt? Wieso nur hatte er ihren Anruf nicht entgegengenommen?

Oder war was mit Irmgard? Lag sie am anderen Ende der Welt in einem Ganzkörpergipskorsett? War etwas mit Helmerich?

Seifferheld schluckte. »Wer wartet in deinem Büro auf mich? Sag es mir!«

Die Polizeichefin Gesine Bauer? Hatte er es mit seinen frechen Polizeiberichten zu weit getrieben? Und heute Morgen hatte er seine Pflicht sogar gänzlich versäumt! Das war unentschuldbar. Welches Beispiel gab er denn jungen Beamten, die begierig jeden Morgen auf den Polizeibericht warteten und die nun morgen früh enttäuscht werden würden? Wollte ihm die Polizeichefin zur Strafe die Rente kürzen? Oder gar ganz streichen?

Seifferheld bekam einen trockenen Mund. »Susanne! Wer wartet hinter dieser Tür auf mich?«

Susanne öffnete nur die Tür.

Seifferheld nahm die Schultern zurück. Als er damals die Schüsse in der Volksbank hörte, hatte er auch nicht gezögert: Er war hinein in den Kugelhagel gelaufen, um seine Pflicht zu erfüllen. Er würde jetzt nicht mit dem Angsthaben anfangen.

Seifferheld holte tief Luft und trat in das Büro seiner Tochter.

In dem er bis dato noch nie gewesen war. Es schien nur aus Glasfronten zu bestehen und war geradezu riesig. Der Schreibtisch passte sich halbrund der gebogenen Fensterfront an. Eine beigefarbene Sitzecke mit einem bunten Blumengesteck lockerte die helle Strenge des weitläufigen Raumes auf. Das und der Glasschaukasten mit Bausparfüchsen.

Den Fuchs kannte natürlich jeder Haller: ein Steiff-Tier mit freundlichem Fuchsgesicht in gelbem Shirt mit Bausparkassenlogo und blauer Hose. Die weißen Pfoten wie in Handschuhen steckend von sich gestreckt. Es gab ihn in mehreren Versionen und sogar – Seifferheld musste zweimal hinschauen, aber ja, tatsächlich! – als dicklichen, chinesischen Bausparfuchs im Seidengewand.

Doch deshalb war er nicht hier, sondern wegen der Frau, die nervös vor dem Fenster hin und her tigerte und ihn nun ängstlich anschaute.

Eine schöne, elegante, zierliche Frau, wie dem Cover der *Vogue* entsprungen. Für Seifferhelds Geschmack etwas zu dünn, fast schon mager, aber enorm stylisch. Der kurze, schwarze Bubikopf, der weit fallende Hosenanzug, der »Ich bin Haute Couture aus Mailand wahlweise Paris« schrie, die schwindelerregend hohen High Heels – alles sagte ihm, dass diese Erscheinung kein Haller Gewächs war, sondern eine zarte Pflanze aus einer der Metropolen dieser Welt.

»Grüß Gott«, sagte die Blume in breitestem Hohenlohisch. »I bin die Britt Breiteich, und i glaub, Sie suchet mich.«

Wasser ist das wichtigste Lebenselement, denn ohne Wasser kann man keinen Kaffee kochen.

»Ich hole dir einen Kaffee, Papa, den brauchst du jetzt. Sie auch eine Tasse, Frau Breiteich?« Susanne entfloh. Emotionale Momente waren nicht ihre Stärke. Da betätigte sie sich schon lieber als Kaffee holende Assistenzmaus.

»Frau Breiteich?«, hauchte Seifferheld fassungslos.

»Bitte, keine Namen!« Sie hob die schmale Hand.

Dieses ätherische, distanzierte, schwarzhaarige Geschöpf hatte nichts, aber auch gar nichts mit dem Foto von der blonden, babyspeckigen, blauäugigen Frau gemein, das er in Holger Breiteichs versiffter Wohnung gesehen hatte.

»Ja, ich habe mich ein wenig verändert«, räumte sie ein, weil sie seinen Blick richtig deutete. »Wollen wir uns nicht setzen? Es ist eine lange Geschichte.«

»Sie können unmöglich Britt Breiteich sein!«, erklärte Seifferheld.

Die elegante Erscheinung ließ sich geschmeidig auf die Ledercouch gleiten. Gäbe es so etwas wie »anmutiges Sitzen auf Fauteuils« als olympische Disziplin, sie würde definitiv Gold gewinnen, ohne Abzug in der B-Note.

»Die Welt kennt mich als Elisabeth Lensahn. Diesen Namen habe ich angenommen, als ich mein altes Leben ablegte. Ich habe mir die Haare gefärbt und mir meinen Dialekt abgewöhnt. Außerdem trage ich seitdem dunkle Kontaktlinsen.« Sie sah ihn keck an. An diese Keckheit erinnerte er sich – die strahlte auch aus den Augen auf dem Foto in Crailsheim.

Seifferheld setzte sich. Im Gegensatz zu Britt Breiteich alias Elisabeth Lensahn sah es bei ihm alles andere als anmutig aus. Genauer gesagt ließ er sich einfach plumpsen.

»Aber das Skelett …«, fing er an und wollte erläutern, dass doch alle Indizien auf sie hinwiesen.

»Deswegen bin ich hier.« Sie wrang die Hände. Das hatte er so noch nie gesehen und hatte es immer für eine überalterte Redensart gehalten, etwas, das moderne Menschen nicht mehr taten, wie man auch den mittelalterlichen Brauch, ins Tischtuch zu schneuzen, nicht mehr fand, aus der Mode gekommen wie Fischbeinkorsette, aber sie tat es, sie wrang definitiv die Hände. Als ob sie ein Handtuch auswringen wollte. Seifferheld konnte den Blick nicht von den grazilen, manikürten Fingern wenden. Wie bewegliche Zahnstocher.

»Ich … wohne eigentlich in Paris, aber ich denke noch oft an meine alte Heimat, ich bin doch hier aufgewachsen. Und manchmal klicke ich auf die Webseite vom *Haller Tagblatt.* So auch gestern Abend, und da sah ich …« Ihr versagte die Stimme. »Da entdeckte ich den Artikel. Über mich. Also, dass ich angeblich tot sei. Ich habe die ganze Nacht kein Auge zugemacht, aber heute Morgen stand mein Entschluss fest. Ich kann doch nicht zulassen, dass wegen mir einer Toten keine Gerechtigkeit widerfährt. Oder ein Unschuldiger ins Gefängnis kommt.«

»Sie kommen direkt aus Paris?«

Sie schüttelte den Kopf. »Nein, ich war wegen eines Fotoshootings in Heidelberg, also gleich um die Ecke. Ich arbeite als Model, müssen Sie wissen.« Sie schaute wehmütig. »Heutzutage sind die Richtlinien, was die Größe angeht, Gott sei Dank nur noch bei Laufsteg-Mannequins so streng.«

Apropos Model.

»Sie haben doch kurz vor Ihrem Verschwinden diesem … äh … *Künstler* Arno Siegmann Modell gesessen … eine dubiose Gestalt … wir hatten auch ihn im Verdacht.« Das *wir* ging Seifferheld mühelos von den Lippen. Diesem Stricker traute er alles zu.

»Arno, mein Gott, an Arno habe ich ja ewig nicht mehr gedacht.« Frau Lensahn hörte mit dem Händewringen auf und schaute wehmütig lächelnd aus den deckenhohen Fenstern. »Der liebe, gute, harmlose Arno. Nein, wieso ist er denn in Verdacht geraten? Er war scharf auf mich, aber nur so in bubenhafter Verliebtheit. Da waren keine tiefen Gefühle im Spiel.« Sie schüttelte den Kopf. »Arno ein Mörder? Eine lächerliche Vorstellung. Wer kommt denn auf so eine Idee?«

Seifferheld schürzte die Lippen und schwieg.

Die Tür ging auf. Elisabeth Lensahn schreckte zusammen. »O Gott, ich dachte, es ist vielleicht mein … Mann.«

Es war aber nur Susanne mit einem Tablett, auf dem sich drei Tassen und eine formschöne Stelton-Design-Thermoskanne befanden. Sie stellte das Tablett auf den Glastisch und schenkte reihum ein.

Die beiden Frauen tranken ihren Kaffee schwarz. Seifferheld hätte sehr gern Milch und Zucker gehabt, aber die Option bestand nicht. Sollte Susanne je auf Sekretärin umsatteln wollen, müsste sie noch üben.

»Wenn ich tot wäre, dann wäre es definitiv mein Mann gewesen«, bekräftigte Britt-Breiteich-Schrägstrich-Elisabeth-Lensahn. »Aber ich bin ja nicht tot.«

»Sie müssen sich bei der Polizei melden«, schaltete sich Siegfried Seifferheld wieder ein, die Stimme der Vernunft.

»Ich kann nicht!« Sie sprang auf und fing wieder an, hin und her zu tigern. »Allein der Gedanke, ich könnte meinen Mann wiedersehen, macht mir Angst. Sehen Sie, ich zittere.«

Sie streckte ihren hageren Arm aus, an dem eine teuer wirkende Uhr und ein sichtlich mit echten Brillanten besetztes Armband schlackerten.

»Frau Breiteich, das ist zwanzig Jahre her …«, fing Seifferheld an, der sich an ihren neuen Namen nicht gewöhnen konnte. Es auch nicht wollte.

»Lensahn«, korrigierte sie ihn automatisch. »Ich bin aber noch nicht darüber hinweg. Nachts habe ich immer noch Alpträume. Sie wissen nicht, wie es ist, wenn jeder Funken Selbstvertrauen aus einem herausgesaugt wird. Die Schläge waren nicht einmal das Schlimmste. Das Schlimmste war seine Kälte, die Art, wie er mich kleingemacht hat. Nein, ich will diesen Menschen ... dieses Monster ... niemals wiedersehen!«

Seifferheld wandte sich seiner Tochter zu. Die starrte bewundernd auf Britt Breiteich. Als sie seinen Blick bemerkte, flüsterte sie: »Frau Lensahn war schon dreimal auf dem Cover der *Vogue*. Personifizierte Eleganz. Und sie führt nebenher noch eine eigene Modelagentur!«

Susanne Seifferheld würde es niemals irgendjemand gegenüber eingestehen, aber tief in ihr gab es trotz all ihres Selbstbewusstseins und ihrer Stärke, trotz Auslandsstudium und Managementjob in einem international tätigen Vorzeigeunternehmen einen geheimen, dunklen Ort, an dem sie sich als Kleinstadtkind sah, das niemals so elegant sein würde wie Elisabeth Lensahn. Dass Elisabeth Lensahn einmal Britt Breiteich gewesen war und ebenso wie sie aus Schwäbisch Hall stammte, wo sie das einzige Mädchengymnasium besucht hatte, wie nach ihr auch Susanne, um später unglücklich nach Crailsheim zu heiraten, war in diesem Zusammenhang nicht von Bedeutung. Es ging ums Prinzip.

»Frau Breiteich ... Lensahn ... wie stellen Sie sich das vor? Die Polizei ermittelt gegen Ihren Mann wegen Mordes an Ihnen. Und es sind auch noch andere ins Visier der Ermittler geraten.« Damit meinte er sich und seinen Verdacht gegen Rüdiger Breiteich und Arno Siegmann und alle männlichen Mitglieder des Elvis Clubs.

»Ich könnte doch einen Brief an die Behörden schicken? Anonym! Ein Graphologe kann meine Handschrift für echt erklären, und alles ist gut.«

Seifferheld schüttelte den Kopf.

»Oder Sie sagen unter Eid aus, dass Sie mich lebend gesehen haben! Sie sind eine Respektsperson, deswegen habe ich mich auch an Sie gewandt! Man wird Ihnen glauben!«

Sie fing wieder an, die Hände zu wringen. Es war wohl doch eher eine obsessive Zwangsstörung, kein charmantes Verhaltensrelikt einer längst untergegangenen Epoche.

»Frau Breiteich ... ahm ... Dingelskirchen, so geht das nicht. Sie haben sich damals schon nicht korrekt verhalten. Einfach unterzutauchen ... was haben Sie sich dabei gedacht? Sie hätten sich Hilfe suchen müssen. Sie hätten Ihren Mann anzeigen müssen. Wie konnten Sie sich ohne eigene Identität überhaupt eine neue Existenz aufbauen?«

Im Grunde wusste er die Antwort. Viele Gewaltopfer waren so traumatisiert, dass sie nicht auf die Idee kamen, sich über ihre Rechte und ihre Möglichkeiten zu informieren, geschweige denn, sie durchzusetzen. Sie stammten meist schon aus Familienverhältnissen, die von Misshandlungen geprägt waren, und kannten es gar nicht anders. Ihre Aggressoren erschienen ihnen omnipotent und übermächtig. Sie glaubten, keine Chance zu haben.

Britt Breiteich – innerlich nannte er sie immer noch so, und das würde auch so bleiben – hörte ihm aber gar nicht zu. »Ich ertrage es nicht, ihn wiederzusehen. Sie müssen das für mich regeln, Herr Seifferheld. Finden Sie heraus, wer die arme, tote Frau in der Cafeteria ist. Und dann finden Sie ihren Mörder. Sobald Ihnen das gelungen ist, besteht kein Grund mehr, dass ich mich bei den Behörden melden muss. Dann kann ich mein neues Leben weiterleben, und endlich ohne Altlasten! Bitte, Sie müssen mir helfen.« Sie lief auf Seifferheld zu, ging in die Knie und krallte sich in seinen Unterarm.

»Wenn das jemand kann, dann Sie!«, gurrte sie.

O bitte, glaubte sie wirklich, er würde auf ein dermaßen plumpes Kompliment anspringen?

»Ich verfolge Ihre Karriere schon seit langem!« Sie sah ihn aus braunen Kontaktlinsendackelaugen flehentlich an.

Susanne wiederum sah ihn auffordernd an. Es schickte sich nicht, dass so ein göttliches Wesen, so ein Traum aus Vivienne Westwood, unterwürfig vor ihrem Bequemtreter-Katalogwindjacken-Vater kniete. Noch drei Sekunden, und sie würde eingreifen.

»Meine Karriere als Ermittler war nie Gegenstand des öffentlichen Interesses«, wehrte er ab. Es war doch völlig unglaubwürdig, dass sie Kenntnis von seinen polizeilichen Erfolgen haben sollte. Sie spielte nur mit ihm.

»Das meine ich doch gar nicht.« Britt Breiteich winkte seine Ermittlerkarriere lässig ab und krallte sich dann noch fester in seinen Arm. Das würde halbmondförmige Kerben und blaue Flecke geben.

»Herr Seifferheld, helfen Sie einer Schwester im Geiste. Ich spreche nämlich von Ihrem beispiellosen Einsatz für das Männersticken. Sie müssen wissen: Mein kleiner Sohn stickt auch! Kann ich ein Autogramm für ihn bekommen?«

8,5 Zentimeter reichen völlig aus, um eine Frau glücklich zu machen ... und dabei ist absolut unbedeutend, ob VISA oder MasterCard draufsteht!

Mit Gehhilfe und auf High Heels benötigt man bei gutem Wetter exakt einundzwanzig Minuten und vierzehn Sekunden vom Haupteingang der Bausparkasse hinunter in die Innenstadt zur Unteren Herrngasse.

Seifferheld sah sich unterwegs mehrmals um, als wären ihnen die Ex-Kollegen von Mord zwo oder der alkoholisierte Schlägerehemann von Britt Breiteich auf den Fersen. Aber niemand interessierte sich über Gebühr für den Invaliden und das elegante Geschöpf an seiner Seite.

Nach Frau Breiteich alias Lensahn drehten sich natürlich einige Männerköpfe um, aber es war nur das übliche Abchecken. Von Fremdmännern mit Blicken ausgezogen zu werden machte ihr offenbar nichts aus.

Seifferheld, der ihre – gefühlt tonnenschwere – Louis-Vuitton-Reisetasche trug, schnaufte.

Als er die Haustür aufschloss, kam ihm kein Onis entgegen. Nanu?

»Hier entlang«, sagte er zu Britt Breiteich und humpelte zur Küche in der ...

... ein jungerMann am Küchentisch saß und Onis mit Saitenwurststücken fütterte.

»Sie schon wieder?!«, rief Seifferheld, der seinen Schreck mit Lautstärke auszubügeln versuchte.

Britt Breiteich erschrak und flüchtete in den einzigen Raum, dessen Tür aufstand: ins Badezimmer. Gleich darauf hörte man den Riegel zuschnappen.

Am meisten erschrocken von allen war aber Kevin Hauber.

»Nicht schreien, bitte, nicht schreien!«, bettelte er. »Ich wollte doch nur …«, stotterte er.

Vor Schreck fielen ihm die restlichen Saitenwurststücke, die er offenbar alle feinsäuberlich nach Maß zugeschnitten hatte, aus der Hand.

Sekundenbruchteile später waren sämtliche Wurststücke von Onis verschluckt und gewissermaßen schon anverdaut. Satt und zufrieden legte er sich ab.

»Warum sind Sie noch hier?«, verlangte Seifferheld zu wissen. Er war immer noch auf hundertachtzig. An den kleinen Hauber hatte er gar nicht mehr gedacht. Gut, er hatte ihn gestern schutzlos der Obhut von Frau Hoppe und Nicht-Putzfrau Olga überlassen, aber natürlich war er davon ausgegangen, dass Hauber nach dem Kaffeeplausch zügig die Heimreise antreten würde.

»Sie haben mich doch nach der Buchpremiere hergebracht, wissen Sie nicht mehr?«

»Natürlich weiß ich das noch!«, ereiferte sich Seifferheld. »Aber das war vor zwei Tagen!«

Haubers Gesicht fiel in sich zusammen. Er sah – Entschuldigung für den Kraftausdruck – echt scheiße aus. Seine strohblonden Haare standen nach allen Seiten ab, seine Haut war fahl und bleich, was seine Pickel besonders rot und pustelig wirken ließ. Sein Hemd war völlig zerknittert und falsch zugeknöpft, seine Hose war fleckig, sein Blick wirr.

Was haben Sie noch hier zu suchen?, wollte Seifferheld erneut fragen.

Doch in diesem Moment hörten sie einen Schrei. Den Schrei einer Frau.

Britt Breiteich!

Onis spitzte nur die Ohren. Er war zu vollgefressen, um sich zu erheben.

Hauber fiel vor Schreck beinahe vom Stuhl und musste sich Halt suchend in die Tischplatte krallen.

Seifferheld ließ die Louis-Vuitton-Tasche fallen und hechtete zum Badezimmer.

Die Tür wurde aufgerissen, und Britt Breiteich torkelte auf ihren High Heels heraus und zeigte mit ausgestrecktem Arm hinter sich.

Seifferheld umklammerte seine Gehhilfe fester und betrat entschlossen das Bad. Er überlegte nicht lange, welche Gefahr hier lauern konnte. Ihr mordlustiger Mann konnte es nicht sein, Holger Breiteich wusste ja nicht um das Wiederauftauchen seiner Frau. Vermutlich war es nur eine Spinne im Waschbecken. Aber wenn eine Frau schrie, schaltete Seifferheld automatisch in den Beschützermodus.

»Wer da?«, verlangte er zu wissen.

»In der Wanne«, rief Britt Breiteich vom Flur.

Seifferheld riss den Duschvorhang beiseite.

In der Acryl-Standardbadewanne im Farbton weiß mit den Maßen 170 x 75 cm, mit glasfaserverstärktem Außenmantel sowie laminierter Verstärkung des Wannenrandes und des Bodenbereichs, lag ein verrenkter Frauenkörper. Ein zweiter kauerte auf dem Badezimmerboden, mit dem Kopf auf dem Klodeckel.

Seifferheld stockte kurz der Atem. Er ließ seine Gehhilfe los.

Dann öffnete einer der Körper, der in der Wanne, ein Auge. »Großer Gott, machen Sie doch nicht so einen Lärm!«, zeterte der dazugehörige Mund.

Es handelte sich um Frau Hoppe. Die Frau mit dem Kopf auf dem Klodeckel war Olga.

Frau Hoppes Stützstrümpfe waren zerrissen, ihre Kittelschürze stand unanständig weit offen und ließ ein fleischfarbenes Mieder hervorblitzen. Was von Olga zu sehen war, wirkte vergleichsweise korrekt gekleidet, aber ihre Augen ließen sich offenbar nicht mehr synchron schalten. Sie schielte heftig. Seifferheld hoffte, dass jetzt die Glocken von St. Michael nicht läuten würden, sonst müsste sie auf ewig mit exzessivem Silberblick durchs Leben gehen. Das zumindest hatte ihm seine Großmutter immer angedroht, wenn er als Kind Grimassen schnitt.

»Was ist passiert?«, wollte er wissen.

»Hicks«, machte Olga, was die Blickrichtungsfehlstellung erklärte.

»Leiser!«, verlangte Frau Hoppe und stöhnte.

Jetzt erst entdeckte Seifferheld im Waschbecken – nein, keine Spinne, sondern ungefähr ein halbes Dutzend Likörflaschen. Auf den ersten Blick erkannte er den Jägermeister Kräuterlikör, den Irmgard zu besonderen Anlässen gern als Magenmedizin ausschenkte, daneben aber auch Averna, Baileys, Amaretto, Cointreau Orangenlikör und einen Schinkenhäger im Steinkrug. Alle Flaschen waren sichtlich leer, denn sie befanden sich ohne Verschluss und kopfüber im Waschbecken. Seifferheld ging angesichts der Verkaterten in seiner Küche und seiner Badewanne nicht davon aus, dass der Inhalt der Flaschen in den Aus-

guss gekippt worden war. Nein, er war durch zwei Frauen-
schlünde und einen Männerschlund geflossen.

»Mir sein schlecht!«, erklärte Olga überzeugend.

O Gott, sie würde doch jetzt nicht kotzen?

Frau Hoppe trieb sichtlich dieselbe Angst um. »Helfen
Sie mir aus der Wanne!«, befahl sie.

Seifferheld packte sie an den Händen und zog.

Alte Frauen sind meist leichter, als man denkt, vermutlich weil die Knochendichte abnimmt, folglich zog Seifferheld heftiger, als er es rein physikalisch hätte tun müssen.
Frau Hoppe kam ihm entgegengeflogen, und gemeinsam
prallten sie gegen die Wand, was für Frau Hoppe schmerz-
freier war als für Seifferheld, denn er diente ihr als Puffer.

Olga gurgelte.

»Nichts wie raus«, murmelte Frau Hoppe und floh vor
dem, was jetzt – aus Olga – kommen mochte. Seifferheld
hielt sich das schmerzende Kreuz und schaute zu der Ka-
sachin. Hoffentlich klappte sie rechtzeitig den Deckel auf!
Ein Auge schaute zurück, das andere schien zum Abfluss
der Wanne zu starren und sich zu überlegen, ob man im
Ernstfall punktgenau dorthin zielen konnte. Auch Seifferheld floh. Die Frau würde schon zurechtkommen, die
stammte von wilden Hunnenkriegern ab und konnte zweifellos Fleisch unter einem Sattel mürbe reiten. Mit so einem Kater kam sie allein zurecht.

Er schloss die Badezimmertür hinter sich.

Frau Hoppe saß im Flur auf dem Boden, Britt Breiteich
stand daneben und fächelte ihr mit der Hand Luft zu.

Seifferheld kam sich vor wie auf einem Schlachtfeld.
Überall Verwundete.

»Geht's?«, fragte er Frau Hoppe.

»Brüllen Sie mich gefälligst nicht so an!«, bellte sie ungnädig zurück.

»Gönnen wir ihr etwas Privatsphäre«, sagte er zu Britt Breiteich, nahm sie am Arm und führte sie in die Küche, in der Kevin Hauber scheinbar versuchte, seine vorhin vor Schreck in die Tischplatte gekrallten Fingernägel aus dem Holz zu ziehen. Wenn das nicht das beste Argument für regelmäßige Maniküre war …

Britt Breiteich hinter ihm zögerte, sie fürchtete sich immer noch vor Kevin Hauber. Seifferheld zog sie behutsam in den Raum.

»Frau … äh … Lensahn, es ist alles in Ordnung. Der junge Mann ist harmlos.«

»Ganz sicher?« Ihre Stimme klang kleinmädchenhaft ängstlich. So hatte seine Tochter Susanne immer geklungen, wenn sie als Vierjährige Angst vor Monstern unter ihrem Bett gehabt hatte. Mittlerweile war Susanne fast vierzig, und wenn jemand Angst hatte, dann die Monster vor ihr. Britt Breiteich war aus ihren Ängsten noch nicht herausgewachsen.

»Ganz sicher!«

Bei ihrem Anblick lief Kevin Hauber rot an. Hummerkrebsrot. Sein Adamsapfel hüpfte. Der wird mir doch hoffentlich jetzt nicht infarkten, dachte Seifferheld.

Auch Onis ließ der Anblick von Britt Breiteich nicht kalt. Er robbte sich schwerfällig unter dem Tisch hervor, erhob sich auf die Pfoten und lief auf die Frau zu, aus völlig selbstlosen Gründen, schließlich war er schon satt, einfach nur, weil er Frauen mochte. Onis stellte sich auf die

Hinterbeine und schleckte der völlig überraschten Britt Breiteich übers Gesicht.

»O Gott«, kreischte sie, »o Gott, eine Hundezunge hat mich berührt, ich kriege die Tollwut!«

Kevin Hauber löste seine Hände ruckartig von der Tischplatte, sprang auf und zog Onis vorsichtig von dem kreischenden Model weg. Onis, der solche Panik bei seinem Anblick nicht gewohnt war, versuchte sich – kaum hatte Hauber ihn wieder losgelassen – an einer Beschwichtigungsgeste: Er schleckte den Knöchel von Britt Breiteich, die daraufhin erst auf einen Thonet-Stuhl, dann auf den Küchentisch kletterte.

»Er beißt, er beißt!«, gellte sie.

»Aber nicht doch, der will nur spielen«, rief Kevin Hauber.

Siggi Seifferheld seufzte.

Seifferheld und die Buletten, die keine waren

Ich musste meinen Heiligenschein wieder abnehmen. Er hat gegen die Hörner gedrückt.

Ein Archäologe ist immer auf der Suche nach dem Heiligen Gral, ein Arzt auf der Suche nach einem Heilmittel für Krebs oder Schnupfen und eine Journalistin auf der Suche nach einer Exklusivstory.

Seifferheld kannte seine Marianne nun schon lange genug, um zu wissen, dass er die Neuigkeit von der lebenden Britt Breiteich nicht vor ihr geheim halten durfte, auch wenn sie zum Schutz der Betroffenen nicht darüber schreiben konnte. Mit anderen Frauen flirten war schlimm und wurde mit Schweigefolter und Sexentzug bestraft. Aber eine derart brandheiße Story für sich zu behalten wäre definitiv ein Dealbreaker. Dann würde er seine Marianne nie wieder in die Arme schließen können. Ein unvorstellbarer Gedanke.

Also rief er sie an. Unter dem Vorwand, mit ihr eine Tasse Kaffee trinken zu wollen.

»Eine Tasse Kaffee? Am helllichten Nachmittag? Wie stellst du dir das vor? Ich muss arbeiten!«

Es war siebzehn Uhr. Der Inhalt für die morgige Ausgabe stand schon und war bereits der Druckerei übermittelt worden. Woran immer sie gerade arbeitete, jetzt konnte sie sich kurz freimachen. Fand Seifferheld.

»Marianne, glaub mir, du willst hören, was ich dir zu sagen habe.« Er betonte jede Silbe einzeln.

»Du redest komisch!«, wunderte sich Marianne. »Warst du beim Zahnarzt? Willst du mir sagen, dass du deine dritten Zähne bekommst? Ich liebe dich trotzdem.«

Er hörte ihrer Stimme an, dass sie nebenher etwas anderes machte. Tippen, höchstwahrscheinlich. Oder die Redaktionskatze streicheln. Oder kleine Origami-Frösche basteln. Im Grunde hatte Seifferheld keine Ahnung, was Marianne so machte, wenn sie nicht gerade Vor-Ort-Interviews führte und diese dann in den Computer hämmerte.

»Weib, eines Tages treibst du mich noch mal in den Wahnsinn«, schimpfte er.

Am anderen Ende der Leitung, unsichtbar für Seifferheld, breitete sich ein Lächeln über Mariannes rundes Gesicht aus. Eins zu null für sie. Wenn man als Frau starke Gefühle in einem Mann weckte – und sei es der Wahnsinn! –, hatte man schon gewonnen. Alles, nur keine Langeweile in einer Beziehung.

»Du kannst mir nicht sagen, worum es geht?«

Seifferheld sah sich verstohlen um. Das alte, schwarze Bakelit-Telefon befand sich im Flur. Onis stand mit der Leine in der Schnauze vor der Haustür. Er wollte – trotz vollem Saitenwurstbäuchle – so schnell wie möglich so weit weg wie möglich von dieser hysterischen Hundephobikerin, die Seifferheld mitgebracht hatte.

Britt Breiteich alias Elisabeth Dingelskirchen – Seifferhelds Namensgedächtnis war schlecht genug, da wollte er sich wirklich nicht auch noch erfundene Pseudonyme merken – saß mit seinem Jungverleger Kevin in der Küche und trank Tee. Kevin war sehr angetan von der – aus seiner Sicht – älteren Frau. Und sie ließ sich sein Anschmachten nach anfänglicher Panik dann doch gern gefallen. Ein Blick auf seine Piaget-Uhr, seine maßgeschneiderten Budapester und das Brioni-Etikett in seinem Jackett teilte ihr mit, dass es sich bei Kevin Hauber um jemand mit Geld handelte. Sie mochte Männer mit Geld. Geld machte das Leben nicht schöner oder besser oder glücklicher, aber doch so viel einfacher.

Frau Hoppe saß nicht mehr bei ihm auf dem Boden im Flur. Seifferheld hatte sie nach Hause gebracht. Sie saß jetzt auf ihrem eigenen Flurboden. Dafür lag Olga jetzt wieder in der Wanne im Badezimmer, und Letzteres war nicht schalldicht.

»Nein, ich kann's dir nicht sagen«, flüsterte Seifferheld in den schweren Hörer. »Aber glaube mir, du wirst es hören wollen!«

Marianne zögerte noch kurz, dann sagte sie: »Also schön, eine halbe Stunde kann ich mich freischaufeln. Wo?«

Eigentlich hatte Seifferheld sich mit Marianne in den

Ackeranlagen verabreden wollen, aber durch das Flurfenster sah er den Nieselregen, der vor kurzem eingesetzt hatte. Ins *Chez Klaus* konnten sie auf keinen Fall gehen – dort hatten die Wände Ohren. Am besten an einen neutralen Ort mit seifferheldfreundlicher Getränkeauswahl.

»Im *Molly Malone*«, schlug er vor.

»Einverstanden, in einer Viertelstunde.«

Seifferheld und Onis hatten es nicht weit bis in die Sporersgasse, aber der Regen nahm an Stärke zu, und als sie im Irish Pub eintrafen, waren sie eingeweicht und rochen beide nach nassem Hund.

»Ein großes Guinness«, bestellte Seifferheld und setzte sich in seine Lieblingsnische. Onis verkroch sich unter den Tisch.

Bis auf den Chef und zwei junge Männer, die gerade mit ihrem Bier in den ersten Stock und somit in den Raucherbereich gingen, war das Pub noch leer.

Da kam auch schon Marianne. »Ein kleines Kilkenny«, orderte sie und rutschte in die Nische.

»Okay, was ist so wichtig, dass es nicht warten kann?«, wollte Marianne wissen und sah zur Tafel mit den Tagesgerichten. »Wollen wir uns ein Chili con carne teilen?« Ein besseres als das hier im *Molly Malone* gab es auf diesem Globus nicht.

Seifferheld bestellte.

Und war froh, dass Marianne etwas essen wollte. Wenn sie nicht auf Diät war, war sie gleich viel entspannter und umgänglicher. Er streichelte ihr verstohlen den Handrücken.

Marianne sah ihn aus großen Augen an. Er liebte diese Augen, so voller Lebenslust und Keckheit. Wie gut, dass sie sich in die Story vom Skelett der toten Bausparkassenmitarbeiterin verbeißen konnte, so blieb ihr keine Zeit, genauer über die Randale von Usch Meck nachzudenken. Sollte sie die Frau in Rosa doch für einen Fall für die Klapse halten. Hauptsache, die Meck war vorerst kein Thema mehr zwischen ihnen. Er würde ihr noch früh genug beichten müssen, dass Onis fleißig neue, kleine Onisse gezeugt hatte. Immerhin wieder mit derselben Hündin. Das war ein Punkt, der die Romantikerin in Marianne begeistern würde.

»Auf, spuck's aus!«, forderte sie ihn auf.

Jetzt nur keine langen Umwege, sondern gleich auf den Punkt kommen.

»Britt Breiteich lebt!«

Der Satz hing über ihnen wie die Feststellung *Elvis lebt und er führt eine Eisenwarenhandlung in Little Rock, Arkansas.*

»Was?«, entfuhr es Marianne.

»Das Skelett in der Bausparkasse … das ist nicht Britt Breiteich.«

Das Chili wurde serviert.

Marianne war jetzt aber nicht mehr nach Essen zumute.

»Woher willst du das wissen?«, flüsterte sie, als ob es sich um ein Staatsgeheimnis handelte.

»Weil sie es mir höchstpersönlich gesagt hat«, flüsterte Seifferheld zurück.

Marianne starrte ihn entgeistert an.

Er erzählte ihr von der Begegnung mit Britt-Schrägstrich-Elisabeth und dass sie jetzt bei ihm zu Hause in der Küche saß.

»Das ist nicht dein Ernst!« Marianne schaute jetzt nicht fassungslos, sondern eifrig, wie ein Esel, dem man eine Karotte vor das Maul hielt.

»Doch natürlich ist das mein Ernst. Die weitere Vorgehensweise ist klar: Herausfinden, wer die Tote ist, und dadurch ihrem Mörder auf die Spur kommen.«

»Meine Güte, das ist ja sensationell!«

In Marianne schien die Begeisterung zu blubbern wie Kohlensäure in Champagner. Und da stand sie auch schon auf.

»Du gehst doch jetzt nicht in die Redaktion, oder? Marianne, schwöre mir, dass du darüber vorerst nicht schreiben wirst! Wenn der Breiteich morgen in der Zeitung liest, dass seine Frau noch lebt, kommt er womöglich her und bringt sie doch noch um. Aber nicht in meiner Küche! Das verbiete ich!« Seifferheld gab sich autoritär.

»Unsinn, ich will sie nicht in Gefahr bringen. Aber ich will sie interviewen! Exklusiv! Und sobald du den Fall gelöst hast, werde ich die Erste sein, die darüber berichtet! Das kommt auch überregional ganz groß heraus, das wird eine Mega-Story. Hach, Siggi, du bist genial!«

Sie drückte ihm noch einen Kuss auf die Stirn. Dann war sie auch schon weg.

Mit Lippenstiftspuren auf der Stirn saß Seifferheld auf der Holzbank und schaute in sein Chili. Es freute ihn, dass seine Marianne ihm die Lösung dieses Falles zutraute, aber ohne weitere Daten zur Toten hatte er überhaupt keine Chance. Um einem Mörder auf die Spur zu kommen, musste man das Opfer kennen. Er wusste ja nicht einmal, wer das Opfer war.

Seifferheld bröckelte das frische Brot in den Teller und löffelte sein Chili. Chili musste man warm essen!

Als sein Teller leer war, fischte er nach seinem Handy und gab die Durchwahl von Ex-Kollege Wurster ein. Es meldete sich aber Bauer zwo, der Assistent der Chefin.

»Ach, du bist's, Siggi. Ich sag dir gleich, dass ich dir nichts sage!« Bauer zwo kicherte.

Bauer zwo, der irre Motorradfreak mit der Minipli-Frisur, konnte – da waren sich alle einig, die ihn kannten, sogar die, die ihn mochten – nur durch Vitamin B an seine Stelle als Assistent der Polizeichefin gelangt sein. An seiner Intelligenz oder seinem ermittlerischen Geschick lag es definitiv nicht – er hatte weder das eine noch das andere. Dass ihn Seifferheld, Wurster und van der Weyden jede Woche als ihren Stammtischbruder willkommen hießen, lag allein darin begründet, dass sie der Job, bei dem es um die Sicherheit des Staates ging, zusammenschweißte. Durch dick und dünn, in guten wie in schlechten Tagen, in Intelligenz und Dummheit. Ehen kamen und gingen, die kollegiale Partnerschaft mit Kollegen hielt ein Leben lang.

»Bauer zwo, jetzt hab dich nicht so, du wirst mir doch irgendeinen Happen zuwerfen können. Neue Verdachtsmomente im Fall Breiteich? Irgendwas? Also, beispielsweise Indizien, die darauf hinweisen könnten, dass es sich bei der Leiche nicht um Britt Breiteich handelt?«

Seifferheld lauschte.

Bauer zwo schwieg.

»Hallo? Bist du noch dran? Sag schon, gibt es neue Erkenntnisse?«

»Ja! Jede Menge! Aber ich verrate sie dir nicht!«, erwiderte Bauer zwo kichernd, ein irres Kinski-Kichern, und legte auf.

Depp!

Also gut, nachdenken. Was hatte er bei seinem Treffen mit Dombrowski in der Bausparkassen-Cafeteria in der Akte gelesen? Die Tote war kleiner als Britt Breiteich und vermutlich dunkelhaarig und ihre Zahnkorrekturen waren ungewöhnlich. Er hatte sich voreilig auf die Breiteich eingeschossen, weil es zu der Zeit definitiv keinen weiteren Vermisstenfall gegeben hatte, und in einer Kleinstadt verschwand man nicht so einfach. Jeder kannte jeden, und irgendjemand wäre etwas aufgefallen. Nun musste er seine Meinung korrigieren.

Hm. Eine Großstadtleiche, die jemand nach Hall gebracht und im Innenhof der Cafeteria verbuddelt hatte? Höchst unwahrscheinlich.

»Siegfried!«

Seifferheld sah auf und erkannte Reimer, den Obertrommler vom Einkorn.

»Reimer!«

Die beiden Männer schüttelten sich die Hände.

Jetzt, bei Lichte betrachtet, wirkte Reimer ganz anders. Quasi normal. Groß, schlank, um die fünfzig, mit silbergrauen Haaren und randloser Brille. Im eleganten Dreiteiler.

Onis begrüßte den Mann, indem er ihm – wie für ihn üblich bei Menschen, die er mochte – die Schnauze in den Schritt rammte.

»Darf ich mich dazusetzen?« Reimer saß schon. Er war offenbar Stammkunde, denn sein Cidre kam unaufgefordert.

»Und? Wie hast du unsere Trommelnacht überstanden?«
Reimer und Seifferheld stießen an.

»Gut! Unglaublich, was da in einem geweckt wird!«
Seifferheld meinte es ernst. Noch vor zwei Tagen hätte er
Männertrommeln als esoterischen Quatsch abgetan, aber
jetzt wusste er es besser.

»Du hast dich sehr gut in unsere Runde eingefügt! Der
Arno hat ja schon mächtig von dir geschwärmt.«

Ach, hatte er das? Seifferheld musste sich anstrengen,
dass ihm die Gesichtszüge nicht entglitten. Er bemerkte,
wie Reimer ihn intensiv musterte. Schnell, eine Ablenkung!

»Der Arno ... so, so ...«, fing Seifferheld an. »Seid ihr
schon lange befreundet?«

Reimer schaute ihn aus offenen Augen an. Seifferheld
konnte sich nach all den Dienstjahren immer auf sein
Bauchgefühl verlassen, und sein Bauchgefühl sagte ihm,
dass dieser Mann ein aufrichtiger Bursche war.

»Aber nein, Arno ist erst vor einem halben Jahr zu uns
gestoßen. Er kam aber auf Empfehlung von Trommelbrü-
dern aus Norddeutschland. Arno ist einer von den Guten.«

Wenn er das sagte, dann glaubte er das auch, aber das
hieß ja nicht, dass dem auch so war.

Seifferheld trank sein Glas leer und bestellte noch ein
kleines Guinness.

»Du würdest sehr gut zu uns passen, Siegfried«, erklärte
Reimer und nickte wie zur Bestätigung.

»Ich habe doch keine Ahnung vom Trommeln«, hielt
Seifferheld dagegen.

»Trommeln, das kommt von ganz tief innen, du musst

keine Ahnung haben. Du musst nur loslassen können – und zwar all das, was uns Männern von Kindheit an eingedrillt wurde: Härte, Rationalität, Konkurrenzdenken. Das Mannsein völlig neu erleben. Sein dürfen, wie man ist. Darum geht es beim Trommeln.« Reimer sprach eindrücklich. Er sah Seifferheld an. »Ich will dir nicht zu nahe treten, aber ich spüre doch, dass du auch von starken Frauen umgeben bist. Was toll ist, versteh mich nicht miss!« Er hob beide Hände, im Abwehrmodus, als wolle er jeden Verdacht, er könne etwas gegen starke Frauen haben, im Keim ersticken. »Aber wir sind uns doch wohl einig, dass ein Mann auch mal Luft zum Atmen braucht. Und nicht alle von uns sind klischeetriefende Abziehbilder, die die Luft zum Atmen dann bei anderen Frauen suchen. Nein, manche von uns suchen sie bei sich selbst. In uns. Freiheit ist eine Illusion, aber die wahre Freiheit finden wir in uns selbst!«

Seifferheld hatte eine natürliche Aversion gegen selbsternannte Gurus, aber Reimer hatte da wirklich nicht Unrecht. Der Mann wusste, wovon er sprach.

»Hier, das ist unser Zeichen.« Reimer zog seine Anzugjacke aus, krempelte seinen Hemdsärmel hoch und zeigte Seifferheld eine Tätowierung am Oberarm. Ein dezentes Symbol, das Seifferheld nicht deuten konnte, das er aber optisch ansprechend fand. Und männlich.

Seifferheld gehörte zu einer Generation, die sich nicht tätowieren ließ. Das war etwas für Seeleute und Kriminelle. Ihm wäre es nie in den Sinn gekommen, seinen Körper mit barbusigen Frauengestalten oder den Namen seiner Liebsten oder uralten Tribal Tattoos, also Stammeszeichen, die weder er noch der Tätowierer und noch nicht einmal die Nachfahren der Stammesangehörigen verstanden, zu entstellen. Hirschgeweihe über Frauenhintern, die im Sommer immer noch zwischen Hotpants und Top aufblitzten, fand er entsetzlich. Aber während er auf Reimers Oberarm schaute, hatte er plötzlich das Gefühl, dass so ein geschmackvolles Emblem als Zeichen seiner Männlichkeit gar nicht mal so übel wäre. Und womöglich fand Marianne es verrucht und aufregend ...

»Kein Zwang, Siegfried, wirklich kein Zwang. Hier, falls du dich tätowieren lassen möchtest, das ist die Vorlage.« Reimer zog einen kleinen Zettel aus seiner Brieftasche. »Der Tätowierer aus der Gelbinger Gasse kennt uns schon, der sticht dir das in null Komma nichts.«

Seifferhelds Hand streckte sich wie von selbst aus und steckte den Zettel ein. »Ich überlege es mir«, antwortete er. Aber sein Überlegen befand sich längst nicht mehr in der Phase, ob er sich tätowieren lassen sollte oder nicht, sondern auf welchen Arm, links oder rechts.

»Ich kann dir auch meine Trommel überlassen«, fuhr Reimer fort. »Du verpflichtest dich zu nichts. Komm einfach das nächste Mal wieder vorbei und schau, was es mit dir macht.«

»Wann ist denn das nächste Mal?«, erkundigte sich Seifferheld.

Reimer sah ihn ein wenig merkwürdig an.

»Bei Vollmond. Wir trommeln immer in der Vollmondnacht!«

Seifferheld nickte, als sei ihm nun alles klar.

Jetzt musste er nur noch herausfinden, wann das nächste Mal Vollmond war ...

Le jeu n'a pas d'autre sens que lui-même.

Boule ist die schönste Beschäftigung, einen lauen Nachmittag zu vertrödeln.

Fanden zumindest die BOULE-etten, fünf ältere Damen, die sich regelmäßig zum Boule-Spiel auf dem Platz vor dem Kocherquartier trafen. Sie hatten in ihrem Leben schon genug dem Adrenalinkick gefrönt, jetzt schoben sie eine ruhigere Kugel.

Auch wenn viele, die beobachteten, wie beispielsweise eine Rentnerin mit rappelkurzen Haaren im Freizeitdress versuchte, eine fast ein Kilo schwere Stahlkugel möglichst nah an eine kirschgroße Holzkugel zu werfen, es albern fanden. Aber die Frau warf nicht einfach nur eine Kugel in den Kies, sie war eine Bestie mit Killerinstinkt, die danach trachtete, der gegnerischen Mannschaft den Todesstoß zu versetzen, was ihr auch gelang, woraufhin eine weitere Rentnerin mit Chignon und im Kostüm stoisch zuschaute und einen Schluck Pastis aus einem Flachmann nahm, während ihre Welt in Trümmer geboult wurde.

Boule war nichts für Weicheier. Die Spieler mussten unglaubliches Glück und absurdes Pech psychologisch verkraften. Aber im Idealfall vereinte das Spiel Leidenschaft, Präzision, Konzentration, Kreativität, Hingabe, Taktik, Flexibilität und Fingerspitzengefühl. Es machte die Spieler zu besseren Menschen. Nur dass der Idealfall die Ausnahme war. Meistens war es Krieg, nicht kompatibel mit dem kirchlichen Katechismus.

Ja, für das geübte Auge spielten sich dort, am Kocherquartier, an schönen Tagen entsetzliche Horrorszenen ab, aber auch Momente des Triumphs und der Freude. Das ungeübte Auge aber bekam von all dem natürlich nichts mit.

Auch Seifferheld, der nach seinem Besuch im *Molly Malone* beschloss, er könne auch gleich eine Hunderunde drehen, wenn er schon mit Onis unterwegs war, und im Zuge dessen auch zwei Fliegen mit einer Klappe erschlagen und im Tätowierstudio vorbeischauen und sich einen Termin geben lassen, sah nichts weiter als eine Handvoll alter Frauen, die sich in Zeitlupe bewegten.

Da Irmgard nun schon geraume Zeit leidenschaftliche Boule-Spielerin war – offiziell, um sich durch Sport fit zu halten, inoffiziell, um ihre seelischen Abgründe auszuleben – und sie ihre Mitspielerinnen gelegentlich zum Kaffeeplausch ins Seifferheld-Haus einlud, weil die Hölderlein-Wohnung zu klein für derartige Festivitäten war, kannte Seifferheld zumindest die Gesichter ihrer Boule-Kolleginnen, wenn auch nicht ihre Namen.

»Grüß Gott«, sagte er deshalb, als Onis und er vorbeiflanierten.

Die Boule-Spielerinnen erstarrten.

Seifferheld war sich seiner Wirkung auf Frauen bewusst. Mehr Frauen als Männer erreichten ein hohes Alter, und wenn vorn erst einmal eine Sechs stand und man nicht legal gebunden war, dann wurden selbst Unscheinbare und sogar Hässliche schlagartig Objekte der Begierde. Und Seifferheld war keins von beidem. Er hatte sich folglich daran gewöhnt, dass ältere Damen in seinem Beisein lasziv und femme-fatalig wurden. Aber Schreckstarre?

»Herrlicher Tag heute«, sagte er und wollte weitergehen, zumal auch Onis an seiner Leine zog.

»Sie stecken das aber gut weg«, erklärte die Chignon-Trägerin vorwurfsvoll.

»Wie bitte?« Seifferheld blieb wieder stehen.

Die Frauen starrten ihn an. Es nieselregnete immer noch, aber es gab ja kein schlechtes Wetter, nur die falsche Kleidung.

Seifferheld hatte nicht schlecht gestaunt, als seine Schwester ihm erklärt hatte, sie sei jetzt eine Bulette. Hager, wie sie war, dachte man bei ihrem Anblick an alles, nur nicht an eine leckere, runde Frikadelle.

»Bulette?«, hatte er gefragt.

»BOULE-ette!«, hatte sie gefaucht.

»Hab ich doch gesagt.«

»Du hast es wie Bulette ausgesprochen!«

Daran musste er jetzt denken, als die Frauen ihn mit Blicken aufspießten wie einen Schmetterling für eine Lepidoptera-Sammlung. Hatte er irgendetwas Falsches gesagt?

»Wir sind natürlich jederzeit für Sie da«, erklärte die Kurzhaar-Dame im Freizeitdress. »Auch finanziell«, fügte sie hinzu und wurde rot, weil man in Schwäbisch Hall nicht über Geld sprach.

Seifferheld sah Onis an, als ob sein Hund ihm sagen könnte, was hier los war. »Ich verstehe nicht ganz …«

»Irmgard hat uns aus der Uckermark angerufen. Wir wissen Bescheid«, meldete sich eine Dritte, körperbaulich eher Kantige zu Wort.

Seifferheld würde es in diesem Leben nicht mehr lernen, die Frauen auseinanderzuhalten.

»Ah ja, worüber denn?«

»O bitte, Herr Seifferheld, wir versichern Ihnen, uns

müssen Sie nichts vorspielen. Wir kennen das Irmchen seit Kindergartentagen. Auf uns können Sie sich verlassen!«

Seifferheld fiel wieder ein, dass Irmgard ihn angerufen hatte. Er hatte nicht abgenommen. War etwas passiert? Hatten sich die Uckermärker zusammengerottet und damit gedroht, Irmis Missionarstruppe zu lynchen? Oder war wirklich etwas passiert? Etwas Schlimmes, das er nicht mitbekommen hatte, weil er zu müde gewesen war und zu lustlos, um ihren Anruf entgegenzunehmen? Lag sie schwer verletzt und mutterseelenallein weit weg in einem Krankenhaus? Das würde er sich niemals verzeihen!

»O Gott«, entfuhr es ihm, »sie ist im Krankenhaus!«

Die BOULE-etten nickten. Seifferheld fasste sich an die Brust. Sein Herz schlug schwer. Irmi!

»Das ist ja das mindeste, nicht wahr, dass sie sich bei dem armen jungen Mann mit der schweren Gehirnerschütterung entschuldigt«, fand die Kantige.

»Wiewohl ich immer noch finde, das Ganze ist die Schuld dieser jungen Männer«, hielt das Chignon dagegen. »In Zeiten wie den unseren muss man sich nicht so bedrohlich kleiden. Etwas längere Haare und Bequemschuhe, wie sie unser Herr Seifferheld trägt, hätten es auch getan.«

»Die Stiefel gehören aber doch zu seiner Berufskleidung. Und ich glaube, Feuerwehrmänner dürfen gar keine langen Haare haben, weil sich sonst die Flammen darin verfangen«, warf eine Vierte mit piepsiger Mäuschenstimme ein.

»Meine Damen!«, rief Seifferheld.

»Der Gehirnerschütterte ist jung, der steckt das weg«,

erklärte eine Fünfte. »Und unser Irmchen ist ja Ersttäterin, da kommt sie mit Bewährung davon, ganz sicher. Aber den Wagen hätten sie echt nicht gleich zu konfiszieren brauchen! Wie sollen wir von der Blumenschmuckgruppe der Gemeinde denn jetzt zur Tulpenblüte auf die Insel Mainau kommen?«

Seifferheld mahnte sich, innerlich bis zehn zu zählen und nicht gleich mit seiner Gehhilfe auf die Buletten loszugehen. Eine ganz leichte Neigung zur nachdrücklichen Gesprächsführung war auch ihm nicht abzusprechen. Insofern glich er seiner Schwester Irmi.

»Wir machen Ihnen keinen Vorwurf, Herr Seifferheld«, versicherte das Chignon. »Bahnfahrkarten für vier Personen von Radekow nach Schwäbisch Hall sind nicht billig.«

»Wie gut, dass Neustrelitz eine Partnerstadt von Schwäbisch Hall ist. Dadurch kannte ich den Rainer und konnte ihm das Geld gleich heute Morgen überweisen, und bis es auf seinem Konto eintrifft, schießt er es schon einmal vor, die gute Seele.«

»Ja, die Menschen im Osten, die kennen noch echte Herzlichkeit.«

»Nicht jeder würde einer Straftäterin helfen, es ist ihm wirklich hoch anzurechnen. Und er ist dafür ja auch eineinhalb Stunden im Auto unterwegs. Ach Gottchen, unsere Irmi, eine Verbrecherin.«

»So dürfen wir sie noch nicht nennen. Nicht vor dem abschließenden Gerichtsurteil.«

»Meine Liebe, nach dem Urteil mag sie eine verurteilte Straftäterin sein, aber begangen hat sie die Straftat ja jetzt schon.«

»WAS FÜR EINE STRAFTAT?«, brüllte Seifferheld mit dem ihm zur Verfügung stehenden Lungenvolumen.

Onis schreckte zusammen, die zwölf Teenager, die auf der anderen Straßenseite am Kocheruferhang chillten, schreckten zusammen, der grüne Golf, der gerade vorbeifuhr, fuhr vor Schreck einen kleinen Bogen, aber die taffen BOULE-etten zuckten mit keiner Wimper.

Die Kantige ergriff das Wort. »Mein guter Mann, kein Grund, die Stimme zu erheben. Irmgard ist des tätlichen Angriffs angeklagt. Sie hat zusammen mit dieser Diakonisse erst zwei junge Feuerwehrmänner und anschließend zwei Polizisten verprügelt, einen davon krankenhausreif.«

Na also, dachte Seifferheld, geht doch.

Und gleich darauf dachte er: WIE BITTE?!

In der Keksdose des Lebens sind ältere Schwestern das gesunde Vollkorngebäck – sie tun einem gut, aber man hätte doch lieber etwas mit Schokolade gehabt …

Seifferheld stapfte in Richtung Gelbinger Gasse, die Gehhilfe klackte laut auf die Pflastersteine. Er nahm nicht die Abkürzung über den Badtorweg, sondern schlug einen Bogen die Salinen- und dann die Johanniterstraße entlang. Er musste sich seine brüderliche Erregung vom Leib laufen.

Irmgard!

Was war nur in sie gefahren? Schlimm genug, dass sie Leute missionieren wollte, die gar nicht darum gebeten hatten, missioniert zu werden. Aber dass sie dabei auch noch rohe Gewalt anwandte?

Bekam ihr die Ehe mit einem Pfarrer nicht? Dabei war Helmerich ein herzensguter Mensch mit einem ganz weichen Kern und einem großen Herzen.

Ernährte sie sich falsch? Zu wenig Kohlehydrate? Zu viele?

War es irgendeine Seniorenkrankheit – Alzheimer in der aggressiven Variante?

Gut, sie war immer schon grob gewesen. Schaudernd erinnerte er sich an seine Kindheit, wie sie ihm die Haare gebürstet hatte und dabei schlecht gelaunt gewesen war. Sie hatte immer viel genauer als der Weihnachtsmann gewusst, ob er artig gewesen war oder nicht. Aber er hatte sich immer auf sie verlassen können, wenn größere Jungs ihn schikanierten.

In Höhe der Total-Tankstelle hatte er sich wieder einigermaßen beruhigt, und als er und Onis am Indischen Forum vorbeikamen, lief er fast wieder mit normaler Betriebstemperatur.

Die Opfer hatten überlebt, so weit, so gut. Sie war nicht in Untersuchungshaft gekommen und befand sich in diesem Augenblick auf der Rückreise. Sobald sie wieder in Hall war, würde er sich Irmi vorknöpfen und Tacheles mit ihr reden. Sie würde Wiedergutmachung an den Opfern in der Uckermark leisten und mit Würde akzeptieren, was immer das Gericht befand. Jawohl, so würde es sein.

Kurz vor der Tätowierstube war Seifferheld fast schon wieder gut gelaunt.

Er trat ein.

Der Empfangsraum mit der schmalen Theke lag verlassen, rechts im Behandlungszimmer lag eine junge Frau, in deren zartrosa Haut gerade ein zähnefletschender Dämon gestochen wurde. Das Geräusch der Tätowiernadel erinnerte Seifferheld an seinen Zahnarzt. Kein gutes Omen.

»Ja bitte«, sagte plötzlich eine Männerstimme links neben ihm. Die Stimme gehörte zu einem stark tätowierten Glatzkopf, der Einmalhandschuhe und ein Lächeln im Gesicht trug.

Seifferheld schob den Zettel über die Theke, den Reimer ihm gegeben hatte.

»Ah, ein Trommler«, freute sich der … äh … sagte man Stecher zu jemand wie ihm? »Da bin ich schon in Übung, das geht rasch. Maximal 'ne Dreiviertelstunde. Zufällig musste gerade einer absagen. Soll ich dich gleich drannehmen, oder willst du noch mal drüber schlafen?«

Seifferheld schluckte.

Er war davon ausgegangen, Tage oder Wochen oder gar Monate auf einen Termin warten zu müssen. Zeit genug, um in Ruhe noch mal über alles nachzudenken. Vor Nadeln hatte er offen gestanden auch einen Heidenrespekt. Blutabnahmen waren für ihn das Schlimmste.

Der junge Mann sah ihn auffordernd an.

Seifferheld war so in seinem Entscheidungsfindungsprozess versunken, dass ihm der grüne Golf nicht auffiel, der im Schritttempo am Fenster des Tätowierstudios vorbeifuhr.

»Du musst nichts übers Knie brechen«, versicherte ihm sein Gegenüber.

Es galt, eine Entscheidung zu treffen. *Friss den Frosch!*, dachte Seifferheld, Unangenehmes sollte man immer gleich erledigen, dann war es vom Tisch. Und hinterher fühlte man sich besser.

Alte Weisheit. Half angeblich wirklich. Wie *Tschakka* rufen.

Er sah dem jungen Mann in die Augen. »Haben Sie eine Schüssel Wasser für meinen Hund, während er wartet?«

Zwischeneinwurf:
Was jetzt gleich kommt, hält Seifferheld für schlimm.
Was er nicht weiß: Es kommt noch schlimmer.
Viel schlimmer!
Keine vierundzwanzig Stunden mehr
bis zum Showdown mit dem Täter ...

Seifferheld und der Zweifel,
der eine Überzeugung war

**Jemand zu hassen kostet zu viel Energie.
Ich tue einfach so, als sei er tot.**

»Siggi, da bist du ja. Dann können wir gleich zusammen gehen, super!« Bauer zwo schlug ihm wuchtig auf die Schulter.

Dummerweise war es die Schulter, die zu dem frisch tätowierten Oberarm gehörte. Seifferheld zuckte heftig zusammen. Unwillkürlich rutschte ihm ein gequältes Stöhnen heraus.

Passanten sahen besorgt zu ihm, und Onis, der vierbeinige Psychotherapeut, schleckte seinem Alpha-Rüden heilend die Hand. Es war die andere Hand, aber die Geste zählte.

Nur Bauer zwo bekam nichts mit. Der kreiselte grundsätzlich in seinem eigenen Universum.

»Bist du auch schon so gespannt?«, fragte er.

Bauer zwo trug grundsätzlich immer seine lila Motorradlederkluft, die beim Gehen quietschende Geräusche von sich gab.

Er war am Säumarkt auf Seifferheld gestoßen. Dort parkte er immer sein Motorrad, wenn er in die Innenstadt wollte.

»Gespannt auf den Stammtisch? Wieso? Hast du was Großes geplant? Heute womöglich kein Schnitzel mit Spätzle und Soße, sondern … lass mich raten … die überbackenen Maultaschen? Kühner Vorstoß!« Seifferheld kicherte seinen Oberarmschmerz weg.

Der Tätowierer hatte ihm noch zu einer Wundheilsalbe geraten. Und zu leichten, rezeptfreien Schmerzmitteln für die erste Nacht. Auf dem Weg zum *Löwen* kamen sie an einer Apotheke vorbei. Seifferheld wollte schauen, wer heute Nachtdienst hatte.

»Siggi, du Komiker. Natürlich ess ich Schnitzel und nix anderes.« Für Bauer zwo war eine Abkehr vom Althergebrachten unvorstellbar. »Aber heute kommt doch der Stricker und bringt uns das Stricken bei!«

Seifferheld blieb abrupt stehen.

»Ohne mich!«

Der hinter Seifferheld trottende Onis lief voll auf.

»Wieso denn nicht? Ist doch ulkig. Und gerade du wirst dich doch wohl nicht über handarbeitende Männer lustig machen wollen.« Bauer zwo zog seine Augenbrauen hoch, bis sie fast an das Minipli-Pony über seiner Stirn stießen.

Aus dem Stegreif fiel Seifferheld keine plausible Begründung ein. Er konnte nicht einmal mehr behaupten, dass er Arno Siegmann für einen Mörder hielt, denn nachdem Britt Breiteich quicklebendig war, bröckelte die These vom strickenden Monster doch rapide.

Bauer zwo war zwar ein Idiot, aber ein Idiot mit einer feinen Spürnase. »Hast du Angst, er könnte dir deine Position als Platzhirsch streitig machen? Dich vom Olymp des einsamen Profi-Stickers in die Niederungen der Amateure zurückstoßen?«

Seifferheld presste die Lippen aufeinander.

»Das wird nie passieren, Siggi.« Bauer zwo meinte es ehrlich, das spürte man. »Ein Stricker wird einem Sticker niemals Konkurrenz machen können. Stricker gibt es wie Sand am Meer, aber Sticker muss man mit der Lupe suchen. Du wirst immer was ganz Besonderes bleiben.«

Seifferheld entspannte sich ein wenig.

Man musste ihn einfach lieben, diesen Minipli-Idioten im Lederfummel.

»Also gut, auf zum Stammtisch.«

Der *Löwen* war das Stammhaus der *Haller Löwenbrauerei* und bot eine bodenständige, regionale Küche und vor allem Löwenbräubier. Für die Männer von Mord zwo war dienstags immer der runde Stammtisch reserviert, in den die Namen der Gründungsväter eingraviert waren.

Als sie ankamen, waren die anderen bereits zugange. Arno Siegmann hatte dicke Einsteiger-Stricknadeln und Wolle in männlichen Farbtönen mitgebracht und verteilt.

Wurster konzentrierte sich so sehr auf das, was er da tat, dass ihm die Zungenspitze aus dem rechten Mundwinkel hing. Was er da tat, erschloss sich allerdings nicht sogleich. Er strickte definitiv nicht. Er sah eher so aus, als würde er eine haitianische Voodoo-Folter an dem dunkelgrünen Wollknäuel vor ihm auf dem Tisch vollziehen.

Van der Weyden schien mit einem marineblauen Wollfaden seine beiden Nadeln erdrosseln zu wollen. Er zog fest und stieß dabei obszöne Flüche aus. »Die Nadeln wollen nicht so wie ich!«

Nur Dombrowski schlug sich wacker. Er hatte definitiv schon Strickerfahrung. Zwischen seinen Nadeln entstand gerade ein Schal. War gewissermaßen schon halb fertig. »Ich hab Stricken schon in der Schule gelernt. Ist wie Radfahren. Das verlernt man einfach nicht.«

»Siegfried, ich dachte schon, du kommst nicht mehr.« Arno Siegmann freute sich wie ein Kleinkind. »Wir haben schon mal angefangen.« Offenbar fand er, dass zwei Männer durch gemeinsames Trommeln zu Brüdern wurden. Jedenfalls duzte er ihn jetzt.

Siegmann zog zwei Stricknadeln und lila Wolle aus einem Korb und reichte sie Bauer zwo. »Hier bitte. Wir fangen damit an, kleine Musterstücke zu stricken. Die lassen sich dann zu einer Patchworkdecke zusammennähen.«

Bauer zwo nahm die Nadeln in die Hand. In jede Hand eine.

Seifferheld setzte sich auf seinen Stammplatz und nickte

der superfreundlichen Bedienung zu, die nur »Wie immer?« fragte.

»Wie immer!«

Onis legte sich unter dem Tisch ab.

Siegmann drückte Seifferheld ein burgunderrotes Wollknäuel und ebenfalls zwei Nadeln in die Hand. »Als Erstes der Maschenanschlag. Wir müssen uns vorher überlegen, wie viele Maschen wir brauchen, dementsprechend lang muss das offene Fadenende sein.«

Bauer zwo hob den Arm.

»Ja?«

»Was ist ein Maschenanschlag? Klingt nach Terrorakt.«

Siegmann lachte fröhlich und schlug sich auf den Oberschenkel, als hätte Bauer zwo einen Witz gemacht. Nur die Stammtischbrüder lachten nicht, sie wussten, dass Bauer zwo alles, was er sagte, todernst meinte.

Siegmanns Lachen geriet ins Stocken und verpuffte dann, als ihn auch diese Erkenntnis traf.

»Du hast recht«, sagte Seifferheld zu Bauer zwo, »es handelt sich um einen Anschlag im terroristischen Sinne. Wir vergehen uns gleich an der Wolle, und sie wird das nicht überleben.«

Siegmann schüttelte sich vor Lachen. »Ich krieg mich nicht mehr ein!«, rief er fröhlich und schlug Seifferheld dann schwungvoll auf die Schulter. Ja, auf die mit dem tätowierten Oberarm.

Dieses Mal schrie Seifferheld vor Schmerz auf, krümmte sich und ließ dabei Wolle und Nadeln fallen.

Siegmann erschrak.

Die anderen sahen von ihren Handarbeiten auf.

Onis war das nun ja schon gewohnt und brummte nur.

»Was ist denn mit dir los?«, fragte Wurster. »Gicht?«

Seifferheld richtete sich wieder auf und stöhnte leise.

»Alles in Ordnung?«, fragte die Kellnerin und stellte das eisgekühlte Mohrenköpfle vor ihm ab.

»Ja, geht schon, danke.«

Siegmann musterte Seifferhelds Schulter und juchzte plötzlich auf. »Ich weiß, was es ist!«

Nein, wollte Seifferheld noch rufen. Maul, sonst Beule! Aber da war es schon zu spät.

»Siggi, du hast dich tätowieren lassen! Darauf müssen wir anstoßen!« Er hob seine kleine Apfelschorle. »Santé!«

»Du hast dich tätowieren lassen?« Rogier van der Weyden nickte anerkennend. »Wurde ja auch Zeit. Was ist es denn? *I love you Marianne* mit ihrem Konterfei? Zeigen!«

»Nee, wenn überhaupt so was Schmalziges, dann *I love you Onis* mit Hundekopf«, erklärte Dombrowski und lag damit gar nicht so falsch.

»Zeigen, zeigen, zeigen«, skandierten seine Stammtischbrüder. Bis auf Siegmann, der sagte: »Nein, nein, es ist …«

Jetzt reichte es aber. »Danke, Jungs, aber was ich mit meinem Körper mache, geht nur mich etwas an!«, donnerte Seifferheld.

Die Gäste am Nebentisch verstummten.

Leiser fuhr er fort: »Man kann ohnehin noch nichts erkennen, es ist noch ganz frisch und eigentlich nicht mehr als eine offene Wunde!«

Er setzte die Flasche an den Mund.

»Es ist das Emblem unserer Männertrommelgruppe.

Siegfried ist jetzt Mitglied bei uns«, plapperte Siegmann. Er strahlte.

Stille senkte sich über den Tisch.

Verrat!

Bauer zwo war in einem Motorradclub, Dombrowski im Elvis Club, van der Weyden im Sportverein und Bärenmarkenbär Wurster in der Hirsutismus-Selbsthilfegruppe. An keiner dieser Gruppen hatte Seifferheld jemals Interesse gezeigt. Seine Kollegen nahmen das hin, denn er galt als einsamer Wolf, als Lonesome Rider, als einer, der lieber für sich blieb. Und jetzt war er Mitglied bei den Männertrommlern geworden? Und so mussten sie es erfahren?

Doppelter Verrat!

»Ich kann das erklären …«, fing Seifferheld an.

»Schon gut, du musst nichts erklären«, erklärte van der Weyden beleidigt.

Siegmann spürte, dass er möglicherweise einen Misston in die fröhliche Runde gebracht hatte. Bauer zwo stach wütend auf sein Knäuel ein, Wurster versenkte seine Stricknadeln im viertelvollen Bierglas, Dombrowski löste seine Strickarbeit wieder auf.

»Bloß weil ich jetzt bei Vollmond trommele, heißt das doch noch lange nicht, dass ich nicht mehr zum Stammtisch komme«, rechtfertigte sich Seifferheld.

»Man kann nicht auf zwei Hochzeiten tanzen, ohne dass man nicht bei einer von beiden nur noch müde schwankt«, erklärte Wurster.

»Man kann nicht zwei Frauen lieben. Theoretisch vielleicht, praktisch erfordert es zu viel Organisation bei zu hohem Risiko und nur minimalem Lustgewinn«, konstatierte Dombrowski.

»Leute, jetzt ist aber gut, was soll das? Ihr seid meine Stammtischbrüder! Woher diese plötzliche Eifersucht? Auf meine Kochkursjungs seid ihr doch auch nicht eifersüchtig!«

»Wie?«, sagte Bauer zwo. »Du kochst? Mit anderen Männern?«

Der Abend war gelaufen.

Und Stricken würden sie in diesem Leben nicht mehr lernen ...

Die Wirklichkeit ist der signifikanteste Stressauslöser unter jenen, die mit ihr in Kontakt kommen.
Lily Tomlin

Der Mensch ist nicht dazu geschaffen, allein zu sein.

Am Ende eines langen, schweren Tages braucht er jemand, an den er sich im Bett kuscheln kann, der sich seine Kümmernisse anhört, dessen gleichmäßiger Atem die Sorgen dieser Welt wenn schon nicht in nichts auflöst, so doch mindert. Jemand, in dessen Gegenwart er weiß, dass alles vorbeigeht, auch diese Nöte, und der ihm das Gefühl gibt, nicht allein zu sein.

Als Seifferheld in dieser Nacht in sein Bett stieg, war er nicht allein. Ein wunderbares Geschöpf kuschelte sich an ihn und hechelte.

Onis.

Marianne lag einen Stock höher mit Britt Breiteich im Bett. Nein, das war keine weichgezeichnete *Bilitis*-Szene, die sich herrlich zu Einschlafträumen eignete. Nachdem Kevin Haubers Frau angerufen und ihren Ehemann nach Hause zurückbeordert hatte, fühlte sich Britt plötzlich schutzlos den bösen Mächten ausgeliefert und erlitt einen Nervenzusammenbruch. Marianne, die sie eigentlich für ihre Exklusivstory *Wie ich von den Toten zurückkehrte* interviewen wollte, wähnte sich verpflichtet, Britt beruhigenden Johanniskrauttee zu brühen und sie als lebende Wärmflasche in den Schlaf zu wiegen.

So blieb Seifferheld, der völlig erschöpft war – vom Trommeln, vom Ermitteln, vom Stammtischkumpelenttäuschen –, nichts anderes übrig, als sein frisch gestochenes Tattoo mit Wundsalbe zu behandeln und allein ins Bett zu steigen. Schmerztabletten waren nicht nötig, solange ihm nicht wieder jemand auf die Schulter klopfte.

Onis, der spürte, wenn sein Alpha in Not war – und der vor allem ein feines Näschen dafür hatte, wann er das Unerhörte, das Verbotene doch tun durfte –, kam angeschlichen und legte seinen gewaltigen Hovawart-Schädel auf das Bett und schaute Seifferheld aus treuen Hundeaugen an. Seifferheld schmolz dahin wie Langnese-Eis in der Sonne. Nur schneller.

Flugs sprang Onis auf die Bettseite, die sonst immer Marianne vorbehalten war. Während ihm Onis, der natürlich nicht ins Bett durfte, regelmäßig ins Ohr schnaufte, wurden Seifferheld die Lider schwer und immer schwerer und – zack! – war er eingeschlafen.

Am nächsten Morgen verschlief er schon wieder. Nichts

war's mit dem wuchtigen Läuten der Glocken von St. Michael. Das heißt, sie läuteten schon, jedoch ohne ihn zu wecken. Er erwachte gegen acht Uhr dreißig und lag allein im Bett. Nach kurzer Orientierungslosigkeit ging er ins Bad – in sein eigenes, nicht ins Gästebad, dessen Wannenbenutzung Olga und Frau Hoppe durch ihre bloße Anwesenheit Seifferheld für alle Zeiten verunmöglicht hatten. Dennoch lugte er zur Vorsicht kurz hinter den Duschvorhang, man wusste ja nie.

Dann schlüpfte er in seinen Morgenmantel und humpelte zur Küche.

Normalerweise war er der Erste, hatte eine ruhige halbe Stunde für sich, in der er den Polizeibericht tippte und Apfelmost trank und eine Brezel aß.

Aber in seinem Leben war nichts mehr normal.

Die muntere Familienszene erstarrte zu einem Stillleben, als er – mit Schlaf in den Augen und Liegeknitterfalten in den Wangen – eintrat.

Brueghel hätte die Bildgestaltung nicht besser komponieren können.

Links saßen Irmi und Helmerich. Sie wirkten bleich und übernächtigt und hielten sich an den Händen, was das Ausmaß ihrer psychologischen Belastung ahnen ließ, denn körperliche Zuneigungsbeweise in der Öffentlichkeit waren für das Ehepaar Hölderlein tabu. Mehr als tabu. Eine Todsünde.

Unter dem Tisch lag Onis, sichtlich blasenentleert. Jemand musste Mitleid mit dem Hund gehabt und ihn Gassi geführt haben. Dieser Jemand war offenbar Susanne, die mittig vor dem Küchentisch stand. Sie trug ihre übliche

Arbeitsuniform, ein Chanel-Kostüm, und stellte gerade das Körbchen mit dem frisch getoasteten Brot ab. Offenbar hatte sie das gute Geschirr bemüht, wohl zu Ehren von Britt Breiteich. Neben all den anderen Anwesenden machte sich Britt wie ein Alien aus, wie ein Marsmensch, den es versehentlich an den Frühstückstisch einer Homo-sapiens-Sippe verschlagen hatte. Obwohl sie ein altes, abgelegtes, weißes Nachthemd von Irmi trug, das an Sittsamkeit nicht zu übertreffen war, strömte sie Großstadt-Schick aus. Ihr Make-up war perfekt, ihre Haare saßen wie frisch onduliert.

Marianne, die neben ihr saß, wirkte dagegen geradezu verlottert für das Auge eines unbedarften Dritten – wie zum Beispiel das Auge von Herrn Reuchle, der wieder freien Blick in die Küche hatte, weil Irmi, die angesichts ihres rabiaten Ausfalls unter entsetzlichen Schuldgefühlen litt, vergessen hatte, die Gardinen vorzuziehen. Nur die Schlieren auf den Scheiben beeinträchtigten seinen Seh-Genuss. Herr Reuchle betrachtete Marianne aber auch nicht mit den Augen der Liebe, wie es Seifferheld tat. Siggi fand sein Mariannchen an diesem Morgen wie an jedem Morgen herrlich süß und schlafzerknautscht und zum Anknabbern. Aber was Liebesbezeugungen vor anderen anging, war Marianne seiner Schwester Irmi erstaunlich ähnlich, deswegen hielt er sich zurück.

»Susanne, was machst du hier?«, fragte er in einer Übersprungshandlung, die für das Tierreich nicht ungewöhnlich war.

»Ich warte auf Herrn Hagemann, der dieses unsägliche Graffiti von unserer Hauswand kärchern soll. Du kümmerst dich ja nicht darum, Papa, also habe ich das in die Hand genommen.«

Ach ja, der HUNDESCHÄNDER.

»Ich habe übrigens auch Anzeige wegen Sachbeschädigung gestellt«, fuhr Susanne fort und erlöste die Eier aus dem Topf mit dem kochenden Wasser.

Herrje, nicht doch! Hoffentlich konnte er das wieder rückgängig machen. Er sah förmlich vor sich, wie Usch Meck in Handschellen abgeführt wurde. Das würde nur unnötige Aufmerksamkeit auf die ungewollte Hundeschwangerschaft lenken. Und Onis, der ja als Gefahrhund galt, würde keine Gnade vor den Augen der Richter finden.

»Susanne ...«, fing er an, aber da fiel sein Blick auf das Foto.

Es lag zwischen der Butterdose und dem Erdbeersälzglas auf dem Tisch. Ein klassischer Abzug in der Größe 9 x 13.

Seifferheld trat näher. »Was ist das?«

»Das einzige Foto, das ich aus meinem alten Leben mitgenommen habe«, erklärte Britt Breiteich. »Mein glücklichster Moment.« Sie seufzte. Marianne tätschelte ihr die Hand.

Das Foto zeigte Britt Breiteich als Gewinnerin des Elvis-Wettbewerbs, damals auf dem Jakobimarkt. Draller als heute, jünger als heute, aber unverkennbar sie. Mit Elvis-Perücke im rosa Glitzeranzug. Ihr Lächeln war breit, ihre Freude echt. Links neben ihr stand offenbar der Veranstalter des Wettbewerbs, leicht geduckt, als würde er erwarten, dass die johlende Macho-Menge ob der Schändung der Elvis-Legende faule Eier und madiges Obst auf ihn werfen würde. Und rechts im Hintergrund stand eine weitere Frau, ebenfalls als Elvis zurechtgemacht. Etwas kleiner als Britt Breiteich und eindeutig asiatisch.

Seifferheld zeigte mit dem Finger auf sie. »Wer ist das?«

Britt beugte sich vor. »Das ist Platz zwei. Die war echt gut. Den Namen habe ich vergessen. Es war aber auch einer dieser unaussprechlichen Namen. Sie kam aus Thailand. Ich will's ja nicht beschwören, aber ich glaube, sie war eine Katalogfrau. Sie wissen schon … irgendein Verlierer, der bei deutschen Frauen keinen hochkriegt, hat seine Ersparnisse investiert, um sich was Gefügiges aus Thailand einfliegen zu lassen.« Britt betrachtete das Foto. »Aber sie war echt talentiert.«

Ihr Talent interessierte Seifferheld nicht. Sehr wohl aber ihr Gürtel. Es war ein schwarzer Wechselgürtel von circa drei Zentimetern Breite mit einer auffälligen, farbig emaillierten Schnalle aus schwerem Zinnguss, auf der ELVIS stand.

»Marianne«, bat er seine Liebste. »Schau im Archiv des HT nach, wie die Frau hieß.«

»Heißt, wolltest du sagen.«

Seifferheld schüttelte den Kopf.

Kaum einer von uns ist das, was er zu sein scheint.
Agatha Christie

Srisuriyothai Sutthitanakul.

Seifferheld konnte den Namen nicht aussprechen. Wurster auch nicht. Den hatte er nämlich angerufen, kaum dass Marianne ihm den Zettel mit dem Namen der Frau in die Hand gedrückt hatte.

»Wer soll das sein?«, fragte Wurster ziemlich kurz angebunden, hörbar noch enttäuscht, dass Seifferheld zwar vollmondtrommeln ging, ihn aber nie unterstützend zu seiner Körperbehaarungsgruppe begleitete.

»Das ist der Name der Toten. Frag die Rechtsmedizinerin, ob die Zähne der Toten womöglich in Thailand gerichtet wurden. Wenn ihr euch vom *Haller Tagblatt* das Foto des Elvis-Wettbewerbs besorgt, den Britt Breiteich damals gewonnen hat, dann seht ihr im Hintergrund Sri… die kleine Thailänderin. Sie trägt den Gürtel, mit dem sie auch erdrosselt wurde.«

Seifferheld legte auf. Er hatte seine Pflicht getan. Wurster war Profi. Der würde sich schon wieder einkriegen und ungeachtet persönlicher Verletzungen gewissenhaft ermitteln.

Anschließend ging Seifferheld ins nächstgelegene Reisebüro und erstand einen Wellnessgutschein für zwei, den man wahlweise in idyllisch gelegenen Hotels im Schwarzwald oder im Bayrischen Wald einlösen konnte. Von Hand schrieb er noch einen weiteren Gutschein: *Babysitting durch den Opa, während sich Mama und Papa verwöhnen und die Seele baumeln lassen.* Auf den Umschlag, in den er die beiden Gutscheine schob, schrieb er: *Für meine Lieblingstochter.* Okay, er hatte sowieso nur eine, aber das las sich gut.

Dann humpelte er – schon wieder – zusammen mit Onis die Crailsheimer Straße zur Bausparkasse hinauf.

Der Verkehr brandete an diesem Vormittag besonders laut und heftig, und weil es regnete, waren Seifferheld und Onis bald schon straßenschlammbespritzt. Der Regen kam von vorn, weshalb Seifferheld mit gesenktem Blick den Berg erklomm. Vielleicht entging ihm deshalb der grüne Golf, der mehrmals an ihm vorbeifuhr.

In der Bausparkasse angekommen, stieß er im Foyer praktischerweise auf Frau Senger, die Assistentin seiner Susanne, die er immer Fräulein Senger nennen wollte, weil sie noch so verdammt jung schien, aber sogar Seifferheld wusste, dass »Fräulein« mittlerweile ebenso ausgestorben war wie »Junker«.

»Frau Seifferheld ist leider nicht zu sprechen. Im Augenblick findet gerade die große Pressekonferenz zu den Frühjahrszahlen statt. Kann ich ihr etwas ausrichten?«

Das war jetzt blöd. *Bitte zieh die Anzeige zurück, ich weiß, wer dein Elternhaus geschändet hat, und es war nur die Rache für die Schändung einer Berner Sennerin, und wenn wir daraus jetzt so eine Blutrachekiste machen, wird Onis von der Exekutive in den Hundehimmel geschickt* war kein Satz, den man einer Sekretärin anvertrauen sollte.

»Nein … äh … nein danke. Aber vielleicht kann sie mich anrufen, sobald sie eine freie Minute hat? Und wenn Sie ihr das hier geben könnten?« Er legte den Umschlag auf den Aktenstapel, den sie wie eine Opfergabe vor sich hertrug.

»Natürlich, mach ich gern!«

Seifferheld blieb noch kurz vor der Empfangstheke stehen und sah hinüber zur Cafeteria. Im Grunde sah man sie gar nicht, die unsäglichen Strick-Wollwerke von Arno Siegmann versperrten den Blick, aber da drüben, nur wenige Meter entfernt, lag der Innenhof, in dem eine junge Thailänderin in Unfrieden geruht hatte, um dann zwanzig

Jahre später die skelettierte Hand auszustrecken und die Ergreifung ihres Mörders zu fordern.

Seifferheld versprach ihr, genau das zu tun. Aber erst, nachdem er mit Onis eine Hunderunde auf dem Friedensberg gedreht hatte.

Die beiden zogen los.

Es ist aber ein Fehler zu glauben, nach zwanzig Jahren käme es nicht mehr auf jede Sekunde an …

**Es ist immer am besten, die Wahrheit zu sagen,
außer natürlich, man ist gut im Lügen.**

Jerome K. Jerome

Mit achtundzwanzig Ja-Stimmen zu sechs Nein-Stimmen beschloss der Gemeinderat von Schwäbisch Hall im Februar 2007, den Galgenberg in Friedensberg umzubenennen. Politiker setzen gern mal ein Zeichen. Aber alteingesessene Bürger und Bürgerinnen pellten sich ein Ei darauf. Sollten doch die Neuhinzugezogenen von Friedensberg sprechen, für sie blieb der Galgenberg der Galgenberg.

Es war nicht weit von der Bausparkasse zu dieser grünen Oase, einmal über die Straße, am Campus vorbei, die neuapostolische Kirche und die Jugendherberge links liegen lassen, durchatmen, Reststeigung bewältigen und schon war man oben.

Die ehemalige Hinrichtungsstätte war dicht bewachsen, Bäume standen dort, wo einst Blut zu fließen pflegte.

Aber Seifferheld besaß kein besonders sensitives Naturell, ihm war egal, ob hier lange vor seiner Geburt ein armer Tropf am Galgen hing. Hier oben schien die Stadt weit weg, die Luft atmete sich leichter, die Vögel zwitscherten und – ja – er überlegte sogar, ob man nicht auch einmal hier männertrommeln konnte.

Aber nein, es gab zu viele Anwohner. Brave Bürger, die nachts nicht aus dem Schlaf getrommelt werden wollten. Schließlich zahlten sie viel Geld dafür, in dieser begehrten Wohnlage residieren zu dürfen. Ihre Häuser waren keine Häuser, sondern Villen – mit gepflegten Vorgärten, in denen natürlich keine Gartenzwerge standen, sondern Buddha-Figuren. Wie schon Harald Martenstein schrieb, ließen Gartenzwerge ja auch eher auf charakterlich schwierige Zierrasenfetischisten schließen. Wer wollte sich schon derart outen? Nein, Zwerge gehörten der Vergangenheit an, der Zeitgeist forderte Esoterischeres. Der Gartenzwerg der Neuzeit war die Buddha-Figur. Damit hatte Siddhartha bestimmt nicht gerechnet, dass er mal Karriere in deutschen Vorgärten von Wuppertal bis Schwäbisch Hall machen würde.

Seifferheld seufzte. Nein, trommeln mussten sie im Wald, weit weg von der Zivilisation.

Onis verschwand irgendwo weiter vorn im Grün. Was da auf dem Galgenberg wuchs, war zwar kein Dschungel, aber doch dicht genug bewachsen, dass ein freiheitsliebender Hovawart Indiana Jones spielen konnte.

Der Regen hatte aufgehört, und die Sonne blitzte verschmitzt zwischen den abziehenden Restwolken hervor. Am Blattwerk glitzerten letzte Tropfen. Seifferheld wich kleineren und größeren Pfützen auf dem Rundweg aus. Menschen begegnete er nicht.

Schließlich kam er an eine Bank und dachte, dass er eine Pause vertragen könnte. Eigentlich dachte das weniger er als vielmehr seine Hüfte.

Er musste dringend mit Olaf sprechen. So ging das nicht, dass die Massagen nur noch sporadisch ausfielen! Olaf war doch jetzt Hausmann, da ließ sich doch wohl ein-, zweimal die Woche – wenn er ohnehin zum Wochenmarkt ging oder mit Ola-Sanne in die Krabbelgruppe – einrichten, dass er bei ihm zu Hause vorbeischaute und ihn ordentlich durchknetete. Sosehr Seifferheld auch fluchte, wenn er unter den knetenden, klopfenden und kreiselnden Händen Olafs zu leiden hatte, hinterher fühlte er sich immer besser.

Seifferheld setzte sich. Ächzend. Und spürte gleich darauf, dass er die Sitzfläche der Bank vorher hätte abwischen sollen. Aber nun war es zu spät. Der Hintern war feucht. Na, dann konnte er auch gleich sitzen bleiben und ein wenig nachdenken.

Über die kleine Thailänderin. Und wie es kam, dass ihre Leiche in der Bausparkassen-Cafeteria endete.

»Darf ich?«, erkundigte sich plötzlich eine Männerstimme.

Seifferheld sah erstaunt auf.

»Aber gern doch!«

Es war Mauler. Mauser. Mit M und au. Ja, Maurer. Genau. »Herr Maurer, was machen Sie denn hier?«

Maurer setzte sich ebenfalls ächzend. Ab einem gewissen Alter ging das einfach nicht mehr anders. Aber außer dem Ächzen gab er keinen Ton von sich.

»Statt einer Morgenrunde in den Ackeranlagen heute

ein Mittagsspaziergang auf dem Galgenberg?«, fuhr Seifferheld fort. Er hatte keine Ahnung, warum Maurer den Smalltalker in ihm weckte. Es gab wenige Männer, die noch weniger redeten als er, und wenn er mal auf einen traf, wurde er unwillkürlich zum Schwätzer. Als ob er karmisch was auszugleichen hätte.

Im dichten Grün hörte er Onis bellen. Es schien ihm ein kurzes, fröhliches Bellen. Das »Wie geil ist das denn?!«-Bellen, das Seifferheld von seinem Hund kannte, wenn der ein fremdes Tier sah – Erpel, Reh oder Hund, tot oder lebendig, Hauptsache interessant.

»Schön hier«, plapperte Seifferheld weiter. »Bin leider zu selten auf dem Galgenberg. Als Innenstädter denke ich insgeheim immer, es sei zu weit weg oder zu steil im Anstieg.«

Maurer sah hinüber auf die andere Kocherseite, wo gerade der rote Regionalzug nach Heilbronn passierte. Er schwieg.

Onis bellte schon wieder. War er auf eine Wildschweinrotte gestoßen? Nein, die gab es hier oben sicher nicht. Und falls doch, machte sich Seifferheld dennoch keine Sorgen – Onis war ein schneller Läufer. Der konnte sich rechtzeitig in Sicherheit bringen.

»Vermutlich sind wegen der unsicheren Wetterlage so wenig Menschen hier. April, April, macht, was er will. Dabei ist das doch ein herrlicher Kurzspaziergang für Ihre Kollegen von der Bausparkasse, nicht wahr? Auftanken in der Natur, und das mal eben schnell in der Mittagspause.«

Allmählich wunderte er sich über die Verschlossenheit von Maurer. Und darüber, dass Onis schon wieder bellte.

Bei näherem Hinhören war es doch nicht das fröhliche Anschlagen beim Anblick möglicher neuer Tierfreunde, es war …

»Ich war Maurer«, sagte Maurer abrupt. »Meine Mutter hat sich immer sehr darüber amüsiert, dass ich Maurer heiße und Maurer werden wollte. Schon von klein auf. Es war mein Traumberuf.«

Seifferheld wusste nicht, was er darauf sagen sollte, aber es war nicht nötig, dass er etwas sagte. Offenbar hatte Maurer einen Hahn aufgedreht, und lange Aufgestautes ergoss sich jetzt wie von selbst.

»Etwas zu bauen, das ist ein ganz großes Gefühl. Auch wenn man nur ein kleines Rad im Getriebe ist, so kann man doch hinterher sagen, schaut, daran habe ich mitgearbeitet!« Maurer strahlte voller Stolz. Vor seinem inneren Auge zog jetzt sicher gerade alles vorbei, was er je gemauert hatte.

»Mit Menschen konnte ich allerdings nie so.« Sein Strahlen erlosch. Er verstummte.

Dafür bellte Onis jetzt andauernder. In Seifferheld keimte ein ganz ungutes Gefühl auf.

»Bin gleich wieder da, ich muss mal nachsehen, was mein Hund hat«, entschuldigte er sich und wollte sich erheben.

»Ihr Hund will Ihnen mitteilen, dass er mit einem Gürtel an eine Birke festgebunden ist und nicht wegkommt. Und Sie bleiben hier!«

Maurer zog eine Waffe aus seiner Windjacke. Seifferheld kannte sich aus. Es war ein russischer Nagan-Revolver, der bis 1947 an Offiziere der sowjetischen Armee ausgegeben wurde.

»Habe ich von meinem Vater geerbt. Kriegsbeute. Und bevor Sie fragen: Ja, die Waffe funktioniert noch einwandfrei.«

Seifferheld fluchte innerlich. Mist, verdammter! Wie kam er aus der Nummer nur wieder raus?

Früher, ja früher hätte er sich zugetraut, Maurer gesprächstechnisch abzulenken, um ihm dann den Revolver im passenden Moment aus der Hand zu schlagen. Aber mittlerweile war er weder auf Zack noch lebensmüde genug für derlei waghalsige Aktionen. Auch wenn Maurer ihm an Jahren in nichts nachstand, im Gegenteil. Seifferheld überlegte. Vielleicht sollte er doch?

Maurer reminiszierte. »Ich habe meinen Beruf geliebt, bin ganz in ihm aufgegangen. Aber privat war mir kein Glück vergönnt. Meine Mutter meinte immer, ich sei allzu zurückhaltend, ich solle forscher auf die Frauen zugehen.« Er schüttelte den Kopf. Als ob sie von ihm verlangt hätte, er solle übers Wasser wandeln oder mit fünf Brezeln ganz Afrika speisen.

»Als Mama dann krank wurde, wollte ich unbedingt schnell heiraten, damit sie noch ein Enkelkind erleben konnte, und da habe ich mir die Suri aus Bangkok geholt. Über eine Agentur in Stuttgart.«

Onis bellte jetzt im Dauerbetrieb. Wie ein Schnellfeuergewehr. Zweifelsohne spürte er, dass sein Alpha in Gefahr war. Guter Hund!

»Bis die ganzen Formalitäten mit Suri allerdings erledigt waren – ich habe sie immer Suri genannt, ihr richtiger Name war ja unaussprechlich –, also, bis alles erledigt war, dauerte es unendlich lange. Papierkram noch und nöcher.

Als es endlich so weit war, da war Mama bereits tot. Und dann hätte ich die Suri nicht mehr gebraucht, aber da hatte die Agentur das Geld schon abgebucht, und die Suri war schon in Deutschland. Ließ sich nicht mehr ändern.« Maurer schaute versonnen, aber nicht versonnen genug, als dass Seifferheld eine falsche Bewegung gewagt hätte. Der Revolver zielte punktgenau auf sein Herz.

»Die Suri war dann auch ganz anders, als ich dachte. Wirklich ganz anders. Gar nicht anschmiegsam und zutraulich und lieb. Und richtig kochen konnte sie auch nicht, nur so Reis-Zeugs mit Gemüse. Dabei braucht ein Mann doch auch mal ein Stück Fleisch. Gerade als Maurer.«

Seifferheld sagte nichts. Onis dafür umso mehr. Das Stakkato-Bellen nahm an Lautstärke zu.

Maurer runzelte die Stirn.

Jetzt fürchtete Seifferheld nicht nur um sein eigenes Leben, sondern auch um das von Onis. Würde Maurer davor zurückschrecken, einen unschuldigen Hund zu erschießen? Oder war ihm jetzt alles egal?

»Suri liebte Elvis, nicht wahr?«, warf Seifferheld rasch ein, bevor Maurer einen Entschluss bezüglich seines weiteren Vorgehens fassen konnte.

Maurer schaute finster. »Sie liebte ihn nicht, sie war von ihm besessen! Andere Thailänderinnen hatten ja den Wunsch, auch ihre Familien zu unterstützen, wenn sie sich ins Ausland verheirateten, aber Suri hatte keine Familie. Nur einen älteren Bruder, der sie regelrecht verschacherte. Ich glaube, sie wollte nur irgendwie in den Westen kommen, um hier eine Karriere als Elvis-Imitatorin zu starten.

Mit meinen Ersparnissen. Und ohne mir dafür …« Maurer schluckte. »… Liebe und Zärtlichkeit zu schenken.«

Während Maurer sich in Selbstmitleid suhlte, weil die Frau, die er für teures Geld gekauft hatte, sich nicht erkenntlich zeigen wollte, kombinierte Seifferheld im Eiltempo. Suri und Maurer hatten sicher nicht geheiratet, sonst wäre ihr Verschwinden den Behörden aufgefallen. In Deutschland konnte man zwar untertauchen, aber Menschen nicht einfach so verschwinden lassen. Irgendwann in den vergangenen zwanzig Jahren hätten das Ordnungsamt und vor allem das Finanzamt angefangen, Fragen zu stellen.

»Herr Maurer, machen Sie sich jetzt nicht noch unglücklicher, als Sie es ohnehin schon sind. Der Mord damals … das war doch bestimmt im Affekt! Sie kriegen mildernde Umstände!« Seifferheld kramte fieberhaft nach Beschwichtigungsfloskeln. »Und dass Sie Suri dann in der Cafeteria begraben haben, zeigt doch, dass Sie ihr nach dem Tode nahe sein wollten. Das wird den Richter und die Schöffen für Sie einnehmen, ganz gewiss.«

Maurer schaute ein bisschen wie ein Schaf. Oder wie jemand, der nur zu einem einzigen Gedanken fähig war, weil es sonst wegen Überlastung einen Kurzschluss im Gehirn gab. »Ich bin kein emotionaler Mensch, ich habe Suri nicht im Affekt getötet. Sie hat das Haushaltsgeld dafür verwendet, sich Stoff und Glitzerzeugs zu kaufen, und hat damit ein Elvis-Kostüm geschneidert. Das war so nicht vorgesehen! Und ständig hat sie an mir herumgenörgelt und wollte geheiratet werden und …« Maurer verwandelte sich vom Schaf zum Wolf. »Ich hatte keine Lust, noch einmal die ganzen Formalitäten auf mich zu nehmen; und ihr Rückflug nach Thailand hätte ja auch Geld gekostet. Jedenfalls war es viel praktischer, sie umzubringen. Damals wurde gerade die Cafeteria in der Bausparkasse umgebaut, und das Bauunternehmen, für das ich gearbeitet habe, war für diesen Umbau zuständig. Die Gelegenheit habe ich dann einfach genutzt. Als kurz darauf unser Seniorchef bei einem Segelunfall starb und der Junior nicht mehr weitermachen wollte, bin ich zur Büchs gegangen. Da konnte ich wenigstens immer ein Auge darauf haben, dass auch ja keiner unter den Bodenplatten nachsah. Und falls doch, wollte ich auswandern. Ich habe ordentlich gespart. Mit dem Geld werde ich mir in der Südsee einen schönen Ruhestand ermöglichen können. Dort brauche ich nicht viel: eine Hütte am Strand, ein Hawaiihemd, fertig. Und das Wetter ist auch besser.«

Letzteres sagte er vor allem deshalb, weil es wieder anfing zu regnen. Außerdem kam Wind auf.

Na bravo, dachte Seifferheld. Ich sterbe allein, ohne meine Lieben, im Freien, bei schlechtem Wetter …

Maurer sah ihm jetzt direkt in die Augen. »Aber natürlich darf kein Verdacht auf mich fallen, bevor ich nicht weit weg auf der Insel bin. Vor der Polizei fürchte ich mich nicht, die kommen mir nie drauf. Aber Ihnen bin ich die letzten Tage gefolgt …«

Seifferheld hätte sich jetzt am liebsten mit der flachen Hand gegen die Stirn geschlagen. Der grüne Golf!

»Jetzt wohne ich in Künzelsau, aber damals, mit Suri, da wohnten wir in der Gelbinger Gasse. Dass Sie sich tätowieren ließen, war doch nur eine Finte … Sie wollten Katz und Maus mit mir spielen, nicht wahr? Sie hatten bemerkt, dass ich Ihnen folgte.« Schön wär's gewesen.

Maurer stieß ihm vorwurfsvoll den Lauf des Revolvers zwischen die Rippen.

Seifferheld überlegte, ob es ihm leidtat, jetzt zu sterben. Er hätte natürlich gern noch weitergelebt. Hätte Marianne seine Tätowierung zeigen wollen – sie liebte »böse Jungs« und »wilde Kerle«, das wären schöne Stunden zu zweit geworden! Er hätte auch gern seine Enkeltochter und Fela junior noch aufwachsen sehen wollen. Und dass Onis allein zurückbleiben sollte, war auch nicht in Ordnung. Ob Marianne ihn bei sich aufnehmen und gut für ihn sorgen würde?

Maurer atmete entschlossen aus. »Ich habe meine Ersparnisse abgehoben und mir ein Flugticket besorgt, und wenn ich das hier mit Ihnen erledigt habe, dann heißt es für mich ...«

Jetzt!

Seifferheld setzte alles auf eine Karte. Aus heiterem Himmel schlug er mit seiner Gehhilfe zu!

Aber ...

Es gibt immer ein Aber. Manchmal hat man im Leben unverschämtes Glück, aber ...

Maurer sah die Gehhilfe auf sich zukommen und duckte sich. Die Gehhilfe schwang ins Leere.

Da seine kraftvolle Bewegung ins Nichts lief, verlor Seifferheld den Halt und rutschte von der Bank auf den aufgeweichten Waldboden.

Maurer sprang auf.

Er zielte mit dem Revolver auf Seifferhelds Leibesmitte.

Seifferheld schloss die Augen.

Aus die Maus.

»Hier spricht die Polizei!«, ertönte da eine körperlose Stimme. »Lassen Sie die Waffe fallen!«

Seifferheld öffnete die Augen wieder. Maurer sah nach links und nach rechts, dann nach oben.

Vor lauter Regen und Hundegebell und Wind in den Weiden hatten sie den Hubschrauber nicht bewusst wahrgenommen. Es kam ohnehin oft vor, dass Hubschrauber Schwerverletzte von der Autobahn ins nahe gelegene Diakonissenkrankenhaus brachten. Weder Seifferheld noch Maurer hätten gedacht, dass der Polizeihubschrauber wegen ihnen über dem Galgenberg kreiste.

»Lassen Sie die Waffe fallen!«, wiederholte die Stimme.

Maurer senkte den Blick und schaute Seifferheld an.

Seifferheld las in ihm wie in einem Buch. Es waren die finalen Seiten des Buches: *Der Wind ist zu stark, der Hubschrauber schwankt, der Polizist im Hubschrauber kann aufgrund des Schwankens nicht genau zielen, und bis ein Zufallstreffer mich erwischt, habe ich den Alten im Schlamm längst erledigt.*

Maurer grinste.

Und da knallte auch schon der Schuss!

Es wurde alles ganz still.

Der Wind verstummte, die Rotorblätter des Hubschraubers tanzten lautlos am Himmel, das Bellen von Onis war nur noch eine ferne Erinnerung.

Dann fiel Maurer schwer auf ihn. Ausgerechnet auf seine malade Hüfte.

Seifferheld schrie auf.

Scheiße, war der schwer!

Drei Vermummte vom Sondereinsatzkommando liefen auf die am Boden liegenden Männer zu, zogen Maurer von Seifferheld und entrissen ihm die Waffe. Maurer stöhnte und blutete heftig aus einer Schulterwunde.

Zwei Streifenwagen kamen über den Rundweg angefahren.

Wurster sprang aus dem Einsatzwagen, rief: »Siggi, alles okay?«, kam eilends angelaufen und kniete sich neben ihn. »Das war vielleicht knapp.«

Seifferheld kniff vor Schmerz die Augen zusammen. Eine Hundezunge schleckte sie ihm gleich darauf wieder auf.

»Onis!«, freute sich Seifferheld.

Jetzt wusste er, dass alles gut würde.

Epilog

Es wird nicht einfacher.
Wir werden nur besser!

»Wie? Ich bin gar keine Jungfrau?«, rief Seifferheld entsetzt.

Es war der vierte Mai, und sie feierten seinen fünfundsechzigsten Geburtstag.

»Wirklich, Papa, wie kommst du denn auf die Idee, dass du Sternzeichen Jungfrau bist, wenn du im Mai Geburtstag hast?« Susanne klang vorwurfsvoll. Sie nahm es immer ein wenig persönlich, wenn ihr Vater nicht die hohen intellektuellen Ansprüche erfüllte, die sie an sich selbst hatte. Und sein Sternzeichen nicht zu kennen, fand sie schon für einen Fünfjährigen peinlich.

Seifferheld hielt nichts von Horoskopen. Warum sollten durchs All kreiselnde Steine Aussagen über sein Leben treffen können? Aber seine verstorbene Frau hatte einmal sehr eindrücklich zu ihm gesagt, er sei realitätsbesessen, penibel und emotionslos – alles Eigenschaften, die man Menschen mit dem Sternzeichen Jungfrau nachsagte. Das war bei ihm hängengeblieben.

»Du bist keine Jungfrau«, erklärte Susanne zur Sicherheit noch mal. »Du bist Stier!«

»Ein wilder Stier!«, gurrte Marianne, die an diesem Tag Rot trug. Sie hatte ihm an diesem Morgen ein ganz besonderes Geschenk gemacht: Sex unter der Dusche. Das musste an seiner neuen Tätowierung liegen. Er liebte Sex unter der Dusche! Dafür waren auch keine blauen Pillen notwendig, allein die Vorstellung erregte ihn. Nur zu oft durften sie das nicht praktizieren, fand er, sonst bekam man immer bei fließendem Wasser einen Ständer.

Seifferheld wollte etwas passend Anzügliches dazu sagen, aber sein Freund Klaus stieß ihn in die Seite.

»Aufmachen, aufmachen!«, verlangte er lautstark skandierend, klopfte mit einem Teelöffel an sein Glas und verkündete faktenschaffend: »Siggi öffnet jetzt seine Geschenke!«

Klaus hatte die Party spendiert, bei sich im *Chez Klaus*. Es gab Currywurst und Bier bis zum Abwinken. Für die veganen Antialkoholiker unter ihnen – Klaus dachte mit! – wurde Currywurst aus Tofu und Rhabarberschorle offeriert.

Und alle, alle waren sie gekommen. Sogar die enorm dankbare Britt Breiteich war da, die jetzt wieder unter ihrem Klarnamen firmierte. »Sie haben mir mein Leben zurückgegeben«, sagte sie jedes Mal, wenn sie Seifferheld sah. Mittlerweile hatte sie auch die Scheidung von ihrem Mann eingereicht.

Auch seine Männerfreunde waren komplett erschienen. Allerdings standen die verschiedenen Gruppen noch getrennt voneinander in den Ecken des Schankraumes und musterten sich misstrauisch.

Die Kochkursjungs unter Leitung von Bocuse standen rechts vor der Tür zur Küche, die Männertrommelgruppe hatte sich an den Ecktisch neben der Tür gesetzt, seine Mord-zwo-Stammtischkumpels saßen auf der Bank neben dem Eingang, und seine Familie gruppierte sich an der Theke um ihn. Er war dankbar, dass wenigstens die BOULE-etten nicht aufgetaucht waren. Noch ähnelte die Atmosphäre Waffenstillstandsverhandlungen von vier verfeindeten Nationen. Seifferheld hoffte, das würde sich im Laufe des Abends noch ändern.

Man soll ja vorsichtig sein mit dem, was man sich wünscht – es könnte in Erfüllung gehen …

In der Ecke am Fenster stand der Gabentisch.

Das allerschönste Geschenk – von Marianne unter der Dusche mal abgesehen – hatte ihm Karina gestern Abend bei ihrer Rückkehr bereitet.

»Du, Onkel Siggi«, hatte sie gesagt, »der Fela und ich werden heiraten. Und der Fela heißt dann Seifferheld. Hast du da was dagegen?« Sie hatte ihn aus ihren großen, italienisch braunen Rehaugen ängstlich angeschaut. Dann hatte sie sich abrupt die Hand vor den Mund gepresst und war auf die Gästetoilette gelaufen, wo man gleich darauf Würgegeräusche hörte.

»Das Essen auf der Insel«, hatte Fela nur gesagt und die Schultern gezuckt. »Enorm lecker, aber ich glaube, die kochen da nicht ganz so hygienisch wie wir hier.« Auch er hatte Seifferheld treuherzig angeschaut. »Ich hoffe wirklich, keiner hat was dagegen, dass ich ein Seifferheld werde.«

Etwas dagegen haben? Etwas dagegen haben!

Im Gegenteil, in Seifferheld hatte alles jubiliert: seine Seele, sein Herz, die inneren Organe …

Es war unglaublich altmodisch und dumm und sentimental, aber sein größter Wunsch war es immer gewesen, dass der Name Seifferheld nicht aussterben möge. Es gab seine Familie seit achthundert Jahren in Schwäbisch Hall, das war urkundlich belegt. Und da sein Bruder und er »nur« Töchter gezeugt hatten und sich Irmi aus der Fortpflanzung völlig ausgeklinkt hatte, quälte ihn eine Zeitlang die Furcht, es wäre aus und vorbei mit dem edlen Geschlecht der Seifferhelds. Doch dann hatte Susanne bei der Eheschließung ihren Namen behalten, und auch ihre Tochter Ola-Sanne hieß Seifferheld. Das war schon wunderbar. Und dass jetzt Karina nach der Heirat ihren Namen ebenfalls behalten wollte und – besser noch! – Fela den Namen Seifferheld annahm und sowohl Fela junior sowie alle weiteren möglichen Kinder – und zweifelsohne war da ja gerade eines in der Röhre, Karina spuckte nämlich sonst nie –, also das machte Seifferheld zutiefst glücklich. Auch wenn alle künftigen Seifferhelds die gesamte Farbpalette menschlicher Hautnuancen zur Schau stellen würden, von Schweinchenrosa über Gelb bis hin zu Ebenholzschwarz. Ein Seifferheld blieb ein Seifferheld – ungeachtet der Hautfarbe, Religion oder Herkunft!

»Aufmachen, aufmachen!«, skandierten jetzt alle und rissen Seifferheld aus seiner Erinnerung. Die Menge verlangte das nicht unbedingt aus Neugier auf das, was die anderen Seifferheld geschenkt haben mochten, sondern weil Klaus kategorisch erklärt hatte, dass es erst etwas zu essen gab, wenn alle Geschenke geöffnet waren.

Seifferheld hob beide Arme.

»Meine lieben Freunde …«, fing er an, spürte, wie er rührselig wurde, und verstummte.

»Bravo!«, rief Klaus prophylaktisch. Nicht »Päuschenmit-Kläuschen«-Klaus, sondern Männertrommelgruppen-Klaus.

Klaus der Erste hatte es nicht besonders gut weggesteckt, dass es von nun an einen Klaus den Zweiten im Leben von *seinem* Siggi geben sollte. Seifferheld befürchtete das Schlimmste. Klaus hatte doch hoffentlich nicht in das Bier von Klaus gespuckt? Nun, darum würde er sich später kümmern.

Er packte das erste Geschenk aus. Es war von seiner Marianne, was er schon allein daran erkannte, dass man von der Farbintensität des knallbunten Geschenkpapiers bei allzu langer Betrachtung zu erblinden drohte. Er warf der wunderbaren Frau in seinem Leben eine Kusshand zu, als er den Inhalt sah: einen Stickständer mit Lupe.

Ein Ständer!, wollte er fröhlich rufen, verkniff es sich aber, als er sah, dass sie seine Gedanken lesen konnte und es ihm telepathisch verbot, vor all seinen Gästen zweideutig zu werden.

Susanne und Olaf schenkten ihm einen Gutschein für 104 Massagen, ein Jahr lang zweimal die Woche, Nicht-Putzfrau Olga überraschte ihn mit essbaren Stringtangas in der Geschmacksrichtung Erdbeere und Pfirsich (»Nicht sein für Sie zu tragen, Siggi, sein für Marianne, Sie nur daran knabbern!«), Irmgard und Helmerich bedachten ihn mit einem christlichen Besinnungsbüchlein von Anselm Grün – Irmi war nunmehr eine vorbestrafte Frau. Die beiden jungen Feuerwehrmänner hatten von einer Anzeige abgesehen, aber Polizeibeamte im Dienst zu attackieren durfte natürlich nicht ungesühnt bleiben. Die Richterin hatte aufgrund der Unbescholtenheit der Angeklagten

Milde walten lassen und Irmi und Diakonisse Rosemarie nur zu drei Monaten auf Bewährung verurteilt. Aber vorbestraft war nun mal vorbestraft.

Karina und Fela schenkten ihm eine eigenhändig kalligraphierte Urkunde, die besagte, dass sie in seinem Namen fünfzig Euro an Amnesty International gespendet hatten. Britt Breiteich hatte ihm einen geschnitzten Gehstock aus Paris mit silbernem Knauf mitgebracht, entworfen von Karl Lagerfeld höchstpersönlich. Auch zwei Nachbarn aus der Unteren Herrngasse waren gekommen: Frau Hoppe, von der er ... äh ... nichts geschenkt bekam, und Herr Reuchle, der ihm aus unerfindlichen Gründen ein Fensterputzmittel schenkte.

»Wow!«, entfuhr es ihm, als er die Djembé-Trommel auspackte, die ihm Reimer und die Trommler geschenkt hatten. Sie kannten ihn kaum und verwöhnten ihn schon derartig.

»Du musst wissen, dass jede Djembé-Trommel ein Unikat ist, von Hand aus einem einzigen Baumstamm gefertigt. Sie ist magisch, und deine Hände können sie zum Leben erwecken«, erläuterte Reimer.

Aus der Kochkursjungsecke hörte man ein »pö« und ein »ha«. Seifferheld rief rasch: »Danke, Reimer. Ich werde mich des Instruments als würdig erweisen.«

Das war frech gelogen. Die Nacht auf dem Einkorn war für ihn ein phantastisches Erlebnis gewesen, zugegeben, aber er sah sich nicht als Trommler, und er wollte nicht bei jedem Vollmond mit nacktem Oberkörper im zugigen Wald sitzen. Er wusste aber, wer das wollte, wer seinen Platz einnehmen konnte.

Seifferheld spürte den bohrenden Blick seines Schwagers im Rücken. Helmerich Hölderlein, der Mann, der sich zum Trommeln geboren glaubte, seit er es in Afrika für sich entdeckt hatte, womit er seine Frau – und seine Kirchengemeinde – in den Wahnsinn trieb. Wäre es nicht die beste aller Lösungen, wenn Helmerich künftig seinen Drang zum Trommeln unter Gleichgesinnten im Wald auslebte? Ja, das wäre es.

Seifferheld war natürlich psychologisch geschult. Er würde das nicht jetzt und hier in den Raum werfen. Erst die Trommler langsam an das Thema heranführen und dann eines Nachts Helmerich auf dem Einkorn aus dem Wagen werfen und die Geburtstags-Djembé hinterher. Perfekt!

Neben seinen Mord-zwo-Stammtischkumpeln saß auch Polizeichefin Gesine Bauer. Seifferheld rechnete nicht damit, dass sie ihm – nachdem er zweimal in Folge seine Polizeiberichte nicht fristgerecht abgeliefert hatte – hier und jetzt diese Aufgabe entziehen würde, aber bestimmt zog sie ihn nachher beiseite oder rief ihn morgen an. Sie schaute jedenfalls unzufrieden. Wobei man erwähnen sollte, dass sie grundsätzlich immer so aussah. Wenn ihr Gesicht nichts weiter zu tun hatte, wahrte sie stets einen Schimmer angenehmer Unzufriedenheit darauf.

Er hob das Kollegengeschenk hoch. Rechteckig und sehr flach, zu flach für ein Buch. »Was mag das sein?«, rief er und riss das Papier auf.

»Geil, ein iPad!«, jubilierte Karina, die sich als Seifferhelds Nichte und Mitbewohnerin schon daran partizipieren sah.

»Ein iPad?« Siggi sah zur Polizeichefin.

Sie lächelte »Natürlich nur geliehen, es gehört der Behörde. Aber Ihre Ex-Kollegen haben es vorinstalliert und alle relevanten Stick-Webseiten auf dieser Welt per Lesezeichen markiert.« Van der Weyden, Wurster, Dombrowski und Bauer zwo nickten und grinsten. »Sie werden nie wieder einen Mangel an Stickvorlagen haben und können sich weltweit mit stickenden Seelenverwandten austauschen.«

»Ich helfe dir auch beim Übersetzen«, rief Karina, die kaum Englisch, nur ansatzweise Italienisch und sonst gar nichts sprach. Aber wenn sie eine Chance witterte, ließ sie sich diese nicht entgehen.

»Das ist …«, fing Seifferheld an.

Polizeichefin Bauer unterbrach ihn. »Mit Ihrem alten Laptop ging das nicht so weiter. Frau Cramlowski hat mir auf Nachfrage erzählt, dass das Gerät Sie in letzter Zeit mehrfach im Stich ließ und nur deswegen Ihre Polizeiberichte zweimal ausgeblieben sind, was natürlich nicht geht. Der Praktikant musste für Sie einspringen! Da sah ich mich in der Verantwortung.«

Seifferheld sah zu Marianne, die ihm verschwörerisch zublinzelte. Er seufzte innerlich. Sie hatte es gut gemeint, war ihm damit aber in den Rücken gefallen. Er würde auf ewig dazu verdammt sein, diese vermaledeiten Polizeiberichte zu schreiben.

Frau Bauer war noch nicht fertig. »In diesem Zusammenhang möchte ich Ihnen noch einmal gratulieren, dass Sie uns den entscheidenden Tipp im Fall der strangulierten Leiche gegeben haben. Wie gelingt Ihnen das nur immer,

Herr Seifferheld? Großes Kompliment. Ich freue mich sehr, dass Sie unserer Abteilung immer noch mit Rat und Tat zur Seite stehen!«

Hatte sie das eben wirklich gesagt?

Seifferheld widerstand dem Drang, sich die Ohren zu reiben. Ihm schwoll ein wenig die Brust vor Stolz. Aber nur ein wenig. Ihm war durchaus klar, dass er in letzter Zeit mit seinen Vermutungen und Schlussfolgerungen immer öfter weiträumig danebengelegen hatte und sich ihm die Bösewichte quasi von allein vor die Füße warfen. Den Ruhm dafür durfte er eigentlich nicht einstreichen.

»Nicht doch«, winkte er daher ab. »Ich freue mich, wenn ich mich noch hin und wieder nützlich machen kann. Und ich verdanke dem rechtzeitigen Eingreifen von Kollege Wurster mein Leben. Maurer hätte mich sonst kaltblütig erschossen.«

Wurster grinste. »Ist nicht mein Verdienst. Ein Anwohner wollte die kläffende Töle zum Schweigen bringen – sorry, Onis, ist nichts Persönliches – und sah, wie dich Maurer mit der Waffe bedrohte. Wobei er nach eigener Aussage nicht mal so sehr dich erkannt hat als vielmehr Onis. Er meldete das sofort per Handy. Der Rest war Routine.«

»Der Rest war Hollywood! Bruce Willis pur!«, schwärmte Klaus. Klaus der Erste, der einzig wahre Klaus. »Polizeihubschrauber! Schnelle Einsatztruppe! Wahnsinn!«

Die Kochkursjungs nickten und prosteten in die Runde. Wem genau sie zuprosteten, war nicht genau auszumachen, aber definitiv nicht den Trommlern. Die ignorierten sie stoisch.

Seifferheld bekam prompt ein schlechtes Gewissen. Er hatte seine Kochkumpels in letzter Zeit sträflich vernachlässigt.

»Das hier ist von euch?«, fragte Seifferheld und nahm etwas Längliches vom Gabentisch.

»*Oui*«, sagte Bocuse. »Es ist ein neues Kapitél in ünsere Geschichte als Kochlöffelgeschwader.«

Seifferheld schwante nichts Gutes. Bocuse hatte sie zu einem Amateurkochwettbewerb angemeldet, er hatte sie ein Kochbuch schreiben lassen – beides mit katastrophalen Folgen. Was blieb da noch?

Seifferheld wickelte eine Schachtel aus, auf der *Am Herd immer – mit der Herde nie* stand. Als er sie öffnete, fand er darin einen Gutschein für einen Kochkurs. Nicht irgendeinen Kochkurs, sondern eine exklusive Kochschulung bei Vincent Klink in dessen Restaurant *Wielandshöhe* in Stuttgart. Das war feine Küche, wie Seifferheld sie verstand. Da wurde noch richtig gekocht, mit Wert auf Geschmack und nicht auf verspielte Tellerpräsentationen.

»Jüngs«, fing Bocuse an und richtete sich jetzt sichtlich an all seine Eleven, nicht nur an Seifferheld. »Als wir üns kennenlernten, da wolltet ihr bei mir das Kochen lernen. Isch gebe zu, isch bin gescheitert. Aber isch gebe die 'offnung nicht auf. Niemals! *Jamais!* Darum … eine Kürs bei die größte Koch von alle.« Das war mehr als nur ein Geschenk an Seifferheld, das war ein Geschenk an die Menschheit. Wenn sie überhaupt noch das Kochen erlernen konnten, dann bei einem Großmeister wie Klink, der ehrliche Gerichte und keine kulinarischen Videoclips präsentierte, und das auch noch mit Humor. Die Kochkursjungs applaudierten. Keiner fragte in diesem Moment, woher Bocuse das Geld für so einen Gruppenkurs hatte.

»Ich bin gerührt ... wirklich gerührt!«, sagte Seifferheld und meinte es auch so. Vor allem aber war er erleichtert.

Dreiundsiebzig! Das war die Zahl der E-Mails, die Verleger Kevin Hauber als Feedback auf das Buch bekommen hatte. Wenn man berücksichtigte, dass ihr Kochbuch gar nicht im freien Handel zu erwerben war, sondern von den Kochkursjungs nur an Freunde und Verwandte verschenkt worden war, dann stellte das eine enorme Zahl dar. Kein Grund zur Freude, denn es handelte sich nicht um euphorische Jubel-Mails. Ein roter Faden zog sich durch all diese Zuschriften, und das war die Frage: »Kann es sein, dass bei Rezept xyz eine Zutat fehlt / eine Mengen- beziehungsweise Zubereitungszeitangabe unkorrekt wiedergegeben wurde / eine Verwechslung vorliegt? Ich konnte das Rezept leider nicht nachkochen.«

Gott sei Dank war noch kein Schreiben eines Anwalts dabei, der im Auftrag eines Mandanten auf Schadenersatz klagte, weil sich dieser beim Nachkochen eine Lebensmittelvergiftung zugezogen oder gar gleich seine ganze Küche in die Luft gesprengt hatte ...

So ein Kochkurs bei einem der besten deutschen Köche überhaupt ... das muss doch irre teuer sein, überlegte Seifferheld insgeheim, wie hatten die Jungs das finanziert? Aber dann fiel ihm Klaus wieder ein. Für den reichen Erben Klaus waren die Kosten für so einen Kurs zweifellos nur ein Fall für die Portokasse. Und sie waren seine Familie, für die er alles tat.

»Ihr Lieben, ich danke euch allen. Was für großartige

Geschenke. Das wäre doch nicht nötig gewesen ... aber ich freue mich sehr!«, rief Seifferheld und hob sein Glas. »Auf uns. Auf mich, aber vor allem auf euch. Auf dass ihr mir in meinem neuen Lebensjahr erhalten bleibt! Prost!« Sie tranken. Dann rief Seifferheld: »Und jetzt: Currywurst!«

Applaus brandete auf.

Klaus eilte in die Küche. Seifferheld humpelte hinterher. Er hörte Herrn Reuchle noch rufen: »Darf man hier rauchen?«

In der Küche öffnete Klaus eine riesige Warmhaltebox.

»Kann ich helfen?«, fragte Seifferheld.

»Nö, geht schon.« Klaus hatte die Berge von Currywurst natürlich nicht selbst zubereitet, sondern schon fix und fertig von der Metzgerei Hespelt bekommen. Insofern war der Genuss gesichert.

Neben der Tür zum Kühlraum saß Mimi. An diesem Tag trug sie ein schwarzes Cocktailkleid mit einer – zweifellos echten – Perlenkette. Neben ihr saß Dr. Honeff. Hm. Warum saß Dr. Honeff so eng neben ihr? Und ... *summte* der Mann?

»Zwischen euch wieder alles in Ordnung?«, fragte Seifferheld und nickte in Richtung Mimi. Freunde bedingungslos zu lieben, war leicht. Freunde bedingungslos so zu akzeptieren, wie sie waren, fiel schon sehr viel schwerer. Vor allem wenn man Freunde hatte, die Gummifetischisten waren.

Klaus nickte glücklich, während er die Currywurststückchen aus der Warmhaltebox auf Pappteller verteilte. »Dr. Honeff findet, dass die Trennung subversiv vonstattengehen sollte, sonst krieg ich Entzugserscheinungen.«

»Sukzessiv«, korrigierte Dr. Honeff und tätschelte Mimis Hand, was Klaus nicht mitbekam, da er ihnen den Rücken zukehrte. Und ja, der Mann summte definitiv, wann immer er Mimi berührte.

Musste man es seinem Freund sagen, wenn dessen Gummipuppe kurz davor stand, mit seinem Hundepsychiater durchzubrennen?

»Ach, hier sind Sie, Siegfried«, rief da eine Frau, die im Türrahmen auftauchte.

Usch Meck, die Rächerin in Rosa!

Seifferheld torkelte nach hinten.

Schnell, wo waren die Küchenmesser? Oder sonstige Verteidigungsmittel?

Sie lächelte aber gar nicht angriffslustig. Eher freundlich.

»Ich habe Ihnen etwas zum Geburtstag mitgebracht. Als Geste des guten Willens. Happy Birthday, Mister Seifferheld.« Letzteres hauchte sie, wie Marilyn Monroe es John F. Kennedy zugehaucht hatte.

Susanne hatte die Anzeige wegen Sachbeschädigung, wenn auch unter Protest, zurückgezogen. Sollte Frau Meck davon erfahren und sich darüber gefreut haben? Und was konnte sie ihm mitgebracht haben? Die kleinen Hovawart-Sennenhund-Welpen konnten doch unmöglich schon auf der Welt sein?

Usch Meck streckte ihm ein Kuchenblech entgegen. »Hier bitte, Marmorkuchen, den mögen Sie doch so gern«, flötete sie. Als Seifferheld nichts erwiderte und aus Angst, bei dem Kuchen könnte es sich um Plastiksprengstoff in Marmorkuchenform handeln, auch seine Hände nicht nach dem Blech ausstreckte, fuhr sie fort: »Möglicherweise habe ich etwas überreagiert, als ich Ihren Onis mit meiner Lady sah. Ich wusste ja nicht, dass Onis so ein berühmter Hund ist. Der YouTube-Clip von seinem Landesschau-Auftritt wurde fast eine Million Mal angeklickt!«

Seifferheld verstand nur Bahnhof. Jetzt, wo er ein iPad hatte, nahm er sich vor, sich dringend eingehender mit dem Internet zu befassen. »Was für ein YouTube-Clip?« Er sprach es korrekt aus, aber er dachte, es würde Jutjub geschrieben. »Und Onis hat in der Landesschau nicht gesungen.«

»Ja eben.« Usch Meck nickte. »Der Hund, der nicht sang. Minutenlange Einstellung auf sein hübsches Hovawart-Gesicht, wie er sich schmollend verweigert. Jedenfalls dachte ich … also, meine Freundin hat mir vorgeschlagen, dass ich ruhig damit werben könnte …«

»Wie? Werben?«

»Ich habe einem Bekannten erzählt, dass Onis meine Lady geschwängert hat, und da hat er gefragt, ob es *der* Onis sei, der Onis aus dem Fernsehen? Und als ich nickte, hat er mir die dreifache …« Sie stockte und wurde rot. »Ich meine, er hat mir Geld für einen Welpen geboten. Darum würde ich gern ein Foto von Onis und Lady schießen, eine Beweisaufnahme gewissermaßen. Mit der ich dann für die Welpen werbe. Sie haben sicher nichts dagegen, wenn die Einnahmen aus dem Verkauf der Welpen bei mir verbleiben, nicht wahr? Es war ja eine ungewollte Schwangerschaft!« Frau Meck sah Seifferheld fest in die Augen.

»Aber selbstverständlich nicht … ich meine, ja gern … also, was ich sagen will, das Geld steht selbstredend der

Mutter zu, also Ihnen … ich meine, Lady. Und Sie dürfen sehr gern ein Foto schießen. Ist Lady denn mit Ihnen gekommen?«

Usch Meck nickte, und sie kehrten in den Schankraum zurück.

Als sie dort eintrafen, bot sich ihnen ein Bild des Grauens. Beiden verschlug es die Sprache.

Olga und Karina tanzten auf dem Ecktisch, auf den die Trommelmänner rhythmisch einschlugen. Helmerich trommelte auf Seifferhelds Geburtstagstrommel bereits mit.

Frau Bauer, Irmgard und Susanne sangen. Nicht dasselbe Lied, aber alle laut.

Fela flocht Zöpfe in die langen Haare von Olaf. Die Kochkursjungs stellten ihre Strip-Nummer vom Amateurkochwettbewerb nach. Frau Hoppe und Herr Reuchle hielten sich an den Greisenhänden und schauten sich verliebt in die Augen.

»Geiler Stoff«, krähte Bauer zwo. »Echt geiler Stoff!«

Es würde sich später herausstellen, dass Herr Reuchle großzügig seinen Vorrat an selbstgedrehten Marihuana-Zigaretten hatte herumgehen lassen. Selbst die anwesenden Passivraucher bekamen noch eine übervolle Dröhnung ab. Die Einzigen, die nicht betroffen schienen, waren Onis und Lady, die unter einem der Tische lagen und gemeinsam mit dem rosa Teddy spielten.

Da ging die Tür auf, und Arno Siegmann trat ein.

Siegmann!

Seifferheld überlegte für den Bruchteil einer Sekunde, ob er den Stricker nicht einfach vor die Tür setzen konnte.

Es war schließlich sein Geburtstag, und den wollte er nur mit Menschen verbringen, die er mochte.

»Tolle Party«, lobte Siegmann mit Blick auf die strippenden, trommelnden, knutschenden, singenden Gäste. »Hoffentlich habe ich das Beste noch nicht verpasst.«

»Nein, die Currywürste kommen gerade erst«, sagte Klaus und servierte die ersten Pappteller.

»Boar, hab ich Hunger!«, rief Dombrowski, leerte sich einen kompletten Teller Currywurst auf ex in den Mund und kaute mit dicken Hamsterbacken.

»Ich komme auch nicht mit leeren Händen«, versicherte Siegmann.

»Wir gehen am besten vor die Tür, hier ist es zu laut.« Seifferheld schob ihn nach draußen in die Gasse. Irgendwie würde er ihn da draußen schon loswerden.

»Siggi«, fing Siegmann an. »Du weißt, wie sehr ich dich bewundere.«

Ach ja?

»Als ich damals erfuhr, wie du dich geoutet hast, wie du der Welt förmlich zugerufen hast: ›Seht her, ich bin ein Sticker!‹, da hat das meine Existenz von Grund auf erschüttert. Ich bin dein Number-one-Fan, ganz ehrlich. Was du für das Männerhandarbeiten geleistet hast, ist phantastisch!«

Wider besseres Wissen fühlte sich Seifferheld geschmeichelt.

»Du ahnst gar nicht, was es mir bedeutet, dass ich jetzt Seite an Seite mit dir arbeiten darf, mit einer Legende wie dir, es … es raubt mir die Sprache.«

Langsam wurde Seifferheld misstrauisch. Wollte der

Mann ihn auf den Arm nehmen? Wer sollte das jetzt noch glauben?

Aber Siegmann meinte es entweder ernst oder war ein verdammt guter Lügner. Er blinzelte nicht, und eine Träne schlich sich in sein rechtes Auge. Er drückte Seifferhelds Hand. Seifferheld entzog sie ihm.

»Woher haben Sie – äh – du eigentlich all das viele Geld? Ein Porsche, eine teure Uhr, Maßanzüge …«, platzte es aus Seifferheld heraus. Einmal Ermittler, immer Ermittler. Kein besonders diplomatischer, aber einer, der nicht lockerließ, wenn ihn einmal etwas umtrieb.

Siegmann grinste. »Das Geld? Ach, ich war dreimal verheiratet. Mit älteren Frauen. Alle immens reich. Und alle großzügig, was die Abfindungen nach der Scheidung anging. Ich bin nicht nur ein guter Stricker, ich bin auch ein guter Ste…«

»Danke, will ich gar nicht im Detail wissen«, unterbrach ihn Seifferheld rasch. Er glaubte Siegmann sogar. Selbst seine Marianne war ja anfangs dem Siegmannschen Charme erlegen. Bestimmt war das biochemisch zu erklären – der Mann sonderte Pheromone ab, die auf Frauen unwiderstehlich wirkten.

Siegmann schien kein bisschen verstimmt angesichts dieser doch recht intimen Frage. »Ich habe etwas für dich. Zum Geburtstag.«

Er reichte Seifferheld eine Papprolle.

Seifferheld rechnete mit dem Schlimmsten: ein Autogrammfoto von Siegmann, auf Postergröße hochgezogen?

Aber es war …

… ein Bausparvertrag.

»Das ist einer von den Verträgen, die der Vermögens-
bildung dienen. Der Vertrag bietet eine solide Verzinsung,
und ich habe mir erlaubt, schon eine großzügige Summe
einzuzahlen.«

Ein Bausparvertrag?

»Freust du dich?«, wollte Siegmann wissen.

Seifferheld zog irritiert die Augenbrauen hoch. Ein Bausparvertrag war so etwas wie die Nivea-Creme unter den
Geldanlagen. Das hatte der *Spiegel* einmal geschrieben, und
er hatte recht. Keiner weiß genau, was drin ist, aber sie ist
ein Klassiker und hat noch niemand geschadet, und auch
wenn man es hin und wieder mit Zeitgeist-Cremes versuchte, kehrte man im Zweifelsfall doch immer zu ihr zurück.

»Ich dachte, abgesehen vom Geldwert ist das eine stete
Erinnerung für dich, wie brillant du den Fall des geheim-
nisvollen Skeletts in der Cafeteria der Bausparkasse gelöst
hast!«

Seifferheld sagte, was er in solchen Momenten immer zu
sagen pflegte: »Ich weiß nicht, was ich sagen soll.«

Siegmann schniefte vor Rührung. »Ich weiß, du bist
kein Mann der vielen Worte. Aber für mich bist du ein
Held, Siegfried Seifferheld. Du bist der Sticker unter den
Männern!«

Seifferheld nickte. Er öffnete die Tür zu *Chez Klaus* und
schob Siegmann hinein. »Komm, lass uns meinen Geburtstag feiern.«

Beim Eintreten spiegelte sich Siggi in der Glasscheibe
der Tür. Er grinste sich zu.

Ja genau, das war er, und das war auch gut so: Siegfried
Seifferheld, der Sticker unter den Männern!

Danksagung

Immer mehr Bücher werden ja geschrieben, um bestimmte Menschen glücklich zu machen – so auch dieses.

In diesem Zusammenhang danke ich meiner Kollegin Britt Reißmann (aus offensichtlichen Gründen, und sie weiß auch, wofür), dem Wuffschnuff Gustav von der Holstenau (ich sage nur: Facebook) und zwei besonderen Frauen: der Crailsheimerin Frau Beh, wegen der sich Seifferheld nach CR aufmacht, sowie Silke Neusser, die ihn nach Wolpertshausen lockte.

Diverse Firmen werden im Buch namentlich genannt, haben mir aber keinen müden Heller dafür bezahlt. Bei den folgenden Unternehmen (in alphabetischer Reihenfolge) wäre ich aber gar nicht böse, wenn sich eines Tages ein Päckchen mit Naturalien zu mir verirren sollte: Black Vanilla Zigarillos, Hochland Kaffee, La Gallinara Pasta-Soßen und Lübecker Marzipan.